バベルの古書

猟奇犯罪プロファイル　Book 3《肖像(ポートレート)》

阿泉来堂

角川ホラー文庫
24251

目次

人物紹介

加地谷悟朗（かじやごろう）　荏原警察署刑事課強行犯係特別事案対策班、通称〈別班（べっぱん）〉班長。札幌市で発生した猟奇殺人事件の応援として心理分析班に合流する。

浅羽賢介（あさばけんすけ）　〈別班〉所属の刑事で加地谷の相棒。加地谷と共に古巣である札幌市で事件の捜査に当たる。

天野伶佳（あまのれいか）　北海道警察捜査一課捜査支援分析室所属の刑事。相棒の伽耶乃と共に札幌市内で発生した猟奇殺人事件の犯人像の特定に挑む。

御陵伽耶乃（みささぎかやの）　捜査支援分析室心理分析班所属の分析官。警察官らしからぬ風貌と言動で周囲から敬遠されるが、プロファイリングの実力は本物。

楠　真理子（くすのきまりこ）　伶佳の幼馴染（おさななじみ）。職場から帰宅途中に行方不明になる。

古賀明人（こがあきと）　二十年前に失踪（しっそう）した人物。殺人事件の現場付近で目撃される。証言によると、外見が二十年前とまるで変化していないらしいが……。

プロローグ

男はサイドテーブルから一冊の本を手に取った。ひどく古ぼけて、表紙は擦り傷だらけ。タイトルの一部が消えかけているその本は男の指が触れた瞬間、どくんと小さく脈打ったように感じられた。

いや、反応したのは男の指だったかもしれない。本の表紙——乾いた動物の皮膚を連想させる気味の悪い革——に触れた途端、不思議と指先に吸い付くような感触があった。こうして触れているだけで、体中の水分を奪われてしまいそうな感覚に、男は身震いする。

恐怖は感じなかった。むしろ背徳的ともいえる快感が脊髄（せきずい）を駆け上がり、脳幹を刺激する。見てはならぬものを見て、聞いてはならぬものを聞き、決して触れてはならぬものに触れている。破れば命を落としかねない重要な禁を破ってしまったのではないかという、取り返しのつかない罪悪感が、得体の知れない流動的なエネルギーと化して指先から流れ込み、全身をうち震わせていた。

「——俺をさいなんでいるのは、俺の魂が生きながらにして死んでいるという事実だ」

本を開き、その一節を読み上げながら、男は震える吐息を漏らした。恍惚的ともいえる感覚を全身で味わいつつ、椅子から立ち上がる。

半分ほど開かれた窓から吹き込む風が、ほてった身体を撫でつけていく。春になっても、この町の夜風は依然として眉を顰めたくなるほどに冷たく、室内の温度をあっという間に低下させてしまう。額に浮かんだ脂汗がこめかみを伝い、顎の先から滴り落ちていくのを知覚しながら、男は正面の壁、掲げられた一枚の絵画に視線をやった。

――やるしかない。罪をあがなうためには、正しい行いが必要なんだ。

内心で呟き、ごくりと喉を鳴らして生唾を飲み下す。腹をすかせた肉食獣の口の中に頭を突っ込んでいるかのような緊張感。きっかけ一つで命を落としかねないその恐怖を味わうようにして、男はもう一度、手にした本の表紙を撫でる。湿っているのか乾いているのかすらも曖昧な独特の感触が、再び指の腹を伝って体内へと流れ込み、やがてしびれるような快感を覚える。

――そうすれば、きっと……。

その絵は肖像画だった。描かれているのは若い男の姿。整った彫りの深い顔立ち。高い鼻、凜々しい瞳。その他、細部に至るまでどれをとっても男によく似ている。だが決定的に違うのは、絵画に描かれた青年の肌が血の気を失った土気色で、口から顎、そして胸元にかけて真っ赤な血で染まっていること。そして、醜悪に表情を歪めたおぞましい笑みを浮かべていることだった。

それはあたかも、男の本質を――誰にも見せられぬ心の内の姿を表しているかのようで、目にするたびに震え上がらずにはいられない、恐ろしい姿であった。

もとからこのように描かれていたのか。それとも、何かがきっかけで、男の本当の姿を絵画が体現するようになったのか。


「――あの肖像画こそが、すべての災いの元凶だ」


いや、今となっては、そうなのだと信じている。この絵は自分の本当の姿。自らが罪を犯し、誰かを傷つけ貶(おとし)めるたびに、その罪を絵が肩代わりして、醜くゆがんでしまう。その一方で、自分はいつまでも若く、美しい姿を保つことができる。これは『そういうもの』なのだ。

だからこそ男は恐れていた。絵画に描かれているのが未来の――あるいは現在の――自分の姿であるならば、絵さえ無事でいてくれれば、老いに怯(おび)える必要も、自らの罪によって外見が醜くゆがんでしまうことを恐れる必要もないということになる。男が恐れているのは、肝心のその絵が失われてしまった時、自分はどうなってしまうのかという点についてだった。

男は自らの掌(てのひら)を見下ろす。血色の良い肌が、一瞬にして水分を失い、土気色の乾燥した肌に変化するさまを幻視して、たまらず息を呑んだ。

――いやだ。それだけは絶対に。

きつく引き結んだ唇の合間から、ごりごりと歯をこすり合わせる音がする。強くかみしめた奥歯に痛みを感じながら、男は内心で独り言ちた。

――元に戻すしかない。絵を、元の正しい姿に。そうすればきっと……。

「――過去さえ死んでしまえば、俺は自由の身となれる」

男の声はわずかに反響したのち、部屋の四方にうずくまる濃密な闇に吸い込まれていく。

ふと、自分の手がじわりと汗ばむような感触を覚え、男は本を閉じた。古書の表紙には、じっとりと湿った手の痕が、いつまでも残されていた。

第一章

1

楠真理子(くすのきまりこ)が家に帰らなくなって、すでに二日が経過していた。

一昨日(おととい)の夕方、職場を出ると連絡があって以来姿を消してしまい、以後音信不通の状態だという。

天野伶佳(あまのれいか)は一人がけのソファに腰を下ろし、出されたコーヒーのカップを手にした状態で、しばし呆然(ぼうぜん)としてしまった。年季の入った木目調のテーブルを挟んで向かいに座る真理子の両親が、こちらの顔色を窺(うかが)うような視線を向けてきていることに気づいて、はっと我に返る。

「確かにここ最近、真理子とは連絡を取っていませんでした。でもまさか、行方不明だなんて……」

二の句が継げずに言葉をさまよわせていると、真理子の父親は落胆をあらわにして嘆息し、母親はハンカチで目元をぬぐった。

警察に相談したものの、成人女性が自宅に帰らず、数日連絡がないというだけでは、事件性があるとは判断してもらえなかったらしい。

「何か、真理子のことで気になることはありませんか？　悩みがあったとか、いつもと違う様子だったとか、何かトラブルを抱えていたとか……」

問いかける一方で、伶佳は内心で自らの発言をバッサリと否定していた。

真理子に限ってそんなことはあり得ない。彼女は自分からそういった問題の種を抱え込んでしまう気質ではなかった。清廉潔白にして人畜無害。そんな言葉が服を着て歩いているようなものだった。それこそ、トラブルの方が足を生やして執拗に追いかけてでも来ない限り、彼女が面倒ごとに巻き込まれることなんてまずありえない。

「あの子の交友関係について、詳しいことは何も聞いていないのよ。いい大人だし、私たちがいちいち詮索するのも、ねえ……」

同意を求められた父親は、ううむ、と重々しい息を漏らしてうなずいた。十九や二十歳の生娘というわけでもないのだから、それも当然といえば当然だ。

真理子は外資系商社に勤務しており、激務のせいで常に時間に追われ、昼夜が逆転することもしばしばであった。高校時代から将来を見越して外国語の勉強に精を出し、海外留学の経験もある真理子は、今や英語とドイツ語を使いこなし、職場でも頼りにされているらしい。仕事に情熱を注ぎ、遊ぶ間を惜しんで働き続けていた彼女に彼氏を作る暇があったとは思えないが、だからと言って交際している男性がいないとも決めつけられないだろう。両親に話していなかっただけで、それらしき関係の相手がいた可能性は大いにある。

　いずれにせよ、警察としてではなく、友人として真理子の同僚に、最近の彼女の様子がどうだったのかを聞いてみたほうがいいかもしれない。もちろん、仕事の合間を縫っての作業になるが、と伶佳は内心で自分に言い聞かせる。

　それからふと、妙なふがいなさを感じて小さく息をついた。

　以前は、わざわざ調べたりなんかしなくても真理子のことならなんでもわかっていた。同様に、真理子もまた伶佳のことならなんでもわかってくれていたように思う。スマホの機種、お気に入りのコスメ、模試の結果、友人関係、彼氏、元カレ。そういった話題をわざわざ持ち出そうとしなくても、互いの情報はすべて頭の中に入っている。それが普通だった。しかし今、伶佳は真理子がどこへ行ってしまったのか見当もつかない。彼女が普段、どんな顔をして誰と話し、どこへ出かけ、何を楽しみに生きていたのか。それすらも、全くわからない。そんな自分がひどく薄情で、冷たい人間であるかのように思えてならなかった。

　小学校四年生の頃、真理子は伶佳の家の向かいに引っ越してきた。二人はすぐに意気投合し、お互いを大親友と呼び合うようになるまで、さほどの時間はかからなかった。

　毎日一緒に登下校し、前日のテレビ番組やお気に入りのアイドルが出演するドラマの話で盛り上がったり、流行りのゲームに夢中になったり、好きな男子のことでひそひそ話をしては意味も分からずドキドキしたり。そんな、絵にかいたような仲良しの子供時代を送った。他にも仲の良い子はたくさんいたけれど、真理子だけは別格と言えるほど、伶佳にとって実の家族のように近しい存在だった。中学に上がっても、その関係は変わることなく、むしろ一緒にいる時間はさらに長くなっていった。

　高校生になっても変わりなく――むしろこの頃は家族以上に一緒に過ごし、お互いの将来について嫌というほど語り合った。その頃、まだうすぼんやりとしか将来の展望を抱いていなかった伶佳とは対照的に、真理子は自立した理想の女性像というものをしっかりと頭の中に描いていた。従姉のお姉ちゃんの影響で海外文学にハマり、イギリスやドイツに留学したいと言い始めたのもこの頃だった。

　大学はそれぞれ別だったけれど、それでも時間さえあれば頻繁にお互いの家を行き来した。伶佳は奨学金制度を利用して進学したため、授業とアルバイトに忙しく、なかなか友達を作る機会はなかったが、真理子との関係だけは自然と長続きした。一方の真理子は、サークル活動にも熱をいれていたから、それなりに友人づきあいが多かったはずなのに、気づけば伶佳の部屋にいるということが多々あった。実家暮らしだった彼女にとっては、誰にも邪魔されない二人だけの空間というのが、いい息抜きでもあったのかもしれない。

　大学卒業後、真理子はドイツに留学し、伶佳は警察学校に入った。お互い簡単に会えるような環境ではなくなってしまったせいもあって、次第に連絡を取ることも少なくなっていった。それでも、折に触れて連絡を取り合い、恋人同士のような長電話をすることはあった。だがそんなやり取りも、伶佳が警察学校を卒業して小樽署の地域課に配属され、二年間の交番勤務を経て、北海道警察本部捜査一課捜査支援分析室に異動する頃にはすっかりなくなっていた。

そうやって気づけば約三年が経過し、最近ではメッセージのやり取りすらしていない。

――もっと真理子と連絡を取っていれば。

そんなことを考えたって、今更どうなるわけでもないのは分かっている。だが、彼女の安否が定かではない今の状況では、そう思わずにはいられなかった。

どこで何をしているのか。危険な目に遭ってはいないか。とにかく今は、それだけでも確かめたかった。

「いくら電話をしてもつながらないし、位置情報サービスも役に立たなくてね。私たちももう、どうしたらいいのかわからなくて……」

「おばさん、そう思い悩まないで。まだ悲観的になるのは早いと思います。真理子のことだから、そのうちひょっこり戻ってくるなんてことも、あるかもしれないし」

あえて明るい調子で言うと、真理子の母は何度も首を縦に振り、握りしめたハンカチで目尻を拭った。さめざめと涙を流すその姿に胸が締め付けられ、伶佳は彼女の肩にそっと手を置いた。

「まずは私の方で、職場の人に話を聞いてみるから」

「でも、伶佳ちゃん、お仕事忙しいんでしょ」

　申し訳なさそうに言った真理子の母に、伶佳はかぶりを振って応じ、

「今は事件を抱えてもいないし、少しくらいなら時間の都合も……」

　つくはずだから、と言いかけたところで、バッグの中のスマホが鳴った。画面には『室長　柏葉』と表示されている。

「あの……ちょっとごめんなさい……」

　そう言って席を立ち、リビングから出て通話ボタンをタップする。途端に聞こえてくるのは、伶佳が所属する捜査支援分析室の室長、柏葉藤二の緩やかな口調だった。

『やあ天野くん。非番なのに電話してしまってすまないね』

　わざと喋る速度を遅くしているんじゃないかと疑いたくなるほどののんびりとした話し方。伶佳はいつも、柏葉のこの声を聞いていると、自然とのどかな田園風景が頭に浮かんでくる。

「いえ、大丈夫です。事件ですか？」

　問い返す声に、知らず緊張が混じる。どれだけ穏やかな口調であっても、非番の日に連絡が来るとなると、その内容が急を要するものであることは明白だった。

『手稲区の住宅街で殺しだよ。一課はもう現場に出てる。状況が状況だけに、うちにも早々にお呼びがかかってね』

　通常、殺人事件があれば捜査一課が捜査の指揮を執る。そのうえで、捜査本部が必要と判断した場合に限り、捜査支援分析室に声がかかるのが通例だった。事件の発覚とほ

ぼ同時に招集されるというのは、あまり多いことではない。

「状況というのは、つまり殺害現場の様子が、ということですよね」

『そういうことだね。平たく言うなら、これはかなり猟奇的な事件だよ』

電話の向こうで、柏葉が顔をしかめるのが目に浮かぶ。

「すぐに向かいます。御陵警部補は？」

『伽耶乃ちゃんならもう向かってるよ。帳場が立つのは手稲警察署になりそうだから、そっちで合流してくれるかい。くれぐれも、彼女を野放しにはしないでね』

その点に関しては、言われなくても徹底するつもりである。「もちろんです」と端的に応じつつ、伶佳は軽く笑みをこぼす。

これから捜査会議が行われるということは、すでに現場検証も進んでいて、遺体も運び出されている頃合いということか。捜査員は初動捜査による聞き込みを行い、その結果を持ち帰って捜査会議に挑むことになる。検視の立ち会いに行く時間もないだろうから、現場や遺体の状況を知るには、あとで写真で確認するしかなさそうだ。

伶佳は刑事として道警本部に身を置いているが、所属する捜査支援分析室は、主に犯人のプロファイリングを行い、導き出した人物像や住んでいる地域、次に犯行を起こすであろう範囲を特定し、犯人逮捕に尽力するのが責務である。形の上では、その心理分析班の班長を任されているため、分析官の相棒と協力し、時には自らもプロファイリングを行いながら、独自の視点で犯人像を絞り込む。そのために必要となるのは犯行現場における正確なデータであった。遺体はもちろんのこと、現場の状況や遺留品、初動捜査で得られた情報や目撃証言など、数が多ければ多いほどプロファイリングの精度は高まる。逆に言えば、データが集まってこちらに流れてくるまでは、辛抱強く待つことを要求される立場でもある。一課から情報が下りてこなければ、ただひたすら待ちぼうけを食わされる場合もあるということだ。

もっとも伶佳としては、そういった事態にならぬよう、日ごろから捜査一課との連携をとっているつもりだ。しかしながら令和のこの時代になっても、警察組織は厳しい縦社会で、手柄を立てなくては上に行けない。そのため、本来共有すべき情報を意図的に隠し、犯人逮捕を自らの手柄にしようと目論む連中も中にはいるだろう。そういう利己的な考えが捜査の士気を落とし、ひいては犯人逮捕を遠のかせてしまうということに気づいていない……いや、気づいていたとしても、己の利益ばかりを優先する不届き者が、この警察組織には多くいるということだ。そういった連中に足をすくわれないためにも、伶佳はできる限り自分の足で現場に出て、積極的に情報を交換し、状況を把握するよう努めている。そういう意味で言えば、今回はかなり出遅れてしまった。

通話を終えてリビングに戻ると、真理子の両親は心配そうにこちらを見ていた。

「すみません。今日はこれで失礼します」

言い終えた後で、仕事用のトーンで発言してしまったことに気づき、伶佳はなぜか後ろめたさを感じてしまう。小さな頃から、第二の両親のように接してくれた二人に対する口調としては、他人行儀過ぎた気がしたからだ。

「そう。伶佳ちゃん、気を付けてね」

「駅まで送ろう」

我が子に対するような口調で言いながら腰を浮かせた真理子の父親にかぶりを振って、伶佳はバッグをひっつかむ。

「ありがとう。でも大丈夫。タクシーを拾います」

そして、再びリビングを後にして玄関に向かいながら、

「二人とも、あまり心配しないで。真理子のことはきっと大丈夫。私が必ず見つけるから」

何かわかったらすぐに知らせる。そう続けると、真理子の母親は口元にわずかながら笑みを浮かべる。

「ありがとう、お願いね」

我が子を失うのではないかという痛烈な不安にその身を引き裂かれそうになりながら、それでも気丈に振舞う真理子の母の姿に、胸がぎゅっと締め付けられる思いがした。

その表情を長く見ていることができなくて、伶佳は挨拶もそこそこに慌ただしく楠家の玄関を後にした。

門を出たところで正面の空き地に目を止める。かつて、そこにあった伶佳の住まいは、すでに取り壊されている。白い壁、三角屋根、庭の栗の木とレンガ塀。父との思い出が

ぎっしり詰まった大好きな家。その幻から視線をひきはがすようにして、今度は楠家を振り返る。

記憶にあるものと比べて、いささか年を取った真理子の家。今にも玄関を開け、笑顔で駆け寄ってくる親友の姿を思い描きながら、伶佳は深呼吸を一つ。

——必ず見つけるからね。

口中に呟き、伶佳は刑事の顔を取り戻して走り出した。

2

手稲警察署の前でタクシーを降りた伶佳は、正門から駐車場を通り抜け、どっしりと構えた四角い箱のような建物に入る。すると、受付の辺りで見覚えのある姿を見つけた。

カウンターに身を乗り出し、制服姿の女性警察官を相手に、身振り手振りを交じえて何やら話し込んでいるのは、捜査支援分析室心理分析班の犯罪心理分析官であり、伶佳の相棒でもある御陵伽耶乃に間違いなかった。

黒いライダースジャケットに黒のカットソー、黒いスキニージーンズに黒革のエンジニアブーツと、全身黒で固めた異様なファッション。左右で極端に長さの差をつけ、金のインナーカラーが入った黒髪ショートボブのヘアスタイル。そして、派手な刺繡の入ったキャップを緩くかぶり、大きなサングラスをかけている伽耶乃は、どこからどう見ても警察官には見えない。

「いやいや本当だって。ボク、普段はこんなこと簡単に言ったりしないんだけどさぁ、制服姿の君を見た瞬間になんていうかこう、運命……みたいなものをびびっと感じちゃったんだよねぇ」

「やだ。もう冗談やめてください。困りますよぉ」

口調とは裏腹に、嬉しそうな声を上げた女性警察官が、伽耶乃に言い寄られ、まんざらでもなさそうにしなを作っている。

「あー、かわいいなぁ！　そうそうそれそれ。髪を耳にかけるその仕草なんかたまらないなぁ。今度非番の時にでも食事とかしない？　おいしいフレンチのお店があるんだよ」

「えー、どうしようかなぁ」

「いいじゃない。警察官だからって、別に羽目を外しちゃいけないってわけじゃないんだし、ほんの軽い気持ちでさ。ボクが相手なら、その辺の男なんかより、ずっと君を楽しませられると思うよ」

「でもあたし警察官だしぃ、こんな風にナンパされた相手と食事なんて行ったらまずいんですぅ」

ちっともまずくなさそうに、女性警察官は顔を赤らめ目を潤ませている。職務中にこうやって言い寄る方も言い寄る方だが、それを突っぱねられない相手も相手である。

「大丈夫大丈夫。こう見えてボクも警察官だから。しかも、道警本部の捜査支援分析室に……」

「盛り上がっているところ申し訳ありませんが、捜査会議始まりますよ」

背後から、鋭く一喝するように告げた瞬間、肩をびくつかせた伽耶乃が飛び上がった。おずおずと背後を振り返り、そして鉄仮面のように冷え切った伶佳の顔を見るや、「あはあは」と間の抜けた笑みを浮かべながらサングラスを外した伽耶乃は、長いまつげをしばたたかせた。

「レ、レイちゃん。あれぇどうしたの？　今日は非番じゃなかったっけ？」

「柏葉室長から連絡を受けて駆け付けたんです。とても重大な事件が発生したとのことだったので」

重大な事件、の部分を強調しながら、伶佳は鼻息を荒くした。伽耶乃はまるで火遊びを咎められた子供のように、わかりやすく動揺している。

「でも、どうやら御陵警部補はあまり事態を重要視してはいないようですね。捜査会議には私が一人で参加することにします」

「ちょ、ちょっと待ってよ。そうじゃないよ。これはその、軽いリップサービスっていうか、軽いご挨拶っていうか、とにかく本気じゃないっていうか……ほら、君もそうでしょ？」

「うん、ていうか遊びの方が案外、燃えちゃうかも」

女性警察官は照れくさそうに言い、いたずらっぽく笑う。小悪魔めいたその微笑みに、伽耶乃は、にへら、と表情を緩めた。

「わかるわかる。実はボクもそう——って、いやいやいや、そうじゃなくて、あ、待ってよレイちゃん。せめて言い訳だけでも最後まで聞いてよ。ちょっと……」

慌てて追いすがってくる伽耶乃を軽く無視してその場を離れ、伶佳は廊下の突き当りにある階段を三階まで一気に駆け上がった。

「ねえ待ってったら。もう、悪かったよ。あの子とは何でもないから、レイちゃんはヤキモチなんて焼かなくてもいいんだよ」

「別に焼いてなどいません。私と御陵警部補の間にも、同僚という関係以上のものはないですから」

「あれれ、いつにもましてバッサリくるね。非番の日に呼び出されたのがそんなに嫌だった？」

それを言うなら、非番の日に呼び出されて捜査会議に来たのに、同僚がまじめに仕事をするどころか、受付の女性警察官をたぶらかしていたことに腹を立てているのだが。

「ていうか、大事な用事だって言ってなかったっけ？　大丈夫なの？」

「ええ、大事な用事ではありますが、今すぐ急を要することでは……」

言いかけてハッとする。本当にそうか、という自分自身の声をあえて無視して、伶佳はかぶりを振った。

「それより、事件について何か聞いていますか？」

「まあ一応ね。リッチな会社経営者が自宅で殺害されていたってことくらいしか聞いてないけど」

あ、と意味深な声を漏らし、伽耶乃は付け加える。

「そうそう、現場には、おかしな絵があったらしいよ」

「絵？」

「肖像画だって」

伽耶乃は自身の頭上から胸の辺りにかけて、両手の人差し指で四角を描く。肖像画を表すジェスチャーのつもりらしい。

「被害者の自宅に絵画の一枚や二枚あっても別に不思議は……」

「あー、待って待って」

怜佳が言い終えるのを待たず、伽耶乃はさっと手を掲げて発言を遮った。

何事かと怜佳が困惑していると、伽耶乃は深い溜息（ためいき）をついて、

「堅苦しいなぁ。レイちゃんは」

「はぁ……？」

「ボクが捜査支援分析室に来てどのくらい経つっけ？」

「もうすぐ、半年ですね」

怜佳の答えにうんうんとうなずいて、伽耶乃は大仰に腕組みをする。

「そうだよねぇ。つまりボクとレイちゃんがコンビを組んでからすでに半年。一年の半

分。生まれたばかりの赤ちゃんがハーフバースデーを祝うほどの期間、一緒にいるわけだよねぇ」

「それがどうかされましたか？」

「だから、その他人行儀な喋り方だよぉ。どうしていまだにボクにそんな喋り方をするの？　もっとこう、砕けた感じで、フランクに喋ってほしいんだよ。こんなんじゃあ全然、レイちゃんとの距離が縮まった感じがしないっ！」

突然大声で言い、もどかしそうにその場で地団太を踏む伽耶乃。手稲署の刑事であろう数名が、何事かと怪訝そうな顔をして二人のそばを通り過ぎていく。

不貞腐れたように口をとがらせ、腕組みをして立ち止まっている伽耶乃を前にして、伶佳はどうしたものかと頭を抱えたくなった。

「あの、御陵警部補。もう間もなく捜査会議ですから、その話はまた後に……」

「やだ。いつもそういって後回しにして、結局なあなあにするじゃないか。今すぐその他人行儀な態度と口調を改めてくれなきゃ、ボクはこの事件から降りる」

——降りるって……。

仮にも国家に仕える身の警察官が、その職務を放棄することなど許されないのだが、伽耶乃はいたって真剣な面持ちでその主張を曲げようとはしない。そのかたくなな態度を前に、伶佳は心の中でひそかに溜息をついた。

「ちょっと、馬鹿な子供を相手にしてるみたいに溜息をつくのはやめてよ。ボクは真剣に話してるんだから」

おっと、いけない。心の中ではなく、実際に溜息をついてしまったらしい。伶佳の反応を見た伽耶乃は眉間にぎゅっと皺をよせ、白い顔に不機嫌そうな表情をさらに強めた。

伽耶乃は半年前まで警視庁捜査一課に所属していたが、見ての通りの性格が災いし、厄介払いされる形で道警に異動となった。そんな彼女が配属されたのが、伶佳の所属する捜査支援分析室の心理分析班であった。

警視庁に入りたての頃、伽耶乃は半年間にわたりFBIで研修を受け、プロファイリングや犯罪心理学、行動科学についてのノウハウを叩き込まれたという。その言葉通り、彼女の観察眼は鋭く、プロファイリングによっていくつもの凶悪事件の犯人像を絞り込んでは解決に導いてきた。一時は科学捜査研究所からスカウトの声がかかるほど周囲の注目を集めたこともあったらしいが、本人はその申し出をあっさりと断ってしまった。曰く、プロファイラーだからといって机にかじりついてばかりではつまらない。適度に現場に足を運び、特に興味の湧く事件ならば徹底的に捜査したい。そんなわがままじみた希望を通すためには、科捜研という形式ばった組織では役不足なのだとか。

なんとも傲慢な発言ではあるが、実際彼女にはそんなことを言ってのけるのも頷けるほどの能力と実績が備わっていた。だからこそ、一癖も二癖もあるこの性格が災いし、周囲に毛嫌いされてしまうのだろうとも思えるが。

そんな伽耶乃にとって、北海道という見も知らぬ土地への異動は体のいい左遷にしか感じられなかっただろう。事前に彼女の人となりを室長から聞いていた伶佳は、彼女の殻をどう破ろうかと頭を悩ませたものだが、実際に会ってみると、大したやり取りもせぬうちから伽耶乃は伶佳に並々ならぬ興味を抱き、公私問わず四六時中猛烈なアタックを仕掛けてきては、しきりに距離を縮めようとしてきた。理由を聞いたところ、詳細を語ってはもらえなかったが、伶佳は伽耶乃にとって理想の女性像を体現しているらしく、母親の次に尊敬していると言って目を輝かせていた。

これには面食らった伶佳だったが、どんな形であれ、伽耶乃が心を開いてくれて、捜査に全力で取り組んでくれるなら良しと判断し、こうして日々、共に凶悪事件の解決に奔走している。とはいえ、その実力とは無関係に、たまにこういう、子供じみた要求が飛び出すのは困りものであった。

「とりあえず、ボクとの間で敬語はやめてよ。恋人みたいにとまではいかなくても、友達か姉妹みたいにさ、気軽に口をきいてほしいなぁ」

「……善処します」

しぶしぶ応じると、伽耶乃はやや困ったように眉を寄せて嘆息する。

「でもまあ、レイちゃんは誰に対しても基本的に敬語だし、あまり無理させるのもかわいそうだから、この部分に関しては無理にとは言わないよ」

助かった、と伶佳は内心で胸をなでおろす。

その一瞬の油断を突くように、伽耶乃はずいと身を乗り出して、

「ただし、ボクのことを名字と階級で呼ぶのはなし。これは今すぐ直してもらうからね」

「それでは、どう呼べと？」

「どんな呼び方でもいいんだよ。伽耶乃って呼び捨てにしてくれてもいいし、『かやたん』とか、『のっち』とか、『ダーリン』って呼んでくれても……」

「――では『伽耶乃さん』で」

それ以上の譲歩はあり得ない、という意思が伝わったのか、伽耶乃はしつこく突っ込んでこようとはしなかった。

それでも満足げにうなずいていたので、とりあえずの欲求は満たされたらしいと納得する。

「よし、決まりね。あ、ちょうど会議が始まりそうだよ」

伽耶乃の視線の先、廊下の突き当りにある講堂では、捜査員が並べられた席に着席し始めている。

「私たちも行きましょう。御陵……いえ、伽耶乃さん」

「そうそう、その調子。よくできました」

伽耶乃はにっこりと微笑みながら、小さい子供にするみたいに、伶佳の頭を撫でる。

同性ながら身長差が二十センチ近くある伽耶乃を見上げながら、伶佳はまたしても複雑な気分で、内心こっそりと溜息をついた。

「だからレイちゃん、そんなあからさまに嫌そうな溜息はやめてったら。隠してるつもりかもしれないけど、おもいっきり顔に出てるよ」

　おっと、いけない。

3

　伶佳と伽耶乃は講堂内に並べられた長机の最後列窓際の席に並んで座る。ほどなくして背後の扉が開き、署長、副署長をはじめとして、捜査責任者である道警本部捜査一課管理官、そして手稲署の刑事課長が続いて現れる。

「では第一回捜査会議を始める」

　一同が席について早々に、進行役である管理官、武末信哉警視の物々しい声と共に会議が開始された。

　まずは事件の概要である。現場は手稲区の閑静な住宅街の一角にある、真新しい一軒家。この家に住む柳井敬一（四一）が、全身を刃物でめった刺しにされ死亡した。刺創は特に胸から上に多く、首や顔にも多数の切り傷があり、辺り一面が血の海だった。顔の皮膚は執拗に切り裂かれ、頬の肉がべろりとめくれている。右の眼球は刃物でほじくり出され、血だまりの中に転がっていた。さらに異様だったのは、遺体のそば――リビングの壁に立てかけられた一枚の絵画の存在だった。

　それは被害者の胸から上、正面からの姿を描いた肖像画。ただし生前の姿ではなく、被害者の変わり果てた姿を写し取ったかのような、凄惨な死体の様子を描いたものであった。

無数につけられた切り傷の位置。半開きにされた口元やだらりと垂れた舌。土気色の肌に眼窩からはみ出した視神経までもがとてもリアルに、まるでカメラで撮影したみたいに精緻に描かれている。それはあたかも、被害者の死の瞬間を予告するかのような肖像画であり、そこに描かれているのはまさしく圧倒的ともいえる『死の光景』であった。

家族に確認したところ、被害者は絵画に興味などなく、この肖像画を所有していたという証言は得られなかった。となると、用意したのは犯人であると考えるべきだろう。

問題は、なぜ犯人はこんなものを現場に残していったのかである。被害者を絵画と同じ姿で死に至らしめようとした犯人の、まともではない精神状態が反映されたような、猟奇的なこの犯行に、現場に駆け付けた捜査員たちは一様に言葉を失ったという。

これは明らかに常軌を逸した犯行だが、しかし同時に、殺害した相手を絵画の様子に見立てて正確に傷つけるという行為はかなり神経を使うものであり、極度の興奮状態――いわゆるカッとなった状態や錯乱状態にある人間が行うのはまず不可能だろう。つまり犯人は被害者を殺害した後、冷静かつ慎重に遺体を傷つけ、肖像画と同じ状態にしたうえで現場から立ち去った。殺人を犯した後に現場に居座り、一見異常といえる行為を冷静沈着にこなす人物となると、やはり普通の精神の持ち主ではない。その理由が怨恨なのか、それとも何かしらの思想めいたものなのか、その点についても判断が分かれる。

そういった点を踏まえ、犯人像を迅速に特定する必要があると判断されたからこそ、伶佳ら心理分析班に声がかかったというわけだ。

「現場の説明は以上だ。次、目撃証言」

司会役の管理官が水を向ける。はい、と返事をして立ち上がったのは、初動捜査に加わったであろう手稲警察署の若手刑事だった。

「第一発見者は被害者の友人男性、名前は蛭田貴之（四〇）。二人は大学時代からの付き合いで、柳井は父親の跡を継いだ運輸会社を、蛭田は広告系デザイン事務所を市内で経営しています。月に二度ほど互いの家を行き来して食事をしたり、飲みに行ったりするような間柄だったようですね」

「蛭田はなぜ被害者宅を訪ねた？」

管理官の質問に、若い刑事は精悍な顔にいくばくかの緊張をにじませて短く返事をしてから、

「昨夜は柳井の妻と娘が好きなアーティストのライブに出かけており、戻るのが明日の夕方頃になるから、金曜の夜だしゆっくり酒でも飲まないかと蛭田を誘ったものの、蛭田は仕事が忙しく、夜のうちに向かうことはできませんでした。結局、職場で夜を明かし、朝になってから柳井の自宅に向かったところ、玄関の鍵が開いていました。電話やメッセージに応答がなかったためそのまま中に入った蛭田は、柳井の遺体を発見するに至ったわけです」

「蛭田のアリバイは？」

誰もが浮かべた疑問をいち早く尋ねたのは手稲署刑事課長の坂野だった。それに対し、若い刑事の隣に座っていた中年の刑事が軽く手を挙げて立ち上がる。

「当初の証言では、蛭田は一人で残業をしていたと言っていたのですが、自分に疑いがかかるのを恐れたのか、女性社員と二人で過ごしていたことを白状しました」

不倫か、と鼻で笑うような声が遠くに聞こえた。その部分に関しては倫佳も、蛭田に対する嫌悪感を抱かずにはいられなかった。

「人間性はともかく、事件当時のアリバイはある、ということか。発見時の状況については？」

「一見して柳井がこと切れていること、それが殺人であることをすぐに理解し、蛭田はその場で通報しています。駆け付けた警官に対する受け答えにも矛盾点はなく、証言も一貫していました」

ただ、と付け足すように言って、中年の刑事は後頭部をかいた。

「どうも、おかしなことを言っているようなんです」

「おかしなこと？」

繰り返した管理官に頷きを返して、その中年刑事はもごもごと煮え切らない口調でこう続けた。

「柳井の家に向かう途中、その方向からやってきた一人の男とすれ違ったらしいんですが、その男が知り合いによく似ていたと」

「犯人を目撃したということか？」

室内にどよめきが走る。思いがけず早期解決の兆しがみられて、誰もが期待に胸を膨らませた。前の席に並ぶ管理官までもがその身を乗り出して、続く言葉を待ち構える。

「いや、それが……なんというか……」

ところが中年刑事は、またしても煮え切らない態度で、結論を先延ばしにするような喋り方。しびれを切らしたように、管理官が「さっさと言ってくれ」と促すと、困り果てたように視線を落としていたその刑事は、ようやく意を決したように顔を上げ、

「その知り合いという男は、二十年ほど前から行方不明になっているそうでして」

「なんだと？」

思わず、といった様子で管理官が怪訝そうな声を上げた。再び、講堂内がどよめきに包まれる。

「その男は柳井や蛭田の大学の同級生で、現在では四十を超えているはずなのですが、蛭田の証言によると、二十年前と変わらぬ若々しい姿をしていたというんです」

一瞬の静寂。それから、押し殺したような笑い声が周囲から漏れ聞こえてくる。

上座に座る手稲署の刑事課長が、何を言っているんだとばかりに大きく目をむき、中年刑事をにらみつけている。身内の恥をさらしたことで、後で説教でも垂れるつもりなのだろう。

「それはつまり、行方不明になった人物とよく似た別人を目撃した、ということか？」

「いえ、間違いなく本人だったと、蛭田は主張しています。そんなことはあり得ないと言っても、『あれはたしかに古賀明人だった』の一点張りで……」

行方不明になったという友人の名は古賀明人というらしい。半ば無意識に隣に視線を向けると、伽耶乃はその顔から零れ落ちそうなほど興味津々な表情を浮かべており、大きな瞳が星空のようにきらきらと輝いていた。

二十年前に失踪した男が、当時と変わらぬ姿で現れて人を殺した。しかも、わざわざ死に顔を描いた肖像画を用意し、それと同じになるよう死体を傷つけてまで現場を演出して……。

そんなバカな話があるのだろうか。いや、起きてしまった以上、ないとは言えない。仮に蛭田の証言が事実だとして、犯人の動機は何だったのだろう。柳井は古賀という男に、どんな恨みを買っていたというのか。その点は、今後の聴取で明らかにしていかなくてはならない。

「わかった、引き続き蛭田から話を聞き、その古賀明人なる人物についても調べておくように。冷静さを取り戻せば、見間違いだという結論にたどり着くこともあるだろう」

管理官に促され、中年刑事が着席したことで、室内を満たしていた不穏な空気が薄れた。事実が何であれ、今は時間を無為に消費するつもりはない。管理官の声色にはそんな意思がにじんでいた。

「では次に鑑識」

「はぁ……」

返事をしてのっそりと立ち上がったのは、鑑識課の主任——芳澤謙三であった。年齢は四十代半ば。身長百八十センチ、体重百キロの巨漢でありながら、ぼそぼそと呟くような喋り方が特徴の、朴訥とした印象の男である。黒縁の眼鏡を軽く持ち上げ、自前の分厚いメモ帳に顔を近づけながら、芳澤は報告する。

「遺体は市内の医科大学で司法解剖が行われる予定です。結果はおいおい報告するとして、今朝、検視官立ち会いのもと検視を行った点に言及しますと……」

「すまない、もう少し大きな声で頼む」

管理官に指摘され、芳澤は「失礼しました……」と会釈をしてから、再び同じようなトーンで喋り出す。自分の声のボリューム不足をわかっていないのか、それとも、あれで大きな声を出しているつもりなのかはわからないが、上役に注意されても改善されないということは、彼はこういう喋り方なのだろう。

芳澤のぼそぼそとした喋り声をどうにかして聞き取ろうと、講堂内は妙な沈黙に押し包まれていた。

「被害者の死因は多数の刺創による出血性ショック死。いわゆる失血死というやつです。死亡推定時刻は本日未明から早朝にかけて。致命傷となったのは心臓にまで達する胸部の一撃と思われます。両手に十二の防御創があるため、抵抗しようとはしたようですが、激しくもみ合ったという様子はありません。爪の間からも血液や皮膚片は検出されませんでした。現場の血痕なども踏み荒らされた様子はなく、正面から相対した状態で刺され、尻餅をついて壁に寄りかかり、そのまま絶命したと判断するのが妥当でしょう」

「争うこともなくそこまで接近を許したとなると、犯人は顔見知りの可能性があるな。他には？」

「被害者宅に荒らされた形跡はなく、犯人はリビング以外に足を踏み入れなかったと考えられます。採取した指紋に関しても、柳井とその家族、そして蛭田のものは検出されましたが、他に疑わしいものは見つかりませんでした」

話を聞きながら横目に伽耶乃を窺うと、先ほどとは打って変わって退屈そうに眼をこすり、大きな欠伸をしていた。これまでの話で得られた情報は、総じて報告書でも確認できるものであり、この場で真剣に説明を聞く必要はない。そんな風に高をくっているのだろう。

「それから、現場に残されていた絵画について、こちらも詳しい調査はこれからですが、絵の具の匂いなどから察するに、描かれてからさほど時間は経っていません。ここ一、二週間の間に描かれたものでしょう。犯人がどういった意図でこれを描いて——あるいは入手して現場に残していったのかは不明ですが、今回の犯行に際して入念に準備されていたのは間違いないかと思われます」

以上です、と芳澤は着席する。その大きな背中を遠目に眺めながら、伶佳は考える。

犯人はこの事件において、単なる殺人とは異なる目的のために犯行を行っているように思える。柳井に対し恨みを抱えているにしても、こんなやり方でその怒りが収まるのだろうかと疑問に感じるほど、まったく意味不明な行為だ。

遺体を必要以上に傷つけるのも、単なるオーバーキルではなく、絵画と同じ状態にするという目的があるとなると、やはり恨みや憎しみとは違う感情がうかがえる気がした。

たとえばそう、ある種の執着だろうか。柳井を自分の思う姿に変えてしまいたいという強い欲求。そのための青写真として死体の様子を描いた絵画を用意した。そう考えれば、理解できるかどうかは別にして、感情的な理屈は立つ。

仮にそうだとして、犯人はいったい誰なのか。現状では蛭田の証言にある古賀明人という人物が最も疑いを向けるにふさわしい。だがそうなると立ちふさがってくるのが、蛭田の奇怪な証言である。彼が目撃した古賀明人は、二十年前と変わらぬ若々しい姿をしていた。それはつまり、年を取ることなく二十年前の姿のままで現れたということだろう。そんな奇妙なことが、本当に起こりうるのだろうか。少なくとも今の時点で、伶佳はそんなものを受け入れる気にはなれなかったし、管理官の言う通り、ただの見間違いではないかという気がしてならなかった。

「二十年経っても年を取らない男、か。んふふ、なんだか面白そうじゃない」

ふと、小さく耳打ちするように、伽耶乃が言った。

「御陵……あ、いいえ、伽耶乃さん。面白いだなんて不謹慎ですよ」

たしなめるように言うと、伽耶乃はぺろりと舌を出して笑う。

「でも、レイちゃんだって気になるでしょ？　二十年前の若々しさを保った四十代の男なんて、まるで不死身の吸血鬼みたいじゃない」

「気にはなりますけど、でもそんなもの、現実にはあり得ないと思いますよ」

「どうかな。可能性はいくらでも思い浮かぶよ。謎の組織に開発された新薬によって特異体質になったとか、人魚の肉を食べて不老不死になったとか、あるいは全身を機械の体に改造されたなんてことも……」

「おいそこ、静かにしろ！」

興奮してまくしたてる伽耶乃を指さして、管理官が語気を強めた。同時に、講堂内の数十人の捜査員たちの視線が、一斉に二人を振り返る。

「すみませんでした……」

舌を出し、てへへと笑うばかりの伽耶乃に代わって、伶佳は立ち上がり、深々と頭を下げた。こうならないように、室長の柏葉は非番の伶佳に連絡をして会議に同行させたというのに、結局このざまである。

落胆と自己嫌悪のダブルパンチを受け、気が遠くなりそうな思いで着席しようとした伶佳は、「君たちは捜査支援分析室だな」という管理官の声により、再び背筋を伸ばす。

「はい。心理分析班の天野警部補と御陵警部補です」

「噂は聞いているよ。本部長の肝いりだそうだね」

「はぁ……」

応じる声が、弱々しくさまよう。管理官の突き刺すようなまなざしが一身に向けられ、逃げ場のない呪縛に捕らわれたみたいに、身体が動かなかった。

「今回の事件、犯人の動機や行動にかなり不可解な点が多い。君たちの力で、一刻も早く犯人像を絞り込んでほしいと思い、この会議に参加してもらった」

期待しているぞ、と続けて管理官は視線を外し、両手を組んで捜査員たちをぐるりと見回した。お前たち、先を越されるなよと、暗に訴えるそのまなざしによって、講堂内に再び息苦しくなるような緊張が走る。

その後、捜査の割り振りがされて会議は終了した。伶佳と伽耶乃は一課の鶴見という刑事に連絡役になってもらい、情報を逐一受け取りながら犯人像を絞り込むことになった。

通常、一課の刑事は所轄の刑事とコンビを組んで地取り、鑑取りに向かうのだが、伶佳と伽耶乃に関しては、そういった措置は取られない。あくまで心理分析班として、現場に出るだけではなく集まったデータを分析し、犯人像や次の犯行が発生しそうな地域の特定に尽力するのが役目だ。足りない情報を集めるために現場に出ることはあっても、積極的に犯人の確保に向かうことはほとんどない。

伶佳はそのことを良いとも悪いとも思っていないのだが、一課の刑事たちの中には、伶佳たちをやっかんだり、邪険に扱ったりする連中も多くいる。ろくに現場を駆けずり回ることなく、データとにらめっこしているような奴らに何がわかるんだと罵倒されたことも、一度や二度ではない。そういったものにいちいち構って神経をすり減らすのも無駄なので、まともに相手にしたことはないが、それでも面白くない気持ちは残る。だからこそ、心理分析班の必要性を知ってもらうためにも、少しでも事件解決に貢献しなくてはという、反骨精神にも似た志は、常に抱えていた。特に今回のような、奇妙な事件が発生した時こそ、得体のしれない犯人像にいち早く肉薄しその正体を解き明かすことが、何よりの成果を生み出すはずだと強く信じて。

「あーあ、あのカタブツ管理官、大勢の前であんなわざとらしいおべっか使ってさ。どうせ裏ではボクたちを見下してけなしてるんだよ。嫌だよねえ、ああいう表裏を使い分けて器用ぶってるおっさんって。嫌みな性格が顔に出てるっていうかさ。ボクたちは捜査員の士気を上げるための噛ませ犬じゃないっつうの」

そうだよね、と強く同意を求め、腕にしがみついてくる伽耶乃をなだめつつ、一旦オフィスに戻ることにして手稲署を出る。そのタイミングを待っていたかのように、バッグの中でスマホが鳴った。

駐車場の真ん中で立ち止まり、伶佳は表示を確認する。

「誰から？」

「……本部長です」

わお、とおどけた声を上げ、にんまりと笑った伽耶乃を一瞥し、数歩離れたところで通話ボタンをタップする。スマホを耳に当てた瞬間、聞きなれた陽気な声が耳朶を打った。

『やあ伶佳、久しぶりだな。元気にしてるか？』

底抜けに明るい中年男性の声。陽気な喋り方。その声だけを聴けば、市場で野菜でも売っていそうな、気さくなおじさんそのものである。

「ご無沙汰しています、叔父さん。何か御用ですか？」

『おいおい、そんな他人行儀な喋り方はやめてくれよ。叔父さんと伶佳の仲じゃないか。いや、もうほとんど親代わりみたいなものなんだから、もっとこう、親しみを込めてだなぁ』

「今は勤務中ですので」

好き勝手に喋る叔父の声をバッサリと遮って、伶佳は心の中で嘆息する。伽耶乃しかり、なぜ自分の周りにはこういう風に、他人との適切な距離を守ろうとしない連中ばかりいるのだろう。

『おいおい、そんな嫌そうな溜息をつかないでくれよ。叔父さんは伶佳のことが心配で、つい声が聞きたくなっちゃったんだよ。叔母さんだって、いつご飯を食べに来てくれるんだって愚痴ってばかりいるんだよ』

「そのうち行きます。今は少し立て込んでいて……」

何の用事かと思えば、定期的にかかってくる『顔を見せにこい』アピールか。

ちら、と伽耶乃を一瞥すると、彼女はさも可笑しそうに表情を緩ませていた。伶佳とこのひょうきんな叔父との関係を理解している伽耶乃にとっては、このやり取りはほほえましい家族のワンシーンにしか映らないのだろう。

『わかってるよ。手稲区の殺人事件だろ。実はな、電話したのはそのことも関係しているんだ』

「……どういう、ことですか？」

思わず聞き返す。北海道警察本部長、天野公一朗。言わずと知れた道警のトップであり、十一年前に父親を失った伶佳を引き取って面倒をみてくれた叔父でもある。そんな彼の耳に、今回の事件の情報が入ること自体は不思議なことではない。自身も現場を経験してきただけあってか、管内で発生した重要な事件の動向を常に把握するという癖も抜けていないのだろう。

『室長の柏葉くんから報告は受けたよ。今回はかなり異様な事件だそうだね』

「ええ、なので我々も捜査に加わることに……」

『うんうん、そうだね。でもお前たちの班は二人だけだ。それじゃあ何かと不便だろうし、どうせ一課の刑事たちともぎくしゃくしてるんだろう？　もしかすると、管理官の武末くんにもにらまれてるんじゃないか？』

さすがは本部長にして過保護な叔父。よくお見通しである。

『だから、私の一存で特別に助っ人を用意することにしたんだ』

「助っ人ですか。人手が増えるのはありがたいのですが、それをわざわざ本部長が……」

『おいおい、そんな他人行儀な言い方はやめてくれったら。優しくて若々しいイケメンの叔父さんがって言ってくれよぉ』

ああ、面倒くさい。いっそのことこのまま電話を切ってしまおうかと、伶佳が眉間に皺を寄せた時、その気配を察したように、公一朗は言う。

『安心しなさい。お前たちもよく知っている連中だ。荏原署の〈別班〉だよ』

「――それはひょっとして、『彼ら』のことですか？」

そうそう、と応じる声は軽く、そして底抜けに陽気である。

『私としても、道内で記念すべき〈別班〉第一号である彼らをもっと活用して、その必要性をあちこちに認知させておきたいんだよ。もちろん、私の最終目的はその先にあるがね。それについては前に説明しただろ？』

「ええ、聞きました。道内のいくつかの所轄に凶悪事件、猟奇犯罪などを専門とする〈別班〉を設置し、それぞれを連携させることで、管轄内外の垣根を越えたＦＢＩのような組織を作る、でしたね。てっきり、ドラマの見過ぎかと思っていましたが、本気でおっしゃっていたんですか」

聞く人間が聞けば、くだらない夢物語をと笑われるような内容である。しかし、公一朗はさも当然とでも言いたげな口調で、

『本気も本気。これ以上ないほど大真面目だよ私は。そのためにも、今回の事件に彼ら

を一枚かませたい。もちろん、事件解決の手助けにもなると信じての采配だ。荏原署の方には、私から直々に連絡してある』

「し、しかし……」

突然のことに、ついうろたえる伶佳をよそに、電話の向こうからは公一朗の無責任な笑い声が響いてくる。

困り果てた伶佳を、伽耶乃が不思議そうな表情で窺っていた。

『嫌とは言わせないぞ。かわいい姪よ。叔父さんのために、彼らをしっかりとサポートして、共に手柄を立ててくれたまえ』

「ちょ、ちょっと待って叔父さん、そんな急に言われても……」

思わずこぼれた言葉に、叔父は『こらこら』と困ったような声を上げる。

『いいかい伶佳。いくら仲良しの叔父と姪でも、公私混同は良くないぞ。仕事中はちゃんと本部長と呼びなさい』

「いや、さっきと言っていることが……」

『とにかくそういうことだ。じゃあよろしく頼むよ。あと、叔母さんにちゃんと電話してあげなさい。声を聞きたがっているよ』

「待っ……」

食い下がる暇も与えられず、電話は一方的に切られてしまった。

「本部長サマ、なんだって?」

ずい、と顔を覗き込んできた伽耶乃に興味津々の様子で問われ、伶佳はただただ苦笑し、弱々しくかぶりを振った。

「今回こそは、仲良くやってくださいね、伽耶乃さん」

伽耶乃は、えっ、と声を漏らし、不思議そうに首をひねるばかりだった。

第二章

1

「ねえ、カジさんってば。待ってくださいよー」

改札を抜け、構内から出ると、札幌駅前の広場には多くの人が行き交っていた。南口付近の車の往来は特に激しく、バス乗り場の辺りは観光客らしき集団でごった返している。

「カジさんってば。どうして置いて行くんすか。優しくないなぁ」

「うるせえぞ浅羽。てめえが観光気分でもたもたしてるからだろうが」

加地谷悟朗は、忌々しげに吐き捨てると、数年ぶりに踏みしめた札幌の地に言い知れぬ懐かしさを覚え、すがすがしく息をついた。

「しょうがないでしょ。荷物がたくさんあって歩きづらいし、札幌に来るのは久々だし、駅の中だっていろいろと見て回りたいじゃないっすか」

それなのに置いていくなんて、としつこく不満を垂れる浅羽賢介の頭を小突いて、加地谷は憂鬱そうに溜息をもらす。

「お前なぁ、何しに来たかわかってんのか？　観光じゃあねえんだよ馬鹿野郎」

乱暴に吐き捨てて、浅羽が引っ張ってきた大きなスーツケースを蹴りつける。

浅羽は「ちょっと、もう！」などと抗議するが、加地谷にひと睨みされると、途端にしおらしくなる。

「どうしたんすかカジさん。こっちついてからいきなり不機嫌じゃないっすか。電車の中じゃあ、ずいぶんと楽しそうにしてたのに」

「あぁ？　別に楽しそうになんかしてねえよ」

「そうすか？　じゃあ荏原市からの一時間ちょっとの道のりの間に四回ウノやって、三回ババ抜きして、六回も大富豪したのは何だったんすか。俺はてっきり、修学旅行を思い出してはしゃいでいるのかと……」

「はしゃいでなんかいねえよ馬鹿野郎。あれはその、なんだ、お前が退屈そうにしてるから付き合ってやっただけだ」

はぁ、と疑わし気な目を向けてくる浅羽から視線を外し、加地谷は咳ばらいをしながら改めて駅前通りに視線をやった。

「そもそも、こっちに来るのになんでわざわざ電車で移動しなきゃならねえんだよ。応援に呼ばれたんだから、捜査車両の使用許可だっておりんだろ普通」

「そこは課長が承認してくれなかったんすよ。鼻つまみ者の俺とカジさんが道警本部から応援要請を受けたことが気に入らないみたいで」

言いながら、浅羽は鼻をつまむ仕草をして見せた。

「その腹いせがこれかよ。どこまでもケツの穴のちいせえ野郎だな。あの狸オヤジは」

怒りをあらわにして、加地谷は舌打ちをした。周りを行き交う人々が、冬眠明けで不機嫌な熊みたいな顔をした中年刑事を怪訝そうに見ては、足早に立ち去っていく。

「それにしても、道警本部長が直々に俺たちをご指名だなんて、すごいっすよねぇ。しかも、札幌市で起きた不可解な殺人事件の捜査だなんて、なんか俺たちかっこよくないっすか？　モルダーとスカリーみたいで」

「ふん、古くせえドラマにかぶれてんじゃあねえぞ。ただ都合よく使われてるだけだろ。すげえことなんてねえんだよ」

不遜な態度で鼻を鳴らす加地谷だが、内心では、浅羽と同様か、それ以上に疑問を感じてもいた。

加地谷と浅羽は、札幌市近郊の荏原市にある荏原警察署刑事課に所属する刑事だ。その名の通り、管轄は荏原市で発生した事件に限られる。地方ということもあり、例外的に管轄外で発生した事件に応援に呼ばれることはあるが、地方よりも人員も設備も充実している札幌市に呼ばれるというのは、普段だったらまずありえないことだ。七か月前の『グレゴール・キラー事件』や『エンゼルケア殺人事件』の折には、道警本部からの応援として天野伶佳や御陵伽耶乃がやってきたが、応援というよりは事件や捜査過程のデータ収集という名目が大きかったはずだ。おまけに自分と浅羽は刑事課強行犯係特別事案対策班――通称〈別班〉に所属する、いわゆる窓際部署のお荷物刑事である。上司には嫌われ、同僚に疎まれ、それでも地方の人材不足ゆえに刑事という職にぶら下がっているようなものであり、どう逆立ちしても難事件をたちどころに解決する名刑事には程遠い。

その証拠に、日々の基本的な業務は過去の捜査資料を電子データ化するという、退屈で面白みのないものである。そんな自分たちになぜ、札幌市で発生した殺人事件の捜査応援という大役が回ってきたのか。その理由が加地谷にはさっぱり理解できなかった。

思い当たることと言えば、やはり連続猟奇殺人犯グレゴール・キラーこと美間坂創を逮捕したことだろうか。直属の上司には認められずとも、その功績が道警本部長の目に留まり、加地谷と浅羽は捜査における命令違反の処罰を受けることなく〈別班〉への異動で済んだ。もっとも、加地谷を毛嫌いする刑事課長にとっては、体のいい島流しであったのかもしれないが。

とにかく、そういった経緯から道警本部長は、加地谷と浅羽を猟奇殺人犯に対し鼻が利く刑事だと勘違いしているのかもしれない。そんな見当違いの期待をかけられるのは、加地谷としては迷惑以外の何物でもないのだが。

「そんなに嫌なら断ればよかったじゃないすか。そしたら今頃、日も差さない薄暗い地下のオフィスで好きなだけ煙草をふかしていられたのに」

「そういうわけにいくかよ。刑事ったってサラリーマンと変わらねえんだ。上が行けと言えば、基本的には行くのがセオリーだろうが」

「そんなこと言って、本当は外に出たくてうずうずしてたんでしょ？　ここのところまともに捜査なんてしてないっすもんね。毎日毎日書類仕事で身体がなまっちゃって、腹が出てきたってボヤいてたじゃ……あてっ」

言い終えるのを待たずに頭をひっぱたいてやると、浅羽は大げさなリアクションで頭を抱え、被害者めいた声を上げる。

「誰がメタボ刑事だ馬鹿野郎。なめたこと言ってると本当に置いてくぞ」

吐き捨てるように言った加地谷は、浅羽のスーツケースに足をかけ、勢いよく押し出した。一週間分の荷物でも入っていそうなバカでかいスーツケースは持ち主を置き去りにして、歩道の上を軽やかに滑り出していく。

「うわっ！　ちょっと、何するんすかぁ！」

慌ててスーツケースを追いかける浅羽を捨て置き、加地谷は青信号の横断歩道を颯爽と歩き出す。渡った先の商業施設、通りに面したガラス張りの区画では絵画展が開かれているらしく、観覧客と思しき多くの人でにぎわっていた。

「カジさーん、待って。待ってくださいよ！　ねえ、無視しないで……！」

迷子になりかけたスーツケースを捕まえ、ガラガラと引きずりながら追いかけてくる浅羽が、赤信号の横断歩道で何台もの車にクラクションを鳴らされている。すれ違う人々がどよめきながらその光景を眺めていた。

真昼間の街中で人々の注目を集める浅羽と距離を保ちつつ、知り合いだと思われぬよう、振り返らないようにしながら、加地谷は一路、北海道警察本部庁舎を目指す。

札幌駅から大通公園へと至る道の途上、北海道庁旧本庁舎——通称赤れんが庁舎から通りを挟んだ斜め向かいに、北海道警察本部庁舎がある。地上十八階、地下三階の建物は、正面がガラス張りのスマートな外観をしており、何も知らずに通りかかったら、そこが北海道警察の主要拠点であることには、大半の人間が気づかないかもしれない。

敷地の入口には石碑のようなものがあり、そこにしっかりと北海道警察本部と記されていたり、立ち番をしている警察官の姿もあるが、駐車場にパトカーをはじめとした捜査車両は見受けられず、やはり普通の警察署とは異なる印象があった。

受付係の職員に身分証を提示してロビーへ進み、中ほどのベンチのそばで立ち止まった加地谷は、ぐるりと周囲を見回した。二階フロアまで吹き抜けになったエントランスの天井は高く、よくわからないオブジェのようなものがぶら下がっている。壁一面がガラス張りの開放的かつ明るい雰囲気は、警察の庁舎というより、コンサートホールと言った方がしっくりくる。壁面に設置されたモニターには警察組織のPR映像が流れており、訪れた市民に向けてのイメージアップに一役買っている様子であった。またロビーの中央にはブースがあり、交通安全標語の掲示や各案内のパンフレットの設置、そして警察官募集と大きく掲げられた告知がなされていた。

「俺、札幌にいた頃は東区の交番勤務だったんで、本部にはほとんど来たことがないんですよ。カジさんが最後にいたのは白石警察署でしたっけ？」

ブース内に展示された交通安全標語コンクールの優秀作品の掲示物をぼんやりと眺めながら、浅羽が問いかけてきた。

「ああ、まだ当時の同僚がいるはずだ。時間があればそっちにも寄っていきてえが……」

遊びに来たわけではないのだ。そんな余裕はないだろう。

当時の同僚、そして世話になった上司の顔を思い出しながら、正面奥にある二階フロアへと続くエスカレーターに向かおうとした時、そこから降りてきた二つの人影が二人の足を止めた。

「カジさん、あれってもしかして……」

浅羽が弾むような声を上げる。その視線の先、日本の平均的な女性の身長よりもやや低めなスーツ姿の天野伶佳と、やや高めなライダースジャケット姿の御陵伽耶乃。見るからにバランスの悪い凸凹コンビの姿が目に留まった。

「伶佳ちゃあーん！　伽耶乃ちゃあーん！」

感動のあまりか、スーツケースもバッグもかなぐり捨て、両手を広げた浅羽が飛び出した。全力疾走で駆け出した浅羽と二人の女性警察官たちの間に遮るものは何もなく、すさまじい勢いで駆け寄ってくる浅羽に対し恐れを抱いた様子の伶佳が、素早く伽耶乃の後ろに身を隠す。そして伽耶乃はというと、両手をジャケットのポケットに突っこんだまま、満面の笑みで迫りくる浅羽を待ち構えていた。

「会いたかっ……むぐっ」

盛りのついた犬のような雄たけびは、即座に苦痛のうめきへと転じた。

今にも飛び掛からんばかりの勢いで両手を広げていた浅羽がよろよろとたたらを踏み、膝から崩れ落ちるようにして床に伏した。片足を腰のあたりに持ち上げた伽耶乃が、その浅羽を慈しむように、深い同情の微笑みを浮かべて見下ろしている。

「久しぶりだね浅羽ちゃん。懲りないその感じ、期待通りで嬉しいよ」

「喜んでもらえて……何より……」

容赦なく蹴り上げられた股間を両手で押さえながら、情けない恰好で床に伏す浅羽は、消え入りそうな声で言った。

「カジーも久しぶりじゃん。元気してた？」

「あぁ？　誰がカジーだ馬鹿野郎。なれなれしく呼ぶんじゃねえよクソガキ」

眉間に皺を刻みながら応じると、伽耶乃はにんまりと歯を見せて笑う。そしておもむろに加地谷の顔をじっと見つめ、

「――うん、ちゃんと人間だ。まだ怪物になってはいないみたいだね」

「あぁ？　何言ってんだてめえ」

いぶかし気に眉根を寄せる加地谷に対し、伽耶乃は「さあね」と肩をすくめ、とぼけ

て見せる。半年ぶりに顔を見たというのに、おかしな言動は相変わらずである。

「お久しぶりです。加地谷刑事も浅羽刑事も……お元気そうですね」

伽耶乃の背後からひょっこりと顔を出した伶佳が、妙な間を置いて苦笑交じりに言う。痛みに顔を赤くしながらも、浅羽は満面の笑みで伶佳を見上げる。「会えてうれしい」という気持ちはたぶん、伝わっているだろう。

「天野、しばらくだな。そっちの猛犬みたいなガキはまだ心理分析班で世話してるのか」

「誰が猛犬だよ。ったく相変わらず失礼な奴。言っとくけど今回の捜査はこっちのホームグラウンドなんだ。よそ者にはちゃんと言うこと聞いてもらうからね」

早くも腕組みをして臨戦態勢の伽耶乃に、加地谷は片頬を持ち上げて不敵な笑みを返す。再会して早々に火花を散らす二人に、伶佳は困り顔で嘆息した。

「立ち話も何ですから、まずはオフィスへ案内します。到着早々で申し訳ないのですが、事件についての情報を早めに共有しておきたいので」

「もちろんだ。案内してくれ」

短い会話の間に、加地谷と伽耶乃はそれぞれが刑事の顔を取り戻す。歩き出した伶佳と伽耶乃に続き、加地谷も歩き出した。

「カ、カジさん、ちょっと待っ……」

長く悶絶(もんぜつ)していた浅羽は置いていかれまいと慌てて立ち上がり、荷物を拾い上げると奇怪な内股歩きで、よたよたと後をついてきた。

エレベーターで八階に上がると、ホールから出てすぐに捜査支援分析室とプレートの掲げられたオフィスがあった。内部はいくつものガラス張りのブースに分かれており、それぞれの小部屋には分析官とみられる者たちの姿が見受けられる。そこを抜け、さらに奥にある間仕切りのドアを開くと、その先には学校の教室ほどの広さをした空間が広がっていた。

「じゃーん。ボクとレイちゃんの愛の巣へようこそ」

両手を広げながらこちらを振り返り、伽耶乃はおどけたポーズをしてから、伶佳の肩に手を置き、そっと頬を寄せる。身長差があるため不自然な中腰になっている伽耶乃に、どういうわけか勝ち誇ったような表情を向けられ、加地谷は返す言葉もなく溜息をついた。

「伽耶乃さん、誤解を招くような発言はやめてください」

やや大げさに咳払いをして、伽耶乃をひとにらみしつつ、伶佳は肩に置かれた手をそっと払いのける。

「改めまして……ここが心理分析班のオフィスです。といっても、班員は私と伽耶乃さんだけですが」

「へぇ、いいところじゃねえか。日差しも入るし、ちゃんとしたデスクや応接セットもある。お、給湯室もあるなんて、いい待遇じゃあねえか」

素直に驚く加地谷を見て、伶佳と伽耶乃は顔を見合わせ、しばしの間をおいてから、同時に納得したような声を上げる。

「そういえばカジーたちのオフィスはボロ小屋同然の地下倉庫だったもんね。あそこに比べれば、綺麗(きれい)で立派に見えるよねぇ」

「確かに、あれはひどい所でしたね……」

同情じみた視線を向けられ、加地谷はいたたまれなくなって咳払いをする。

「でもほら、あそこはあそこで味があっていいんすよ。あーだこーだ文句を言う上司はいないし、誰も訪ねてこないからカジさんなんて一日中煙草吸い放題。おかげで俺は副流煙あびまくりで、最近咳が止まらなくて……」

ごほごほとわざとらしい咳をする浅羽を無視して、加地谷は手近にあった誰も使っていないであろうデスクに腰を下ろす。長旅の疲れがあるのか、背もたれに身を預けると、自然と深い溜息が漏れた。

「ボクは嫌だなぁ。あんなじめじめしたところ。なんか見たことない虫とか出そうだし、服にキノコでも生えたら大変だよ」

伽耶乃は肩をぎゅっと縮めて顔をしかめると、ぶるぶると身震いした。

「馬鹿なこと言ってんじゃあねぇぞ小娘ぇ。それが応援に来た仲間に対する言いぐさかよ」

「あはは。さっきも言ったけど、あんたらは今回、その小娘の指揮下に入るんだからね。そっちこそ口の利き方には気をつけなよ」

べー、と舌を出し、憎たらしい顔で目いっぱいの皮肉を吐く伽耶乃に対し、加地谷はこれ見よがしに溜息をついて、内ポケットから煙草のパッケージを取り出す。だが、当然ながらオフィスが禁煙であることに気づき、すぐに煙草をポケットに戻すと、代わりに取り出したガムの包みを開いて口に放り込んだ。

「ではさっそくですが、お二人に本部長からの指示を伝達します」

怜佳はまた口論が始まる前にと、改まった口調で説明を始めた。

「今回、お二人には市内で発生した殺人事件の捜査本部に加わってもらいます。主に捜査の指揮を執るのは捜査一課ですが、お二人には私たち捜査支援分析室の指揮下に入っていただき、必要に応じて現場の聞き込みや裏どりなど、標準的な捜査を行う、いわゆる遊撃部隊として動いていただく形になるかと」

「そりゃあ俺たちとしては、むさくるしい捜査一課なんかより、気心の知れた二人と一緒に動ける方が嬉しいよ。でも、どうしてわざわざ管轄外の俺たちを？」

「その点に関しては、本部長の指示としか言いようがありません」

どこか身内の恥を忍ぶような口ぶりで、怜佳は言った。なぜそんな物言いをするのかと怪訝に感じた加地谷だったが、すぐ後に伽耶乃が口にした一言によって、その疑問は解消される。

「北海道警察本部長の天野公一朗は、レイちゃんの叔父様だからね。彼が何か試験的なことを遂行しようと企んでいる時、真っ先に声がかかるのはレイちゃんなのさ。そして、その叔父様の差し金で〈別班〉に任命されたあんたらは、言ってみれば本部長直轄の捜査員として、猟奇犯罪事件に独自の視点で切り込んでいくことを期待されてるってわけ」

「え、ちょっと待って。本部長が……伶佳ちゃんの叔父さん？」

浅羽は目玉が飛び出すのではないかという勢いで目を見開き、伶佳をまじまじと見つめる。

道警のトップを叔父に持つからといって、伶佳自身に箔が付くわけではないかもしれない、むしろ、比較されて嫌な思いもたくさんしてきただろう。根強い男社会の性質が抜けていない警察組織において、女であるというだけでいくつものハンデや苦難が降りかかってきたはずだ。そういったしがらみを振り払うための手段としては、叔父である本部長の後ろ盾はかなりの武器になる。実際、警察の上層部や官僚を親に持つ公務員の中には、そういった権力を振りかざし、強引に組織内でのし上がろうとする輩が多くいるものだが、加地谷はこれまで、伶佳からはそういった言動を感じたことは一度もなかった。

それはひとえに彼女の人間性であり、上を目指すのではなく、あくまで目の前の事件を解決し、苦しむ人を一人でも救おうという、強い意志の表れなのかもしれない。そんな伶佳の人となりに、加地谷はこの時、改めて関心を抱いた。

「うっわ、マジかよ。てことは伶佳ちゃんと結婚したら、本格的に逆玉じゃん。いいなぁ。俺、立候補したいなぁ」

少なくとも、こういう浮ついた人間には、伶佳の抱える苦悩なんてものは理解できないだろう。加地谷は深々と溜息をつき、なにやら勝手に盛り上がっている浅羽を無視して、話を先に進める。

「細かい疑問はともかく、俺たちはやれと言われた捜査をするだけだ。天野、事件の詳細を確認させてくれ」

「はい。では事件の概要を説明します」

デスクを挟んで反対側の椅子に腰を下ろし、伶佳はその端整な顔に一抹の緊張をのぞかせながら話し始めた。残る二人も各々、空いている椅子に腰を下ろす。

伽耶乃が自身のデスクからファイルを取り、加地谷の前にぽんと放った。昨日発生した殺人事件についての資料である。

「事件発生は昨日の未明。遺体が発見されたのは早朝でした。被害者は柳井敬一という四十代の男性。第一発見者は友人の蛭田貴之。二人は大学の同級生で、卒業してからも親交が深く、互いの家を行き来する間柄でした」

そこで息つぎをして、伶佳はファイルの中にある写真を指さした。

「注目していただきたいのは現場の状況です。被害者は殺害後、犯人によって執拗に顔や首を切り刻まれています。その遺体の様子は、現場に残された肖像画の構図とぴたりと一致していました」

「うわ、なんすかこれ。ヤバいな……」

写真に収められた肖像画を見た浅羽が、思わず、といった調子で呟いた。顔面は見るに堪えないほど切り刻まれ、肉のこそげ落とされた頬骨や顎の骨までもがむき出しになっているその様子は、伶佳の言う通り被害者の遺体とまさしく瓜二つであった。

加地谷はひとしきり資料をめくりながら、気になった点を伶佳に尋ねる。

「被害者の死因はナイフの刺創に違いないんだよな。解剖の結果に不審な点はないのか？」

「はい。司法解剖の結果は概ね、検視官の見立てを裏付ける内容でした。死因は鋭利な刃物で心臓を刺されたことによる失血死。必死の抵抗も虚しく、被害者は一方的に殺害されたようです」

「犯人は顔見知りか、自宅に出入りできた人物。あるいは客としてやってきて、油断した隙に突然襲われたって線もあるな」

加地谷の見立てに、伶佳はうなずいて同意を示す。

「第一発見者の疑いは晴れてるの？」と浅羽。

「蛭田に関しては、不倫相手に裏を取っていますし、彼のデザイン事務所の入っているビルの警備員が、事務所内にいる二人の姿を目撃していますので、アリバイは完璧かと」

「第一発見者が犯人ってパターンは、今回は考えなくていいと思うよ。それに蛭田は現場付近で犯人らしき人物を目撃している。けれどそれが、年齢は四十を過ぎているはずなのに青年のような姿をした失踪者であるってことが問題なんだよねぇ。ボクとしては、蛭田のその証言はぜひ信じたいところだけど」

伽耶乃のもったいぶったような発言に、加地谷は眉を寄せ、浅羽と顔を見合わせる。

「青年のような姿をした失踪者だとぉ？　何者だそりゃあ？」

問いただす声に、伶佳が応じる。

「名前は古賀明人。一課の調べによると、確かにこの人物は二十年前に失踪し、家族から捜索願が提出されています」

「どんな奴なんだ、その古賀明人ってのは？」

更に問いかけると、伶佳は手元の資料を手に取り説明をする。

「失踪当時は市内の大学に通う学生でした。資産家の家庭に生まれ、何不自由なく育ったのですが、大学進学と同時に両親が事故で死亡。その後、遺産は彼と弟が相続したそうです」

加地谷は伶佳が見ているのと同じ資料を目で追った。当時、明人の捜索願を出したのは、その弟であるらしい。

「資産家ってなると、かなりの豪邸に住んでるとか？」

浅羽がにやけ顔で問う。こちらに応じたのは伽耶乃だった。

「なかなかの家に住んでたみたいだよ。明人の失踪後は、弟の誠人が一人で住んでいるらしい。昨日、レイちゃんが彼に話を聞きに行ってくれたけど、明人が帰ってきたとか、生きていたなんてことは、今のところ確認できていないってさ」

ね、と確認するように視線を送られ、伶佳はそっとうなずいて見せた。

「てことは、蛭田の証言はただの見間違いか。友人の死を目の当たりにしたショックから、あり得ねえ勘違いをしてるってところか？」

「一課はその線で聴取を進めたみたいなんだけど、蛭田は頑として主張を曲げようとしないんだよねぇ。そんな嘘をついて得することなんて何もないだろうし、誰かをかばっているにしても、『二十年前と変わらない姿』なんて突飛な話をする必要性がない」

そうでしょ、と同意を求められ、加地谷は曖昧にうなずく。確かに、嘘をつくならもっと上手につくべきだろう。

「それで、この先の捜査方針は？」

「一課は被害者の交友関係を主に当たっています。私と伽耶乃さんは、集まってきた情報をもとに犯人像を絞り込む予定ですが、ただ待っているだけというのはもどかしい。かといって一課の捜査に割り込むのも……」

伶佳は困り顔で言葉を濁した。その表情から、捜査本部における心理分析班の立ち位置の不安定さのようなものがうっすら窺い知れたような気がした。殺人事件の捜査を取り仕切る捜査一課の縄張りを荒らすようなことをしては、嫌な顔をされるだけでは済まないのだろう。そうでなくても、一課の連中は必要以上にプライドが高く、他部署の人間に捜査について口出しされることを異様に嫌う。プロファイリングに頼るよりも、己が培ってきた捜査技術に重きを置いているというわけである。

その点に関しては、加地谷も人のことを言えた義理ではないのだが……。

「だからボクたちは、あえて一課が見向きもしていない古賀明人の方を調べようと思うんだ。もちろん、犯人像のプロファイリングと並行してね」

物思いにふける加地谷をよそに、伽耶乃は自身の捜査方針について、高らかに宣言した。それに対し、浅羽が意見を口にする。

「調べるっていっても、目撃証言が確実である保証はないわけでしょ。嘘をついてる可能性だってあるし。それにその古賀って人が見つかっていないのは間違いないんだよね？　まさか、遺体でも捜しに行くとか？」

「死んでるって決まったわけじゃないよ。ほら、現に蛭田は姿を見たって主張してるわけだし。もちろん彼の証言を丸ごと信じるわけじゃないけど、嘘をついているにしても、どうしてわざわざそんな嘘をつくのかが気になるじゃない？　彼が見たのが本当に古賀明人だったのか。それとも、よく似た別人なのかをはっきりさせることも、大事な捜査の一環だと思うし」

伽耶乃はぴんと立てた人差し指を、軽く左右に振って見せる。

「そんなことしてる暇あるのかよ。こうしてる間にも、一課から膨大な情報が上がってくるんだろ。プロファイリングで犯人像を導き出す方が先だろうが」

「ふん、そんなこと言われなくても分かってるよーだ」

「ああ？　なんだお前。生意気な……」

ストップストップ、と間に入った浅羽を例のごとく八つ当たり気味にひっぱたき、加地谷は腕組みをして椅子にもたれかかる。

なりゆきを見守っていた伶佳は、

「加地谷刑事のおっしゃる通りです。通常でしたら、私たちはこのオフィスに張り付いて、リアルタイムに上がってくる情報を精査し、使えるものかどうかふるいにかけるので精一杯です」

しかし、と一呼吸置いてから、伶佳は続ける。

「今回は〈別班〉のお二人が応援に駆けつけてくれました。協力すれば、情報の精査と現場での聞き込みなんかを同時進行で行える」

「なるほど、それじゃあ俺とカジさんで聞き込みに……」

言いかけた浅羽はしかし、伽耶乃にさっと手を掲げられて押し黙る。

「残念だけど、浅羽ちゃんはここに残ってボクと一緒に情報収集」

「情報収集？」

「そ。古賀明人が行方不明になった二十年前に何があったのか。彼はなぜ行方をくらましたのか。被害者である柳井や第一発見者の蛭田とはどういう関係だったのか。そういった情報を集めるの」

ここへきて、デスクワークをするのが嫌なのだろう。浅羽は見るからにテンションダウンした表情で、眉を八の字にしている。

「だがよぉ。古賀明人に一課は見向きもしなかったんだろ。そんなもんに時間かけてていいのかよ」

「見向きもされないからこそだよ。統制された組織捜査じゃあ見いだせない際立った何かを、ボクたちが見つけるの。その結果はずれだったとしても、それはそれ。一つ疑念を潰せたと思えばいいし」

「楽観的だな。確かに、手柄が欲しくてたまらない捜査一課にはねえ発想だ」

「えへへ、もっと褒めていいよ」

皮肉だと気づいているのかいないのか、伽耶乃は無邪気な様子でにんまりと笑う。

「では話がまとまった所で、加地谷刑事は私と一緒に関係者の聞き込みをお願いします」

「それは構わねえが、古賀明人が失踪したのは二十年前だろ。当時のこと詳しく覚えている人間なんて、そう簡単に見つかるのかよ」

ぼやくように言った加地谷を、伶佳は軽く一瞥し、

「すでに何人かアポは取ってあります。約束の時間はもうすぐなので、すぐに出ましょう」

有無を言わさずといった調子で、伶佳は席を立つ。事件発生からこっち、ふらふら遊んでいたわけではないと、その表情は物語っているかのようだった。

一方の伽耶乃はぐるりと椅子を回転させて自身のデスクに向き直ると、隣の席を指さし、

「浅羽ちゃんはそこ使って。とりあえず、道警のデータベースは自由に見れるし、古い新聞記事なんかもいくつかピックアップしてるから、使えそうなネタは片っ端から拾っていってね」

言い終えるや、自身は一課から上がってきた膨大な情報をさばき始める。以前、伽耶乃はプロファイリングを『技術』だと言った。その言葉にたがわぬ姿勢で収集したデータを統計的に精査していく姿に、加地谷は素直に舌を巻いた。悔しいけれど、こいつもれっきとした捜査員なのだ。

ふと目が合うと、浅羽も同じように感じていたらしい。少し困ったように肩をすくめてから、腹をくくった様子で伽耶乃の隣のデスクにつく。

「あ、そうだカジー」

思い出したように声を上げ、伽耶乃がこちらを振り返った。

「一緒に行動するからって、くれぐれもレイちゃんに触ったり、変な気起こしたりしないでよね」

「馬鹿か。お前と一緒にするんじゃあねえよ」

「やだ、こわーい。盛りのついたゴリラが怒ってるぅ。レイちゃん、何かあったらすぐお巡りさんに通報してね」

わざとらしく、椅子の上で身を縮めるようにした伽耶乃が、皮肉めいた口調で言った。

瞬間的に頭に血が上ったが、こちらが何か言おうとするより先に、伽耶乃は再び椅子を回転させ、さっさと作業に戻ってしまう。

その丸まった背中に何事か言い返してやりたいところだったが、いちいち相手にするのも時間の無駄だし、何より疲れる。これ見よがしに大きな溜息をついて、加地谷は伶佳の方に向き直った。

「では行きましょうか」

加地谷と伽耶乃のやり取りに、どことなく微笑ましげな表情を浮かべていた伶佳に促され、二人はオフィスを後にした。

2

捜査車両で市内を走り、待ち合わせ場所となるファミレスで最初に話を聞いたのは、古賀明人の高校時代の担任教師だった。

綺麗にワックスがけされたプリウスでやってきたその男性教師は平松と名乗り、伶佳が差し出した名刺を感心した様子で見つめてから話し始めた。

「古賀明人くんは、ちょうど私が赴任した年に担任を務めたクラスの生徒でした。お父様もここらじゃ有名な方でしたし、彼のこともよく覚えていますよ」

平松は過去を懐かしむような遠い目を窓の外に向ける。

「いつ見ても溌剌とした笑みを浮かべていたのが印象的な好青年でしたよ。かなり人気者でね。実際、私も彼を気に入っていました。嫌みのない性格っていうんですか。十代特有の憎たらしさがなくて、とにかく素直なんです。高校生と言えばまだまだ難しい年頃ですから、いい面もあれば悪い面も必ずあるものでしょう。しかし、彼に限ってはそれがあてはまらない。周りの教師たちも、彼に好意的だったのを覚えています」

　そこでいったん言葉を切り、平松は線を引いたように細い目を更に細めた。

「たしか、大学に進学した後に行方不明になったのではなかったですか？」

「ええ、よくご存じですね」

　伶佳がそう返すと、平松は深くうなずいて、

「あの当時は大騒ぎでしたから。卒業生が行方不明だなんて、そうそう耳にする話じゃありません。その少し前に古賀くんのご両親も亡くなっていましたから、その、いろいろな憶測も飛び交いましてね」

「それはつまり、遺産を狙う者が彼に危害を加えようとしていた、とか？」

「はい。あくまで噂ですがね。本当にそんな事実があるなら、刑事さんがわざわざ私のような者に話を聞きに来ることもないはずでしょう」

　たしかにその通りだ。加地谷たちが札幌に来るまでの間に、伶佳と伽耶乃は明人の大まかな過去を調べ上げたが、彼の失踪（しっそう）になんらかの事件性があったという事実は見つけられなかった。

　ある日、いつもと変わらず大学に出かけ、その帰り道で友人と別れたきり、古賀明人

はぱったりと姿を消した。唯一の肉親である弟の誠人は警察に訴えかけたが、これといった事件性のない成人男性の失踪は、当時からさほど深刻にとらえられず、まともに捜索などしてもらえなかった。

　もはやテンプレートと化している展開。警察関係者としては、歯がゆい気持ちにならざるを得ない。

「あれからもう二十年ですか。しかし、どうしてまた今頃になって古賀くんを捜しておられるのですか？」

「それは、捜査上のことですのでお答えすることはできないんです」

　伶佳がほんの少し沈んだ声で言うと、平松は「いいんですいいんです」と胸の辺りで手をパタパタ振った。出過ぎた質問をしてしまったと思ったらしく、気まずそうな顔でコーヒーをすする。

「なあ先生。古賀明人が特に親しくしていた生徒に心当たりはないか？」

　妙な沈黙が訪れるのを避けるように問いかけると、平松はカップを手にしたまましばし固まって、斜め上を見上げた。

「特に親しく……ですか……」

「先ほど、友人は多かったと」

「ええ、もちろん多かったです。でもね、なんというか、特定の誰かと特に親しいということはなかったように思うんですよ。いつも周りに誰かしらいたはずなのですが、その顔触れは状況に応じてまちまちだったように思います」

広く浅い、うわべだけの友人関係だった、ということか。

「同じ大学に行った生徒も何人かいたはずですし、実際、私もそういった卒業生から古賀くんの失踪話を聞きました。でも、その彼らも失踪の経緯や理由というものまでは知らなかったのではないでしょうか」

「では、恋人はどうですか？　それだけ人気のある人物でしたら、恋人がいてもおかしくありませんよね？」

伶佳の問いに、平松は小さく唸ってから顎に手をやる。

「そちらはもっと思い当たりませんねぇ。確かにいてもおかしくないはずですが……」

「ひょっとして、女性嫌いだったとか？」

「いえいえ、そんなことはないはずですよ。学校祭や修学旅行といったイベントの際には、特定の女子生徒と親密そうにしているのを見たことがありますから」

「もしかして、そっちの方もこれといって決まった相手がいなかったのか？」

加地谷の指摘に、平松は斜め上を見上げて記憶を辿るようにして眉を寄せた。

「古賀くんはとにかくモテていましたからね。なんというかこう、中性的というか現実離れしているというか。同年代の男子生徒に比べて男くささのない容姿が、異性を引き付けてやまなかったのでしょう。大きな声では言えませんが、教職員の中にも、彼に惹かれている様子の者は何人かいましたから」

おいおい、と内心で突っ込みながら、加地谷は息をついた。横目に窺うと、伶佳もまた同じ感想を抱いている様子だった。

「ですから、彼が失踪したと聞いた時、私はお父様の遺産関係ではなく、真っ先に女性関係を想像したものです。彼に袖にされた女性が、ストーカーのようになって彼を襲ったのではないかと……もちろんこれは、私の想像でしかありませんが」

「ストーカー、ですか」

伶佳はいささか困惑気味に繰り返す。

確かに、異性とのトラブルで男の方がいなくなるというのは、失踪の理由としては説得力に欠ける。しかし、絶対にないとは言い切れないのも事実であった。

「そうだ。杉原さんだ」

突然、平松が手を叩き、何者かの名を口にした。いぶかしむような伶佳の視線をその恵比須顔で受け止めながら、平松は、ずい、とテーブルに身を乗り出す。

「ストーカーで思い出しましたよ。古賀くんの同級生に杉原千草という女子生徒がいましてね。確か三年間、同じクラスだったはずです。あまり明るい方ではなく、どちらかというと物静かで、おとなしい印象の生徒なんですがね。休み時間によく一人でいるようなタイプといえば、わかりやすいでしょうか」

「その女子生徒が、古賀明人さんのストーカーだったと？」

「いえ、はっきりそうとは言えませんし、私も古賀くんから聞いたわけではないんです。

ただ、周りの生徒たちは、彼女を気味悪がっていました」

「どういう風に気味が悪いんだ？」

平松はコーヒーで喉を潤してから、少しばかり声を潜めて続ける。

「単純に言うと、かなり思い込みが激しいタイプなんです。普段は置物のように静かで、感情をあらわにすることはないんですが、古賀くんのこととなると目の色が変わり、周りが見えなくなってしまう。たとえばホームルームでクラス委員を決める話し合いをしていた時、周りの推薦で男子が古賀くんに決定した瞬間、それまで黙りこくっていた杉原さんが突然立ち上がり、女子の代表は自分がやると言い出すんです。女子の方は男子と違って、責任感のある生徒がすでに立候補で決定していたのに、杉原さんは自分が務めるべきだと断固として譲ろうとしない。結局、先に決定していた女子生徒が辞退してしまい、杉原さんは古賀くんと二人で委員を務めることになりました」

周りが見えないというよりも、周りの迷惑を考えないタイプであるらしい。

「そんなことがあれば当然でしょうが、古賀くんの方は彼女を警戒していましたね。二人が一緒にいるところは見たことがありません。しかし杉原さんは、いつも古賀くんのことを一方的に見つめている。たしか卒業後は、古賀くんと同じ大学に進学したはずですから、大学に行ってからも同じような感じで、彼に付きまとっていたのかもしれません」

苦笑しながら、平松は広い額をつるりと撫でる。

「古賀くんが失踪したと聞いてから少しして、私は地下鉄の駅で偶然、杉原さんと再会しました。その時に、自然と古賀くんの話題になったのですが、今にして思えば、その時の彼女は、いささか妙なことを言っていたんですよ」

「妙なこと？」

顎を引くようにして、平松はうなずいた。

「私が古賀くんを心配しているという旨の話をしたら、彼女は突然、その顔に笑みを浮かべながら言ったんです。『大丈夫。きっとすぐに帰ってくるから』と」

無言のまま、二人の刑事は視線を交差させる。

「それはどういう意味なのでしょうか？」

「わかりません。当時は私も杉原さんの言葉の意味を考えましたが、さっぱりわからない。ただ、やたらと確信めいた彼女の口調が気になったものですから……」

平松は自らの言葉に怯えるように、表情を曇らせた。こめかみを伝う汗をハンカチで拭い、取り繕うような笑みを浮かべる。

「いや、すみません。刑事さんにこんな曖昧なお話をしてしまって。私は別に、杉原さんを疑ってこんなことを申しているわけではないんです。どうか、話半分で聞いていただけると……」

「もちろんです。お話は参考程度に聞かせていただきますので」

ありがとうございます、と会釈した伶佳に、平松は少しだけ安堵したような表情を見せる。

現状、杉原千草が古賀明人の失踪に関与しているという確かな証拠は何もないし、二十年も前に、真偽の定かではない妄言めいた発言をした人物を本気で疑うような腹づもりは、加地谷にはない。だが直接会って話をしてみなければ、正しい判断はできそうになかった。

「念のため、その杉原千草さんという方の連絡先を教えていただけますか？」

「携帯番号は存じませんが、実家の連絡先でしたらわかると思います」

のちほどメールしてほしいと伝え、伶佳は名刺に記されているアドレスを指定する。

その後は、これといった情報を得ることもなく、平松と別れて店を出た。

「それで、どう思う？」

駐車場から緩やかに発進していくプリウスを見送り、捜査車両に乗り込んだところで、加地谷は我慢していたくしゃみを吐き出すように言った。

「杉原千草が、古賀明人の失踪に関与しているかどうか、ですか？」

「俺は話を聞いてみる価値はあると思う。もっとも、その女が古賀明人を誘拐、監禁しているとまでは考えちゃいないがな」

苦笑しつつ、加地谷はポケットから煙草を取り出した。

「私もそう思います。話を聞いた限りでは、確かに杉原さんは誇大な妄想を抱く傾向があるようです。もし彼女が古賀明人の身柄を押さえているとしたら、『すぐに帰ってくる』という表現は使わないと思います。『ずっとそばにいる』とか『いつでも会えるから』といった言葉をチョイスするのではないでしょうか」

　もとより妄想の世界に生きている以上、積極的に自分の犯行をひた隠すというより、あえてひけらかすに違いないと言いたいのだろう。

「そうだな。まともな心理状態なら、言動にも一貫性が生まれるはず。逆に、その女の頭がすっかりイッちまっていたなら、理屈なんて通用しないとは思うが」

「それを確認するためにも、会って話を聞きましょう」

だな、と応じ、取り出した煙草をくわえたところで、伶佳が続けて言った。

「それと、捜査車両内は禁煙ですよ」

「あぁ？　かてぇこと言うなよ。ちゃんと窓を開けて……」

「私は、浅羽刑事ほど甘くはありませんよ」

かぶせるように言われ、加地谷は煙草をくわえたまま、しばし呆然とする。まっすぐに見据えてくる伶佳のまなざし。その迫力に圧倒され、加地谷は渋々白旗を上げた。

「わぁったよ。やめりゃあいいんだろ。ほら」

　くわえていた煙草を手に取って、伶佳にアピールする。

「ったく、最近はどこもかしこも禁煙禁煙ってよぉ。JTも生き残りをかけて必死だろうなぁ」

　ぼやいたところで、世間の風潮を変えることはできない。素直に応じておけば、いらぬ衝突も起きないと自分に言い聞かせながら、加地谷は車を降りた。

「平松さんの勤務する高校はここから車で五分の距離です。連絡が来次第、出発しましょう」

片手をあげて伶佳に応じ、加地谷は駐車場の角、掃きだめのような場所に赤い金属製のバケツが設置された喫煙スペースに向かった。

伶佳の言った通り、平松からの連絡はすぐに来た。

杉原千草の実家に連絡を取ると、今は市内のアパートに一人暮らしをしているとのことだった。住所を聞いて車を二十分ほど走らせ、JRの高架下付近に建つ古びた建物の前で停車する。

「ここか？」

外観を見ながら、加地谷はつい確認してしまった。

築六十年は経過しているであろう、年季の入ったモルタルのアパート。二階建てで六戸あるうちの三つのドアポストにはガムテープが張られ、残る三つのうち一つは板が打ち付けられていた。無事なのは二階の中央と一階東側のドアだけだ。その二つでさえも、ちょっと強く引っ張ったらノブが抜けそうなくらいにボロボロである。

「間違いないですね。杉原千草はここの二階に住んでいます」

伶佳はもう一度住所を確認し、建物名まで一致していることを確かめる。

杉原千草は、古賀明人と同学年。今年で四十一歳になる。どんな仕事をしているのか知らないが、こんな、今にも倒壊しそうなボロアパートに住まなくてはならないほど、生活が困窮しているのだろうか。それとも、まともな生活が送れないほど自堕落な生き方をしているということなのか。

　あちこち錆だらけで、足を乗せ体重をかけるたびにぎしぎしときしむ外階段をのぼりながら、加地谷は内心で想像を巡らせる。平松から実家の電話番号と共に送られてきた杉原千草の高校時代の写真は、ごく普通の十代の少女のもので、彼の言う通り少しだけ根暗っぽい印象はあったものの、真面目そうなタイプに見えた。社会に出てもきっと、与えられた仕事をそつなくこなし、勤勉に生きていくのだろうと勝手に想像していたのだが……。

「加地谷刑事？　どうかしましたか」

「いや。何でもねえよ。あ、ちょっと待った」

　チャイムを押そうとしていた伶佳が、ボタンに触れるか触れないかのところで手を止める。何事かといぶかしむ伶佳に、加地谷は小さく息をつき、

「前から思ってたんだけどよぉ。俺や浅羽を呼ぶときにいちいち『刑事』を付けるのはやめようぜ。初対面ってわけでもねえんだ。堅苦しくてかなわねえ」

「そうですか。では階級で……」

「階級もなしだ」

　伶佳は加地谷よりも階級が上である。それでは余計に気を遣うではないかと、加地谷

は内心で舌打ちをした。

「あの生意気な小娘のことは名前で呼んでるじゃあねえか。ああいう感じでフランクにいこうぜ。行く先々で刑事刑事言われるのも、何かと不便だしな」

「加地谷刑事――あ、いえ、加地谷さんがそうおっしゃるなら……」

伶佳は緊張した様子でぎこちなく言い直す。

「よし、それでいい。今後はそれで頼む」

――こういう提案は普通、階級が上の人間がするもんだがな。

加地谷は内心で独り言ちながらも、あえて口にしないでおく。

わだかまりとも呼べないような小さな問題が解決したところで、加地谷はさっと手を前に出し促す。伶佳がボタンを押すと、ドア越しにピンポーン、といかにも昭和的なチャイムの音がした。返答はすぐにあった。

「はぁい、どなた？」

深く吸った息を吐きだしながらしゃべるような、気だるい声。すでに夕方に差し掛かりつつあるが、声色一つで寝起きの雰囲気がぷんぷん漂ってくる。

「突然すみません。警察の者です。杉原千草さんは御在宅でしょうか？」

建物の大きさに対する部屋数から察するに、独居用のアパートであることはわかる。実家の母親からも一人暮らしであることは聞いていたが、念のためとばかりに伶佳はそう尋ねた。

「……警察？」

「少しお話を聞かせていただきたいんです。お時間は取らせませんので」

ドア越しに息をのむ気配がしたのは気のせいだろうか。呼びかけた伶佳も、何か言いたげに加地谷を見上げている。

「……ちょっと待って。着替えるから」

ぶっきらぼうな口調で言い残し、気配が消えた。木製のドアを一枚隔てた部屋の中から、仕切り戸を開ける音がする。別に、寝間着姿で出てこられてもこっちは構いやしないのだが、身だしなみを整えたいという女性の意見は尊重すべきだろう。軽く肩をすくめた伶佳も、同意見らしく、二人はそのまま待機する。

「それで、杉原千草にどう話を切り出すつもりだ？」

待ち時間の暇つぶしに問いかけると、伶佳は少しだけ考えるそぶりを見せ、わずかに声をひそめる。

「やはり、最初は古賀明人との関係でしょうか。本当に彼とは何の関係もなかったのか。もしかすると、二人の間には他人には知りえない何かしらの関係があったのかもしれません」

「秘密の関係ってやつか？　まあ、男と女のことだ。何があるかわからねえのは確かだが……」

「飛躍しすぎでしょうか？」

怜佳は珍しく、自信なげに眉根を寄せた。その反応に、加地谷は少しだけ、違和感のようなものを覚える。

「可能性としては考えるべきだろうな。だが、杉原千草に会って、求めている答えがすんなり手に入るなんて甘い考えは持たない方がいい。そもそも捜査なんてもんは、手に入る情報のほとんどが『スカ』だろ。何度もはずれを引き当てながら真相を見つけ出す。針の山から一本を見つけ出すみたいにな」

もちろん、最初の一発目に大当たりを引き当てられるのなら、それに越したことはないが。

「確かにそうですね。それに、彼女と古賀明人が周りに隠れて親しい間柄だったとしても、失踪の理由はたぶん彼女にもわからないでしょう。知っていたら、彼を追いかけて、見つけ出しているはずでしょうから」

「そうだな。ストーカーだとして、古賀明人と親しかった別の人間の情報を知っていてくれれば、そこから辿って……」

不意に言葉を切って、加地谷は沈黙する。

「加地谷さん？」

凍り付いたように押し黙る加地谷を、怜佳は不思議そうに見上げる。

「着替えるだけにしちゃあ、ずいぶん遅くねえか？」

加地谷がそう口にした瞬間、怜佳ははじかれたようにドアに向き直った。

「杉原さん、杉原さん？」

数回ドアをノックしながら呼びかける。応答はない。その代わりに、部屋の奥の方からがたがたと不審な物音がした。

「おい、ここを開けろ！」

加地谷が拳で叩くたび、ドアの蝶番がぎしぎしとはじけそうな音を立てる。それでも杉原千草が出てくる気配はなかった。

――仕方ない。ぶち破るか？

放っておいても崩れそうなアパートである。今更ドアの一つや二つ、問題にならないのではないか。そんな風に考えつつも、やはり頭のどこかで躊躇してしまう。そのわずかな時間の間に、伶佳の行動は素早かった。加地谷の脇をすり抜け、階段を軽やかに駆け下りると、全力疾走で建物の裏手へと迂回する。

「加地谷さん、表から回り込んでください！」

「あ、おお……わかった！」

二歩も三歩も遅れる形で、加地谷も走り出す。もつれそうな足で階段を駆け下り、地面を蹴って敷地の外へ。すると、突然通りに飛び出してきた熊のような刑事に驚き、ランチの帰りと思しき中年女性の集団が悲鳴を上げる。

――ええい、ぴーぴー喚くんじゃあねえよ！

内心で叫びながらおばちゃんたちをかきわけ、伶佳とは逆のルートからアパートの敷地の裏手へ向かう。書類仕事ばかりだったせいで身体が鈍ったか、足が重く、もつれて転びそうになる。土地勘がないせいで、今自分が走っている道が本当に正しいのかすらも危うかった。

猫の額ほどの小さな公園を横切り、角を曲がってアパートのあった区画のちょうど裏手へと回り込んだ加地谷は、前方からなにやら喚き散らす女の声を聞いた。

「放せよバカ女！　警官が暴力ふるっていいのかよ！」

「おとなしくしなさい。あなたに聞きたいことがあるのよ」

「何が聞きたいことだよ。そうやってあることないことあたしのせいにするつもりだろ。あたしは何も知らない。放せって言ってんだよクソ警官！」

高架下のトンネルのそばで、フェンスに身体を押し付けられ、腕を背中にまわされた茶髪の女が、ぎゃあぎゃあと汚い言葉を吐き連ねている。

ようやく追いついた加地谷に気づき、伶佳は女を押さえたまま困り顔で笑う。

「加地谷さん、早かったですね」

「ふん、皮肉はやめろ。それより、その口の悪い女が……」

「ええ、杉原千草さんです」

伶佳は、女のものらしき地面に落ちたブランド物のバッグと、そこから飛び出した赤いパスポートを目で示す。しゃがんでそれを拾い上げると、確かに名前の部分には『杉原千草』とあった。

「おい、写真がずいぶん違うが……」

　本当に本人か、という言葉を発する寸前に、女が加地谷を強くにらみつけ、

「はあ？　暴力の次はセクハラかよ。ふざけんなオッサン！」

　その、あまりの剣幕に加地谷は面食らってしまう。写真では、ばっちりメイクを施し、髪の毛をセットした女性が上品な口元で微笑んでおり、目の前のすっぴんで肌艶（はだつや）も悪く、眉毛のない小太りの女とは似ても似つかなかった。

　あの色のパスポートの更新は確か十年に一度のはずだから、写真と違いがあっても無理はないかもしれないが、それにしてもこれは……。

「とにかく落ち着いて。少し話を聞きたいだけです」

「だったらまず手を放せよ！　クスリのことならあたしは何も知らない。ケンゴの居場所だって……」

「ケンゴだぁ？　俺たちが聞きたいのは、古賀明人のことだ」

「……え？」

　加地谷の発言に対し、思わず、という調子で聞き返した千草は、そのまま言葉を忘れてしまったみたいに黙り込んだ。たった今、耳にした名前、その音の響きが信じられないとでも言いたげに。

「明人くん……？」

「そうだ。お前の高校時代の同級生で、大学でも何かと付きまとっていたんだろ？」

「ちょっと、加地谷さん……」

つい言葉が直球になりすぎた。伶佳は少し慌てた口調で抗議してくるが、当の千草はというと、呆けたように見開いた目を遠くに向け、古賀明人の名前を何度も繰り返し呟いていた。あたかも、遠い昔に失くしてしまった大事な宝物の存在をようやく思い出したかのような、強い執着を思わせるまなざしをして。

「天野、放してやれ」

伶佳は素直に応じ、千草を解放する。固められていた右腕の肘の辺りをさすりながら、自由になった千草はこちらを振り返る。落ち着きを取り戻したせいか、あるいは古賀明人の名前を聞いたせいなのか、その顔にはぞくりとするほど穏やかな表情が浮かんでいる。さっきまで、バカだのクソだのと喚いていた女と同一人物だとは、到底思えなかった。

ほんの一瞬で、ここまで態度が変化する——というより、催眠術にでもかけられたみたいに様子が変わってしまう。彼女にとって古賀明人の存在は、今もそれくらいの影響力を持つものであるのだろう。

「……明人くんがどうかしたの？」

「あなたもご存じですよね。古賀明人さんは二十年前に失踪したきり、現在も行方がつかめていません」

「もちろん知ってるよ」

「彼がどこへ行ったのかご存じありませんか？　あるいは、行方をくらましてしまった理由に心当たりは？」

　伶佳の問いに対し、千草は突然肩を揺らし、くっくっと含み笑いし始める。

「何がおかしい？」

　続けて訊くと、今度は信じられないものでも見るような目を加地谷に向けた。

「何が、だって？　あんたら警察って本当にバカだよね。あの女のせいに決まってんでしょ」

　あの女。その言葉が誰を指したものなのか、加地谷にはわからない。伶佳もそれは同様のようである。

　二人の刑事の反応を見て、千草はあからさまな様子で溜息をつく。

「警察だっていうのに、そんなことも分からないの？」

「何かご存じなら、教えてくれませんか」

　伶佳の真摯な態度に思うところがあったのか、千草は少々、毒気を抜かれた様子で顎に指を当て、片方の口の端を持ち上げた。

「教えてもいいけど、その代わりそっちも教えてよ。どうして今頃明人くんの行方を捜してるの？」

「あいにくですが、捜査情報をみだりに明かすことはできないんです。ご理解いただけると……」

「それじゃあ、あたしも喋ることは何もないわ」

腕を組み、つんとそっぽを向いた。そんな、と困ったように眉を寄せた伶佳を見向きもせず、千草はパサついた自分の髪を手持無沙汰にもてあそぶ。

「——昨日、ある男が殺される事件が起きた。犯行現場付近で目撃されたのが、古賀明人によく似た人物だったんだ」

「加地谷さん！」

あっさりと捜査情報を喋ってしまった加地谷に驚いて、伶佳が慌てて声を上げる。

「いいじゃあねえか。それで何か教えてくれるってんなら、めっけもんだ」

「しかし……」

まだ納得しない伶佳をよそに、加地谷は更に付け加える形で、現場付近で目撃された古賀明人が二十年前と変わらぬ若々しい姿だったということを伝える。笑われるかと思ったが、意外にも千草は真剣な表情を崩すことなく、感心したように何度も首を縦に振っていた。

「驚かないのか？　それか、笑い飛ばしてもいいんだぞ」

「そんなことしない。正直、明人くんならそういうこともあり得るんじゃないかなって思うし」

ぽつりと呟いて、千草は昔を懐かしむように斜め上を見上げた。

「明人くんは、それは美しい人だった。これまでの人生振り返ってみても、彼ほど完成された美しさの持ち主には会ったことがない。あたしだけじゃなくて、当時は周りの人間もみんな彼に強く惹かれてた。性格がいいとか、明るくて面白いとか、そんなのは全部後付けのおまけみたいなもの」

「見た目がすべてだったと？」

伶佳が訊くと、千草は何を馬鹿なことをとでも言いたげに、肩を揺らして笑い出す。

「当然じゃない。目に映るもの、それがすべてでしょ？　明人くんには、まさしく見るものすべてを圧倒する美しさがあった。それさえあれば、彼が何を考えていようが、誰と一緒に何をしていようが、どうでもよく思えてしまうくらいにね。だからあたしは彼のその美しさを守りたかった。ずっとそばで見ていたかった。同じ大学に進んだのも、それが理由よ」

ゆがんでいる。この女はそんな一方的な理由で、明人に付きまとっていたのか。

内心で呟き、加地谷は顔をしかめた。

「だから、今の話を聞いてもあたし、何も驚かない。だって、明人くんならあり得ると思うもの。彼はきっと、老いなんてものにとらわれずに、今も多くの人を魅了しているはずよ」

そんなバカな、という横やりを入れるのがためらわれるほど強い確信を滲ませながら、千草は断言した。

「――それで、あの女っていうのは？」

わずかな沈黙ののちに伶佳が訊ねると、千草は途端に眉を逆立て、ふつふつと湧き上がる怒りを隠そうともせずに表情をゆがませた。

「掛井美帆よ。大学の時に明人くんと付き合っていた女」

「付き合っていた？」

「といっても、明人くんは掛井美帆のことをあまり大っぴらにはしていなかった。知っていたのは仲のいい連中だけ」

「あんたはどうして知ってるんだ？」

ふと湧いた疑問を口にする。千草は小さく鼻を鳴らし、「だって、ずっと見てたもの」と寂しそうに言った。

「掛井美帆はそこそこ美人だったから、結構有名でね。ねたまれることも多かったはず。あの頃、明人くんのことが好きな学生は大勢いたし、講師や教授連中からも好意を持たれていたから、下手に関係がバレたら、美帆にも危険が及んだかもしれない。彼はそれを危惧していたんじゃないかな」

「そこまで慎重になる必要が？」

思わず、といった調子で呟いた伶佳をきっと睨み据え、千草はかぶりを振る。

「彼のことが好きで、四六時中彼のことばかり考えていたのは、何もあたしだけじゃない。他にも大勢いたのよ。明人くんの魅力に気づいてしまった人間は、すべからく心をかき乱される。狂おしいほどに、彼の美しさを誰にも渡したくないと思うものなの。あなただって、彼に会えばきっとそうなるわ」

決めつけるような口調で言い放ち、千草は肩をすくめた。

「その、掛井美帆という女性、今は？」

「さあ、知らないわ。確かその女も、行方不明になったはずだから」

「……なに？」

加地谷が問い返すと、千草は落ち着きなく視線をさまよわせつつ唇に触れる。そうやって記憶をたどっているのだろう。

「あれは、明人くんがいなくなってしまう少し前よ。学園祭のとき美帆はこっぴどく彼にフラれたの。その前にも別れ話は出ていたんだけど、美帆が応じようとしなかった。彼を手放したくなかったのね。でも結局、新しい女がいるってことで諦めざるを得なくなった。その後まもなく、大学に来なくなったはずよ」

そして、立て続けに明人も姿を消したのだという。

加地谷は腕組みをして低く唸りながら、伶佳と顔を見合わせる。どうやら古賀明人の失踪は、当初の想像に反して、かなり込み入った事情があるようだ。

彼の失踪に直接的にかかわっている者がいるかどうかは定かではないが、話題に出た掛井美帆については、調べてみる価値はあるかもしれない。

「ありがとうございました。参考になりました」

伶佳が軽くお辞儀をすると、千草は、うん、とも、はい、ともつかない言葉をつぶやく。

「ねえ、一つお願いしてもいい？」

千草はわずかにためらってから、どことなく照れくさそうにはにかんで、垂れた髪を耳にかけた。

「もし明人くんが見つかったら、どこにいるのか教えてほしい。別になにもしないから。あたしはただ、確かめたいだけ」

本当に、彼があの頃と変わらない姿なのかを……。

そう続けた千草の目には、二十年の時を経ても色あせることのない、強い執着の色がありありと浮かんでいた。

3

千草と別れた後、三名ほどの関係者に話を聞いたが、誰一人として古賀明人の失踪や、失踪後の彼の消息について詳しいことを知る者はいなかった。

千草から得られた以上の情報は皆無であり、明人が何人もの女と同時に交際していたとか、そのうちの誰かを妊娠させたなどという、不確かな情報が出てくる程度で、特筆すべきものはなかった。

加地谷は捜査車両を運転しながら、成果の出ないことに苛立ち(いらだ)と落胆を覚え、どうにも形容しがたい後味の悪さを感じていた。

杉原千草が最後に見せた気味の悪い表情。熱に浮かされたように焦点の合わないまなざしと、筋肉が緩み切ったような笑み。甘い悪夢に踊らされたようなあの顔こそが、彼女の本性を如実に表しているような気がして後味が悪い。彼女をそこまで執着させ、二十年の時を経てもなお手放そうとしない古賀明人の魅力とは、いったい何なのか。

いや、もっと単純に、古賀明人とはどんな人間だったのか。そのことが無性に気にかかっていた。

「加地谷さん、禁煙です」

「ん、おお……」

片方の手でハンドルを握りながら、気づけばもう一方の手を上着のポケットに突っ込み、煙草を取り出そうとしていた。

「そんなに吸いたいのなら、どこかに停めて休憩を……」

「いや、そうじゃねえ。ちょっとぼーっとしちまっただけだ」

言い訳がましい物言いが引っかかったのか、伶佳はわずかに首を傾げる。

「先ほどの話が気になっているんですね」

「まあな。あの女の戯言なんて気にする必要はねえってことくらい、わかってるんだが……」

それでも、どこか引っかかる。何が、と明確には口にできない、漠然としたその思いは加地谷の胸の中で、澱のように凝っていた。

「女ってのは、昔好きだったってだけで、二十年も顔も見ていない相手のことを、あんな風に思い続けられるものなのか？」

「どうでしょう。人によると思いますが、私は彼女のあの様子は、思い続けているというよりも『囚われている』という感覚に近い気がします。手に入らない相手に執着するあまり、互いの距離感だったり関係性だったりを客観的にとらえることができず、常に主観で身勝手な妄想を繰り広げてしまう。つまり彼女が思い描く古賀明人という人物は、現実に存在する古賀明人とは全く別の、彼女の理想像でしかないということです。一致するのは外見のみで、彼女はきっと、古賀明人の人間性や性格といった内面的なものを、何一つ知らない……というより知ろうとしなかったのでしょうね」

「そういや言ってたよな。『目に映るもの、それがすべてでしょ？』ってよ。結局、それがあの女の本質を表しているような気がするよ」

加地谷は苦笑交じりに言いながら、重々しく息をつく。その意見に同意を示しつつ、伶佳は「杉原千草の抱える願望はともかく」と前置きして切り出した。

「古賀明人が二十年前と違わぬ姿で今も生きているというのは、あくまで蛭田氏の主張にすぎません。現状、彼が生きている証拠は見つかっていませんし、他に目撃情報があるわけでもない。言い換えるなら、蛭田氏が古賀明人の名を口にしなければ、この事件がここまで不可解な側面を持つこともなく、杉原千草があのような反応を見せることもなかったはずです」

「そうだな。殺しの手口や絵画の方は紛れもない事実として横たわってるわけだが、古賀明人については、誰も存在を確認しちゃあいねえ。そうなるとやっぱり、目撃証言は蛭田の勘違いって線が濃厚かもしれねえなぁ」

もちろん、まだ断定はできないが、これ以上有益な情報が出てくるとも思えなかった。

「あとは、掛井美帆という人物ですね。この女性が古賀明人と恋愛関係にあったのなら、周囲の友人が知りえなかった情報を持っている可能性があります」

「けどよぉ、その女も行方不明なんだろ？」

あくまで千草の口から語られた情報ゆえに、鵜呑みにするのは危険だが、もし事実だとしたら、掛井美帆に話をきくというのも難しいだろう。

「とりあえず、大学の学籍名簿から親族の連絡先などを確認しましょう。まずは掛井美帆なる人物の存在を確かめ、そのうえで彼女の行方を……」

怜佳が言い終えるのを邪魔するかのようなタイミングで、彼女のスマホが鳴った。表示を確認し、すみません、と小さく詫びた怜佳がスマホを操作する。電話ではなくメッセージの通知であるらしい。

怜佳がそれを読み進める間、しばしの沈黙が車内に降りた。

信号待ちで車を停止させた加地谷が何の気なしに怜佳の方を見ると、彼女の顔には驚きと困惑をないまぜにしたような複雑な表情がたしかに浮かんでいた。

その沈黙がたっぷり五分以上過ぎた頃、加地谷はこらえきれずに問いかける。

「……どうした、大丈夫か？」

「ええ、大丈夫……です……」

とても大丈夫そうには聞こえない。

「何かあるなら言えよ。隠さなきゃいけねえほど切羽詰まったことなら、余計な詮索はしねえが」

「いえ、その……」

伶佳にしては珍しい、煮え切らない態度だった。加地谷の方を見ようとせず、画面が点いたままのスマホを握り締めて、不安そうに下唇をかみしめている。

――こいつでも、こんな顔することがあるんだな。

車を加速させながら、加地谷は場違いな驚きを抱く。だが、そんなことは当たり前のことだ。いくら伶佳がクールで寡黙な刑事だとしても、私生活でまで、その仮面を外さずにいることは難しい。家に帰ればだらしない恰好で床に寝そべることだってあるだろうし、家族や友人相手には、普段とは違う砕けた会話をするものだろう。恋愛の話をしたり、つらい仕事の愚痴をこぼすことだってあるかもしれない。たとえ警察官だとしても、それはいたって普通のことだし、そういったオンとオフの切り替えがあるからこそ、日々の激務にも耐えられるのだ。

そして今、伶佳が見せているのは、彼女の素の様子が垣間見えるような、どことなく儚げで頼りない一人の女性としての横顔だった。

「……友人が、いなくなったんです」

「なに？」

「行方不明、なんです」

思わず聞き返すと、伶佳は正面を向き、わずかに視線を落としたまま、蚊の鳴くような声で言い直した。

「三日前に職場を出てから家に帰らず、連絡も取れない状態が続いていて、今も見つかっていません。職場に連絡を取り、同僚の方に話を聞いてみましたけど、今のところ有力な情報がなくて……」

「行方不明者届は出してるのか？　事件性は？」

伶佳は軽く目を閉じてかぶりを振る。

「ご両親が警察に相談済みですが、彼女は成人女性ですし、荷物を持ったまま出かけているので、事件性があるとは判断されていません。でも、スマホの電源は切られたままで、位置情報も検知できないんです」

「それで、家族がお前に相談してきたのか？」

「はい。話自体は昨日聞いていているんです。今の連絡は、その友人から母親にメールが来たと……」

「どんな内容だ？　無事なのか？」

つい、立て続けに質問してしまう。細かいやり取りを省いて、すぐに安否を確認したり、状況を把握したりしたくなってしまうのはもはや、刑事の習性だ。

伶佳は再び首を横に振って、

「それが、メッセージの入っていない空のメールだったそうです。すぐに電源が切られたようで、GPSにも反応はありません」

「空メールか。送信ミスでもしたのか、あるいは……」

最悪の想像をするならば、身体を拘束され、スマホの画面を見られない状態で操作したなんてことも考えられる。頭に浮かんだ疑惑を、しかし加地谷はあえて口にはしなかった。伶佳も刑事である以上、そういった可能性は十分に考慮しているはずだ。わざわざ不安をあおるようなことを言う必要もないだろう。

「仲のいい友達なのか」

問いかけた加地谷を一瞥し、伶佳はぎこちなく頷いた。

「親友です。私が父を亡くして大変だった時に、ずっと支えてくれて……」

そこまで言って、伶佳は唐突に言葉を切る。つい口を滑らせてしまったという様子で、気まずそうに眉根を寄せていた。

「父親を亡くしたってのは、事故か？」

「……いえ、父は殺されたんです。自宅に押し入った何者かによって」

「殺されただと？」

　ぎょっとして問いかけると、伶佳は何事か咎められたような顔をして、首を縦に振った。そして、わずかな逡巡の後で、ぽつりぽつりと語り出す。

「私が高校二年生の頃でした。母とは早くに離婚して、父は男手一つで私を育ててくれました。その父を失った私は公一朗叔父に引き取られたんです。ご存じの通り、叔父は警察のキャリアですから、近親者であり自身も道警の警察官だった父の無念を晴らすためにと、警察は総力を挙げて捜査しました。しかし、犯人の行方は杳として知れず、現在に至っても事件は未解決のままです」

「何の手掛かりもなしなのか？　そんなことが……」

　加地谷はそこでハッとした。

「もしかして、あの刑事殺しの事件か……？」

「はい。やはり加地谷さんはご存じでしたか」

　こちらの反応を予測していたかのような表情をして、伶佳は複雑そうに眉を寄せる。

「もちろんだ。捜査に参加はしなかったが、よく覚えてるよ。未解決のまま捜査本部が解散したって聞いて、苦い気分になったからな。ただ、あれほど人員を投入したってのに、手がかりひとつ見つからなかったのは——」

　伶佳の表情がさらに曇った気がして、加地谷はとっさに言葉を切った。当時の警察の対応や、その後の捜査の進展具合など、伶佳は嫌というほど気にしていたはず。彼女の話を聞いて、加地谷が抱く疑問など、彼女はきっと、数十、数百と数えきれないほど頭に思い浮かべてきたはずだ。それを今更、確認し直すのは、余計に古傷を抉る行為になりかねない。

不自然に黙り込んだ加地谷の意図を察したらしく、伶佳は話を先へと進めた。

「事件の後、私は学校に行けない日が続いて、叔父たちにもとても心配をかけました。マスコミにも追われて、外に出るのがとにかく怖かった。友達だと思っていた同級生がテレビ局のインタビューに応じて、私のことをあれこれ喋っているのをテレビで見た時は、冗談ではなく息が止まるかと思いました。誰も信用できない。そう思えば思うほど、人間不信に陥ってしまって……」

息苦しそうに表情をゆがめて、伶佳は言葉を詰まらせた。当時のことを思い出すだけで、身体が拒否反応を起こすぐらい苦しい記憶だということだろう。

無理もない。父親を失った高校生がマスコミのおもちゃにされ、周囲に奇異のまなざしを向けられたのだ。誰のことも信用できず、殻にこもってしまうのは、むしろ当然の反応であるように思えた。

「父の事件によって、私の世界は何もかもが様変わりしてしまいました。一つ残らず悪い方向に。しかし、それでも唯一変わらなかったのが親友の真理子でした。彼女は学校に行けない私を家に招き、一緒に勉強をしたり、息抜きにテレビを見て笑い合ったりと、以前と変わらぬ接し方で、当たり前のように一緒にいてくれました。ご両親も嫌な顔一つせず、付きまとっていたマスコミ関係者を追い払ってくれたりもして、とてもよくしてくれたんです。大げさではなく、命を救われた気がしました」

　そう語る伶佳の瞳には、穏やかで温かみのある光が宿っていた。

「二か月もすると、事件のことは忘れられて、波が引くように私の生活も静かになりました。時間の流れが止まったみたいに、事件の記憶に囚われた私を、世間はあっという間に置き去りにしてしまいました。それまで騒がれていたのが嘘みたいに、学校でも誰も私のことなど気にしない。たまに心配するふりをして事件のことを聞き出そうとする人もいましたが、そういう時は決まって、真理子が私の代わりに怒りをあらわにして、相手を追い払ってくれたんです。何から何まで、面倒を見てもらって迷惑をかけてしまったかもしれないけど、それでも私は嬉しかった」

　事件の被害者遺族が心に傷を抱えながら必死に再生へ向けて歩き出しているのに、周囲の無神経さがその努力を無駄にする。犯罪被害者遺族の話を聞くと、少なからず耳にする話題だ。そういった状況に陥ると、もはや自力で立ち直ることは難しく、精神的苦痛を抱えた被害者遺族にとって、この世は生きづらい世界と化してしまう。彼岸に目を向け、死者のことを思い、そして世をはかなんで命を絶つなんてこともざらにある。そういう意味でも、『命を救われた』という表現は正しいと言えた。

「笑ってしまいますよね。こんなことになって、私は自分が情けなくて仕方がないんです」

　伶佳はひどく自嘲気味に言って、眉根を寄せた。その目はわずかに充血し、あふれ出しそうな感情の波を必死に抑えていることがわかる。

「ずっと私を支えてくれた真理子がいなくなったというのに、私はその理由にまるで見当もつかない。彼女が悩みを抱えていたのか、トラブルに巻き込まれていたのか、親しい交際相手がいたかどうかすらも知らないんです。刑事になってからは自分のことで精いっぱいで、大切な親友のことを気にしていなかった。名前を呼べば応えてくれて、電話をかければ話ができる。会いたければ、いつでも会える。それが当たり前だって考えていました。でも現実はそんなに悠長に構えてはくれない。事件であれ事故であれ、人の命はあっという間に失われます。顔を見て話ができるということが、どれほど大切で貴重なことなのか、日々の捜査で何度も痛感していたはずなのに……」

ため込んだ感情の澱を吐き出すように、伶佳はまくしたてた。それからしばらくの間、目を閉じて深呼吸を繰り返す。

「……すみません。私、なんでこんな話を加地谷さんに……」

やがて、我に返ったようにそう言って、伶佳は自ら恥じ入るような素振りを見せた。そうやって普段の冷静さを取り戻そうとしている彼女に対し、加地谷はそっと言葉を投げかける。

「行って来いよ」

「……え？」

「大事な友達なんだろ。両親にだって、世話になってるんだよな。だったら、早く行って話を聞いてやれよ」

　しかし、と食い下がろうとする伶佳を、加地谷は軽く手を上げて制する。

「今日はこれ以上、話を聞く相手もいねえ。庁舎に戻っても生意気なガキと盛りのついたアホが待ってるだけだろ。あいつらには適当に言っておいてやるから、行けよ」

「でも……」

「こんなこと、わざわざ言うことじゃあねえんだが、殺人事件の捜査員は大勢いる。俺や浅羽だって応援に来てるしな。でも、その友達の身を案じて動けるのは、今んところお前しかいないんじゃあねえのか？」

　伶佳ははっとした様子で黙り込む。大きな瞳が、戸惑いに揺れていた。

「おいおい、そんな顔するなよ。俺は別に死体を捜せって言ってるんじゃあねえ。親友を無事に見つけてやれって言ってるんだ。心配しなくても、ちゃんと見つかるさ」

　言ってから、加地谷はあっと声を上げ、自分の発言に苦笑する。

「月並みな言葉に聞こえるか？　まあ実際、そうなんだろうけどな」

「別にそういうわけでは……」

「だが事実だと思うから言ったんだ。親友同士だっていうなら、お前に何も話さないままいなくなったりなんてしないはずだ。お前にできることは、相手のことを信じて、見つけてやることだろ」

「そう、ですね」

戸惑いがちに、伶佳はうなずく。

「大事なことは、人任せじゃあいけねえ。かと言って、あまり一人で抱え込むのもよくはねえな。幸い、今のお前には使える駒があるんだからよぉ」

「駒、ですか？」

何のことかと怪訝そうに問い返す伶佳。加地谷は一つうなずいて、口の端を持ち上げた。

「だいたいの面倒なことは浅羽の野郎に押しつけて、小うるせえ小娘にはプロファイリングでも何でもやらせて、お友達の居場所を捜させるんだよ。俺だって、運転くらいはしてやるからよ」

「加地谷さん……」

「だがな、最終的にその子を見つけるのはお前だ。お前じゃなきゃダメなんだ。大事なことはいつだって自分でやるもんさ。でなきゃあ、必ず後悔が残るぜ」

「……そうですね。私もそう思います」

自らに確かめるような口調で、伶佳は何度も首を縦に振る。ゆるぎない意志を秘めたまなざしが、まっすぐに加地谷を見据えていた。

互いに視線がぶつかると、二人はどちらからともなく笑い合う。初めて目にするような伶佳の無邪気ともいえる笑顔。そこに長年の友人であるかのような親しみを覚えて、加地谷は少々面食らった。

これまでに二度。今回を合わせれば、伶佳と共に捜査をするのは三度目になる。その過程で、彼女は常に意志が強く、組織の一員として規律を遵守する模範的な刑事として加地谷や浅羽と接してきた。昇進に目がくらみ上への忖度しか考えられなくなっている連中とは違い、一本強い芯を持った刑事というのが、加地谷が抱いていた伶佳という刑事像だった。

彼女のその『芯』は、刑事だった父親から譲り受けたものなのかもしれない。

「すみません、ではこのあたりで降ります」

「おお、そうか」

窓の外に流れる景色を見ながら、伶佳がそういったので、加地谷は適当なコンビニの駐車場に捜査車両を停め、ギアをパーキングに入れた。

「車は庁舎に戻しておくから安心しろ。手続きやら何やらは浅羽にやらせて、俺はホテルで休む」

早速、面倒なことを押し付けようとしたことがおかしかったのか、伶佳は小さく笑う。

「申し訳ありません。よろしくお願いします」

挨拶もそこそこに、伶佳は小走りにコンビニの敷地を出て路地を曲がっていく。その背中を見るともなしに見送って、加地谷はギアをドライブに入れると、コンビニの前から車を発進させた。

4

加地谷と別れ、楠家へと向かう道すがら、伶佳ははやる気持ちを抑えきれずに真理子の母、瑞穂に連絡を入れた。

仕事を切り上げて向かうと連絡すると、瑞穂は心底安心したような声で、待っていると言った。見慣れた道を進む足が自然と速まる。加地谷の言う通り、まだ事件に進展はない。だからといって油断はできないが、なるべく早く真理子の問題について考える時間が欲しかったので、さっきの申し出は素直にありがたかった。

――心配しなくても、ちゃんと見つかるさ。

加地谷の言葉が脳内にリフレインし、じんと胸が温かくなった。ひとりで悩み、不安を抱え込んでいたのだと、今更になって理解が追い付いてくる。

真理子を失うかもしれないと思うと、とにかく怖くて仕方がなかった。だが、今は違う。加地谷と話をして、目が開けた。進むべき道は、しっかりと示されている。自分のするべきことが見えた気がして、心が幾分か軽くなってもいた。だがその一方で、後悔に似た感情もまた、この胸に影を落としていた。

今までは自分が犯罪被害者遺族であることを同僚に知られたくなかった。でも、あんなふうに真正面から真剣なまなざしを向けられて、加地谷になら話してもいいと思ってしまった。これまで誰にも父の事件の話をしたことなどなかったのに、喋り始めると止めることができなかった。聞いてほしい、自分のことをもっとわかってほしいという願望を抑えられなかったのだと思う。

けれどどうして、今日に限ってそんな風に思ったのだろう。相手が加地谷だからといって、あんなにべらべらと……。

内心で自問を繰り返しながら、伶佳は煮え切らない自分に苦笑する。

本当は分かっているのだ。加地谷に対し、自分が抱いている感情。同僚に向けるものとしてはあまりに不適切で、身勝手な気持ちを。

それは物心がつく頃に母親に捨てられ、たった一人の家族である父親に対して、伶佳が抱いていた感情。信頼と安心。そして、憧れ。それらがないまぜになった思いを、伶佳は加地谷に対して抱いている。加地谷が父の『代わり』を務めてくれることを、心のどこかで期待して……。

──駄目駄目。今はそんなことを考えてる場合じゃない。

自らをしかりつけるように、伶佳は内心で独り言ち、顔を上げた。

気づけば真理子の実家へと続く道を通り過ぎそうになっていた。しっかりしなければと、再度自分に言い聞かせて、気持ちの整理をつける。

せっかく貴重な時間を確保できたのだ。余計なことを考えるのはやめて、なぜ真理子が空のメールを送ってきたのか、その理由をしっかりと考えよう。そう思い、楠家に向かって歩き出そうとした時、絶妙なタイミングで耳慣れた電子音がした。瑞穂から催促の電話でも来たのかと思い、スマートフォンを手に取って画面を見た途端、伶佳は息をのんだ。

表示されているのは『楠真理子』の文字だった。

言い知れぬ危険な予感が胸中に渦を巻き、瞬く間に伶佳の意識を侵食していく。それでも、この機会を逃したら次にいつ真理子から連絡が来るかわからない。ひょっとすると何かのSOSである可能性だってあるのだ。そう考えると、迷っている暇はなかった。伶佳は生唾（なまつば）を飲み下し、冷たくかじかんだ指先で画面をタップし耳に当てる。

「……もしもし」

すぐに応じる声はなかった。だが、息遣いは感じられた。

「真理子なの？」

重ねて問いかける。応答がないということは、喋ることができない状況にいるということなのか。それとも……。

「ねえ、真理子。聞こえているなら答えて――」

――お願いだから、声だけでも聞かせて。無事だということを教えて……。

祈るような思いで心中に訴える。ところが、伶佳の耳に囁（ささや）かれた声は、思い描いていた真理子のそれとは少々、違うものであった。

『――男が、君のあとをつけているよ』

耳元でひそひそ話をするような、限界まで声を殺した喋り方。普段の口調はおろか、本来の声色が全く読み取れず、喋っているのが男か女かすらもわからない。そんな声が、続けざまに伶佳に語り掛けてくる。

『郵便局のそば、電話するふりをしてる』

何か問いかけたくなる気持ちをこらえ、伶佳は何食わぬ顔をして路上駐車している車に近づき、サイドミラーで前髪を直すふりをしながら視線を後方に向ける。

……いた。確かにスマホを片手に、郵便局のポストのそばに立つスーツの男の姿があった。細身で背の高い三十代くらいの男性が、スマホを耳に当てながら、ちらちらとこちらの様子を窺っている。

男の顔に見覚えはない。なぜ自分をつけているのか、その理由だってさっぱりだった。少なくとも伶佳には、あとをつけられる覚えなどこれっぽっちもない。

となると不審者か、あるいはストーカーの類だろうか……。

『歩き続けて。目的地とは違う方向に進んで』

受話口から不意に投げかけられた声に、反射的に従って、伶佳はスマホを耳に当てたまま歩き出した。本来曲がるべき道を直進し、なるべく人通りの多い商店街の方向へと進路を定め、できるだけ自然な足取りで。そうやって五分ほど歩き続け、信号待ちでちらと背後を振り返ると、男は依然として伶佳の後についてきていた。スマホを操作するふりをして、伶佳の方を窺っている。やはりあの男は自分を尾行している。伶佳がそう確信したところで、再びスマホからかすれた声が聞こえてくる。

『アーケード街に入って五十メートルくらい進んだ右手に空き店舗がある。そこと魚屋との間に小さい道があるから、その先へ進んで』

「魚屋って……どういうこと……？」

問い返しても、相手は応じるつもりがないのか、何も答えてくれない。

言われるがまま進むと、声の主が告げた通りの場所に空き店舗があり、魚屋との間には伶佳の身長ほどの発泡スチロールの山が築かれていたが、それをよけると確かに、人一人が通り抜けられる程度の通路があった。振り返って確認すると、男はまだアーケード街の中には来ていない。今ここに飛び込めば、男の追跡から逃れることは可能だ。

『その先へ抜けたら、建物の裏手に出る。路地を左に進んで、突き当りで右。歩行者専用トンネルを抜けた先に小さな公園があるから……て……』

「もしもし？　あなた誰なの？　どうして助けてくれるの？」

突然、ノイズが混じり、ただでさえ聞き取りづらい声がさらに遠くなった。

『は……やく……』

「もしもし、ねえ……！」

——真理子なの？

そんな言葉が喉まで出かかった時、通話が切れ、アーケード街の入口付近にスーツの男が現れた。伶佳は身をかがめ、見つからないように小道に駆け込む。むせかえるような魚産物のにおいに包まれながらそこを抜け、開けた路地を左、突き当りを右に曲がり、オレンジ色の明かりに照らされた歩行者専用トンネルを一気に駆け抜けると、藍色に染まった薄闇の中、うっそうとたたずむ葉の多い木に覆われた小さな公園が見えてきた。中央に砂場があり、角にブランコが一つあるだけの、簡素な公園だった。ブランコと対角線上の位置にベンチがあり、その上に誰かが置いていったであろうジュースのペットボトルが放置されていた。

ベンチの脇に一つだけある街灯のそばに立ち、伶佳は改めてスマホを確認する。着信履歴を見ると、そこには紛れもなく、真理子の番号が表示されていた。

あの声はやはり、真理子だったのだろうか。でも、どうして？

浮かんだ疑問を自らにぶつけるようにして、伶佳は眉を寄せた。

ただ危険を知らせるためというわけではなかったように思う。少なくとも電話の相手は、伶佳がどこにいるかを知っていて、尾行されていることにも気づいていた。追っ手をまくよう伶佳を誘導し、こんな人気のない場所に呼び出した。その理由は……。

考えを巡らせていた伶佳は突然、背後に何者かの気配を感じて振り返ろうとした。だが一瞬早く、黒くて大きなものが覆いかぶさってきて、伶佳の視界を黒く封じてしまう。

「いやっ！　放し……！」

抵抗する暇もなく、肩と首の中間あたりに何かを押し付けられ、バチン、という鞭をしならせたような音を聞いたのを最後に、伶佳の意識は闇の淵へと急降下していった。

第三章

1

札幌にやってきて二日目。札幌駅にほど近いビジネスホテルを宿にした加地谷と浅羽が心理分析班のオフィスにやってくると、まだ九時前だというのに、伽耶乃はべったりとPCに張り付いて、マウスをカチカチやっていた。

「なんだ、ずいぶん早いじゃあねえか」

「──ん、一週間の半分はここで寝泊まりしてるからね。そっちこそ、就業時刻前に来るなんて、意外に勤勉なんだねぇ」

信じられないようなことをさらりと口にして、伽耶乃はマグカップのコーヒーをあおる。まじかよ、と面食らう浅羽と視線を交わしつつ、加地谷は小さく鼻を鳴らした。

「刑事に就業時刻なんてあるかよ。ましてや殺しの捜査中だ」

「あれ、でもカジさん、その割に昨日は結構飲んでませんでした？」

「てめえが二人も三人も、立て続けに女と電話してるせいで、うるさくて寝られなかったからだろうが。だいたい、なんで俺がてめえと同室じゃなきゃあならねえんだよ」

忌々しげに言うと、浅羽はむっと眉間に皺を寄せて、

「知りませんよそんなの。俺だって、本当は交通課のカレンちゃんとオンライン飲みがしたかったのに、できなかったんですからね」

「別にやりゃあよかったじゃねえか。俺は気にしねえよ」

「こっちがするんですよ。楽しく飲んでいる時に、いきなりカジさんが映り込んだりしたら、カレンちゃんが怖くて泣きだしちゃうじゃないですか。カジさん、自分の顔がどれほど怖いか、ちゃんと理解したほうがいいっすよ？」

浅羽はややムキになって告げ、加地谷の鼻先に人差し指を突き付ける。

「あ？　だったら今すぐてめえを泣かしてやるよ。おら、こっち来いこの野郎」

「わっ、やめてくださいよ。道警本部で相棒へのパワハラが発覚したら、マジで処分されますよ」

「上等だ馬鹿野郎。捜査一課長でも本部長でも呼んで来いよ」

中央のテーブルを挟んで、逃げる浅羽を追う加地谷。まだ何もされていないのに、すでに泣き出しそうな浅羽がなにやら喚く声が室内に響くなか、伽耶乃はようやく画面から視線を外し、壁にかかった時計を見上げる。

「うるさいのは早く来ちゃったけど、レイちゃんは遅いなぁ」

「あぁ？　てめえまで何言ってる。誰が『うるさいの』だよ」

「あんたたちに決まってんでしょ。普段のカビ臭い地下倉庫ならともかく、清潔でいい

匂いのする地上八階のオフィスにいる時くらい、お上品にできないものかなぁ？」

伽耶乃は目を細め、じっとりとしたまなざしを向けてくる。挑発めいたその口ぶりに、加地谷はまんまと乗せられ、太い眉を逆立てて怒りをあらわにした。

「なんだとぉ？　てめえはいちいち生意気なんだよ。こっちが下手に出てりゃあ付け上がりやがって」

「はぁ？　誰が下手に出てるのかなぁ？　そっちこそ年上ってだけで随分と偉そうにしちゃってさ。言ったはずだよ。ここはボクとレイちゃんのホームグラウンドなんだって。よそ者は肩身狭そうに、端っこの方で正座でもしててよね」

勢いよく椅子から飛び降り、詰め寄ってくる伽耶乃。それに対し加地谷はバキボキと指の骨を鳴らして臨戦態勢へ。

「ああ……まずい。伶佳ちゃんがいないと、この二人の争いを収める役回りが……」

加地谷と伽耶乃との間に割って入ることができず、おろおろと取り乱す浅羽が情けない声で嘆いた時、不意に入口のドアがノックされた。

三人の視線がドアに集まる。がちゃりと重たい音を立て、ゆっくりとドアが開かれたそこには、見慣れぬ男が一人たたずんでいた。

「えっと、誰？」

ぶしつけに問われ、男は軽く肩をすくめると、片方の眉を持ち上げた。

「どうも、公安の者です」

その一言に、加地谷はすっと背筋の冷えるような感覚を覚えた。横目に視線をやると、浅羽は軽く喉を鳴らし、緊張の面持ちを浮かべている。

「公安の何さん？　悪いけどボク、他の部署のことってよく知らないんだよね」

唯一、伽耶乃だけが動じる素振りを見せることなく、堂々と突っかかっていった。

「これは失礼。私は織間。織間正義。正義と書いてマサヨシです」

男は長い身体を折り曲げるようにして会釈をする。三十そこそこの、どこにでもいるサラリーマンのような外見。慇懃無礼な態度で口調は穏やかだが、目は少しも笑っていない。

「それで、公安のマサヨシくんが何の用だ？　ここの責任者ならまだ来てねえぞ」

「ええ、存じてますよ。というか、その天野警部補の話をしに来たのです」

場の空気が、さらにきんと冷えた気がした。

「どういうこと？　あんたまさか、レイちゃんに何かよからぬ嫌疑でもかけてるわけ？　それともストーカーか何か？　公安ってそういうのが趣味なんだよね。暇さえあれば誰かのことを付け回してる連中でしょ」

面と向かって皮肉を飛ばし、けらけら笑う伽耶乃に対して、織間はその冷めきった表情を崩すことなく、片方の頰をいびつに持ち上げる。

「なるほど、さすがは優秀なプロファイラーですね。こちらを挑発し、喋らせて情報を引き出そうとしている。不快感を抱かせる物言いも上手です。だが、私には通用しない」

「へえ、そう。だったら教えてよ。どうやったらその気色悪い薄笑いを引っぺがすことができるかをさ」

「ははっ、それはあなたには無理だ。私は、自分のエゴが原因で仲間に総スカンを食らい、警視庁から追い出された世間知らずのガキの挑発に乗るほど子供ではないので」

表情一つ変えずに告げた織間の言葉は、的確に伽耶乃の痛いところを突いたらしい。いつだって人を食ったような挑発的な表情を浮かべている彼女が、この時ばかりはわずかにたじろいで言葉を詰まらせていた。

一方で、そんな伽耶乃と真正面からぶつかってばかりの自分が、ひどく子供扱いされたような気がして、加地谷の心中は人知れずささくれ立つ。

「おいクソガキ、こりゃあ一本取られたな」

動揺を気取られぬよう、わざと茶化すように言うと、織間の視線がゆっくりとこちらを向く。

「あなた方のことも知っていますよ。荏原署刑事課〈別班〉の加地谷刑事。そして浅羽刑事」

声に不気味な響きを乗せて、織間は言う。

「ほう、そりゃあ光栄だ。でも俺もこっちのちんちくりんも、公安様の目に留まるような活躍なんてしちゃあいないはずだがな」

「誰がちんちくりんすか」

冷静に異を唱える浅羽をさらりと無視して、加地谷は織間をじっとにらみつける。死んだ魚の目のように覇気のない視線が、じっとりと見返してくる。

「謙遜なさる必要はない。連続殺人鬼グレゴール・キラーこと美間坂創を逮捕したあなた方は、公安でも一目置かれているのです。猟奇殺人犯の心が読める刑事、とね」

織間は、くくく、と意味深な笑みをこぼしたあと、「しかし」ともったいつけるように言葉を続けた。

「私なら、相棒を殺される前に逮捕していたでしょうけどね」

瞬間的に、加地谷の頭の中で何かがはじけた。床を蹴るようにして前に出ると、伸ばした右腕で織間の胸倉に摑みかかった。

「ちょ、カジさん、やばいですって！」

浅羽の悲鳴じみた声が耳朶を打ち、加地谷は発作的な衝動から立ち返る。もし止めに入ってくれなかったら、本気で手を出してしまっていたかもしれない。

「……ふん、また生意気な奴が出てきやがった。道警本部ってのはいったいどうなってんだよ」

吐き捨てるように言って、加地谷は手を放した。織間はスーツの乱れを直し、几帳面にネクタイを正してからオフィスの中央辺りに移動する。浅羽が手近にあった椅子をすすめるジェスチャーをするが、さっと手を上げて遠慮した。

「皆さんお忙しいでしょうから、長居はいたしません。単刀直入に言います。大野警部補が昨夜、行方をくらましました」

「何ぃ？」

聞き返した加地谷を一瞥し、織間は続ける。

「正確には午後五時五十八分頃、私の監視の目をすり抜けて姿を消して以降、居場所が知れないのです」

「家にいないの？」と伽耶乃。

「自宅マンションを一晩中監視していましたが、戻っては来ませんでした」

そんな、と思わずつぶやいた後で、伽耶乃はスマホを操作し耳に当てる。

「だめだ。通じない。電源が入ってないみたい」

落胆をあらわにして加地谷を振り返り、伽耶乃は弱々しく首を横に振った。その顔に、息をのむような緊張が走る。

「おいおい、マジで言ってるのかよ」

加地谷が誰にともなく言うのと同時に、伽耶乃は怪訝そうに眉根を寄せ、織間に詰め寄った。

「ちょっと待って。それじゃあ公安は、本当にレイちゃんをストーキングしてたってこと？　なんでそんなことするわけ？　あんたの個人的な趣味じゃあないってんなら、理由は何なのさ？」

矢継ぎ早の質問に対し、織間は勘弁してくれとばかりに嘆息する。

「人聞きの悪いことを……。これはれっきとした職務です。そもそも天野警部補に何かしらの嫌疑がかけられているわけではありません。我々が主として追っているのは、彼女の友人の女性です」

――友人の女性……？

加地谷の脳裏を、昨日の別れ際に伶佳が語っていた話がよぎる。

「もしかして、行方不明になった親友のことか？」

「ご名答です。やはり楠真理子についての話はお聞きでしたか」

織間は納得口調で言ったが、加地谷はすぐさまかぶりを振って否定する。

「数日前にいなくなったって話をちょろっと聞いただけだ。話を聞く限りじゃあ危険な人間とは思えなかったが、その女は公安がマークしなきゃならんほどの要注意人物なのか？」

「……それについて、詳しい話はできません」

「そんな、そりゃあないでしょ」

だん、と机に手をついて、浅羽が立ちあがる。

「詳しい話もなしに、伶佳ちゃんを尾行していた、いなくなったから居場所を知らないかって、そんな一方的な話ありなんすか。ねえカジさん！」

「あ、おお。そうだな」

浅羽にしては珍しくまっとうな言い分だった。伶佳の身を案じてか、普段よりその目は強い怒りと焦りの色に揺れている。

「あんたらいったい、どれくらい伶佳ちゃんの私生活を覗き見したんすか？　まさか部屋のカーテンの隙間から着替えなんて覗いちゃいないっすよね？　ひょっとして、浴室に、か、か、隠しカメラなんて……ぐはっ！」

興奮し始めた浅羽の脳天に鉄拳制裁を見舞うと、途端に白目をむいて崩れ落ちた。ほんの一瞬でも感心した時間を返せ、と脳内でおろかな相棒を罵りながら、加地谷は咳払いをして織間に向き直る。

「詳しい事情が話せねえのはいい。肝心なのは、天野の行き先と無事かどうかだ。その点、公安はまったく心当たりがねえのか？」

「はい、残念ながら。私が最後に見たのは、アーケード街の奥に向かう姿でした。その後どこへ向かったのかはわかりません。今日ここへ参ったのも、その点に関してあなた方から情報を得るためです」

少々、一方的に感じられる物言いだが、そういうところも含めて公安らしい。隠しているつもりかもしれないが、織間の表情には明らかな屈辱が滲んでいた。尾行のプロである公安が一介の女刑事に出し抜かれたのだから、当然といえば当然か。本人は恥を忍んでやってきたつもりかもしれないが、伶佳の行き先に覚えのある者などこの中にはいないというのが、正直なところであった。

加地谷は腕組みをして、しばし考える。

昨日の別れ際、伶佳は失踪した友人――楠真理子の両親に会いに行くと言っていた。詳しい住所は知らないが、あのコンビニからせいぜい三十分以内にはたどり着ける距離だろう。たったそれだけの間に、伶佳の身に何があったのか。

公安に見張られていたことを、伶佳は知らなかったはずだ。しかもその理由が楠真理子に関するものだとしたら、なおさらである。もし知っていたら、真理子の失踪の話をした時に加地谷に話してくれていたはずだ。そうしなかったということは、少なくともあの時点で、伶佳は公安の監視に気づいていなかったと考えられる。その後三十分と経たぬうちに、織間の尾行に気づき、即座に彼をまいてどこかへ姿を消してしまうというのは、いささか不自然に思えた。

「見失う直前に、天野は何かおかしな行動はとっていなかったのか？　誰かと接触したとか、連絡を取り合っていたとか」

「電話で誰かと話をしていたように思います。確認はとれていませんが、こちらの尾行に気づいたのは、その人物の助力があったからでしょう。今回の失踪に関しても、少なからず関係しているはずです」

「自分の失敗を正当化するのに都合がいいから、その電話相手を疑ってかかってるだけじゃないの？」

それまで黙していた伽耶乃が突然嚙みついた。容赦なく放たれる中傷に、織間の表情が引きつる。

「御陵、お前は天野からこの話聞いていたのか？」

「ううん、なんにも。どうしてカジーには教えるのに、ボクには教えてくれなかったんだろ。気に入らないなぁ。言ってくれればいくらでも協力するのにさ」

不満げにこぼし、伽耶乃は唇を尖らせた。その反応を見て、伶佳がこのことを黙っていた理由が少しだけ理解できた。鋭い洞察力と驚異的なプロファイリングの腕を持つ伽耶乃ならば、失踪した真理子を捜すのに大いに役立つ。だが、私的な目的のために彼女の力を利用することが、伶佳にはどうしてもできなかったのだろう。そういう不器用さは、彼女らしい。

「てことは伶佳ちゃん、自ら行方をくらましてその友達を捜してるってことっすか？」

「何か引っかかることでも？」

織間の問いに、浅羽は拳骨を食らった頭をさすりながら強くうなずく。

「だって、伶佳ちゃんらしくない気がしませんか？　友達を捜すこと自体は、別に悪いことじゃないと思いますけど、だからって抱えてる仕事をほっぽり出して、連絡一つ入れずにいなくなっちゃうなんて、彼女にしちゃあ度を越しすぎだと思うんすよね」

「確かにな。いくら心配とは言っても、捜査に穴を空けたりはしないはずだ」

となると、考えられるのは、そうせざるを得ない状況に追い込まれている、ということか。同じ考えを、浅羽や伽耶乃も抱いたのだろう。それぞれが改めて緊張の面持ちを浮かべて生唾を飲み下す。

あえて確認するまでもなく、それぞれの認識は一致していた。

「――一つ、気になることがあるんだけどさ」

伽耶乃が言いづらそうに口を開く。

「柳井敬一が殺された事件、一課から上がってきた情報の中に、被害者の交友関係のものがあって、中には大学時代の友人っていうのもいるんだけど、それってつまり、古賀明人のことを知ってる可能性もあるってことだよね」

「それがどうかしたか？」

問い返すと、伽耶乃は腕組みをして、ううん、と小さく唸る。

「レイちゃんはその中から何人かにアポを取って話を聞いていた。カジーと一緒に行動する前にも、一人で何人かに話を聞きに行っていたんだ」

小さく相槌を打ちながら、加地谷は昨日話を聞いた、教師の平松や、同級生だった杉原千草のことを思い返す。彼らと話す前にも、伶佳は何人もの話を聞いていたということか。

「その話をした人たちの中にもし、今回の事件に深くかかわっている人物、あるいは古賀明人の失踪について調べられるのを嫌がる人間がいたとしたら、レイちゃんをどこかに呼び出して、危害を加える可能性はあるかもしれない」

「待てよ。話を聞くだけの警察官をいちいち襲ってたらキリがねえぞ。後ろ暗いことがあっても、自分が疑われていることに気づきでもしない限り、そんな手段に出るはずが

「……」

加地谷の反論に、伽耶乃はもどかしげに顔をしかめ、がりがりと頭をかいた。

「わかってるよ。でもレイちゃんは根っからの刑事でしょ。関係者から連絡を受けて『話したいことがある』なんて言われたら、一人でも話を聞きに行くはず。そうやって呼び出されて、どこかに連れ去られたって可能性は大いにあるんじゃないかな」

「俺も伽耶乃ちゃんの意見に賛成っす。伶佳ちゃん、意図せず殺人犯と接触しちゃったんじゃないですか？　んで、焦った犯人が伶佳ちゃんをさらった。そうでもなきゃあ、伶佳ちゃんが自分から姿を消す理由なんてないですよ」

織間が見失う直前まで、伶佳が誰かと電話をしていたという話を思い返し、加地谷もまた、その可能性を受け入れてしまいたくなった。電話の主が殺人犯ないしは事件に深くかかわっている人物だとしたら、現状、伶佳の置かれた状況はかなり切羽詰まったものになる。

「やばいっすよカジさん。早いとこ伶佳ちゃんの無事を確かめないと、こうしている間にも殺人事件の捜査はどんどん進んでいきます。もし伶佳ちゃんが今回の事件の犯人に連れ去られたとして、一課がその犯人を追い詰めちゃったりしたら……」

浅羽はそこで言葉を切った。加地谷も、織間ですらも、その先を言葉にするのをためらっている。だが唯一、伽耶乃だけがその表情に強い焦燥感を浮かべながら、あえて口にする。

「レイちゃんが……危ない……」

2

チョロチョロと水の流れるような音がする。どこかの水道管から水が漏れているのだろうかと、まどろむ意識の中で考えながら、伶佳はゆっくりと目を開いた。

暗い。そして寒い。床に触れた顔の右側が少し痛む。硬くて冷たい床の感触に眉を寄せながら、鉛のように重い身体を起こした。関節は動くし、切ったりぶつけたりしている様子はない。怪我を負っていないことに安堵しながら周囲を見回すと、すぐそばの床に薄いマットレスが敷かれ、奥の壁にはランプのような形をした照明が一つ。その頼りないオレンジ色の光のおかげで、かろうじて室内の様子が把握できた。

「ここは……」

無意識に押し殺した声で呟く。静まり返った室内、どこからともなく聞こえてくる水の流れる音。簡素な作りの部屋……。

閉じ込められている。そう結論付けるのに、さほどの時間は必要なかった。それよりも、なぜ自分がという疑問の方が強く頭を占めていた。

伶佳は考える。覚えているのは、加地谷とコンビニの前で別れ、楠家に向かう道中、何者かから電話が来たこと。そして、見知らぬ男があとをつけてきて、電話の相手に誘導されるかたちで逃げ出し……そして誰かに襲われた。

人気のない小さな公園。突然背後から近づく足音。何か袋のようなものをかぶせられ、直後に激しい衝撃があった。殴られた感触はなかった。指でふれてみても、後頭部にこぶはできていない。となるとスタンガンだろうかと考えを巡らせる。

「でも、どうして私が……」

誰が、何のためにという疑問を付け加えて、伶佳は自らに問いかけた。

誰かの恨みを買ってしまったか、それとも捜査中の事件に関係しているのか。たとえばそう、聞き込みの最中に、誰かにとって都合の悪い情報を知ってしまったとか。

だが、こんな風にさらわれて監禁されるほど有益な――その人物にとっては不利な――情報を得た記憶はない。となると、事件とは無関係なのか？

口封じのためじゃないとするなら、営利目的か。人身売買や臓器ビジネスのため、あるいは奴隷として海外にでも売られるのか。確かに伶佳は背が低めで、黙っていれば二十代前半でも通用する外見だと自分では思っている。繁華街を歩けばキャッチに声をかけられるし、大学構内で聞き込みをすればいまだに学生に間違われることだってある。

そのことがひそかなコンプレックスであり、そう見られないよう日頃からファッションやメイクには気を付けている。だが薄暮時に人気のない道を歩いていたせいで悪い連中に目をつけられ、若い女性と間違えられて襲われてしまった……。

いいや、それは現実的じゃない。夜のすすきのならまだしも、周囲に一般住宅の多く建つ場所で、人身売買組織が獲物を探しているなんてことは、そうそうあることじゃない。だとしたら、考えられるのは電話の主だ。真理子の番号からかけてきて、伶佳をスーツの男の尾行から逃がしてくれたあの声の主の目的は、伶佳をここへ連れてくることだった。そう考えれば、一応の筋は通る。

問題は、あの声の主が何者かということ。言うまでもないけれど、真理子ではあり得ない。彼女が自らの意思で姿を消していたとしても、伶佳をこんな目に遭わせる理由がない。あの押し殺したような正体不明の声も、真理子ではなく別の人間が、真理子のふりをするため——あるいは性別をごまかすために行った小細工なのだろう。スーツの男に関しても、もしかすると電話の人物による仕込みで、危機感を与えて手を差し伸べることで伶佳の信頼を得ることが目的だったのかもしれない。

真理子を餌にして伶佳をおびき出し、意識を失わせて連れ去るのが目的だった。そう結論付けると同時に、今度は別のいくつかの問題が浮上してくる。すなわち、伶佳をこの場所に監禁する目的は何か、そして肝心の、真理子は無事なのか。スマホを奪われた彼女はいったい、どこに……。

「真理子……」

そこまで考えて伶佳ははっとした。暗闇に慣れてきた目でもう一度室内に視線を走らせる。所持していたはずのバッグはなくなっていて、上着のポケットにもスマホは入っていない。荷物は根こそぎ奪われてしまったらしい。

ひょっとすると真理子も同じ目に遭っているのではないかという疑念が、ふつふつと湧いてきた。この建物——らしき場所——のどこかに、今も……。

「真理子！」

だしぬけに叫びながら、伶佳は立ち上がってドアに駆け寄った。金属製のドアノブをつかんでまわしても、がちゃがちゃと音を鳴らすばかりで手ごたえはない。もどかしさに苛立ちドアを叩いても、分厚い金属の感触が手に残り、くぐもったような音を響かせるだけだった。ただ、近くで見てわかったのだが、ドアの上部には横長の格子がついたのぞき窓があり、わずかに生暖かい風が吹き込んで来る。微かに水の流れるような音も、そこから響いてきていた。

部屋の前は狭い廊下で明かりはついていないが、正面と斜め向かいにそれぞれ一つずつ同じようなドアがあり、のぞき窓を通してうすぼんやりとした明かりが室内から漏れていた。

「ねえ真理子、いるの？　私の声が聞こえたら返事をして！」

小さな格子にしがみつくようにして叫ぶ。最初は何の反応もなかったが、わずかな希望にすがるような気持ちで、伶佳は声をかけ続けた。何度か繰り返すうち、廊下に反響する声に反応してか、さほど遠くはない場所で小さく呻くような声と、すすり泣くような気配があった。

「誰か、いるんですか？」

応答はない。名前を呼んでも返事をしないということは、そこにいるのは真理子ではないということか。そのことに落胆する一方で、呼びかけには応じずとも、そこに人の気配を感じられたおかげで、伶佳はいくばくか心が軽くなるのを感じていた。少なくとも、この場所に囚われた人間が、少しの間も置かずに命を奪われるわけではないのだという、希望的観測を胸に抱く。

「教えてください。ここはどこなんですか？」

暗闇に目を凝らすと、正面のドアの明かりがわずかに遮られ、人の動く気配があった。

「……誰？」

そして、明確に耳朶を打つ人の声。姿は見えないけれど、その声は正面のドアの向こうから聞こえてきた。

「私は警察の者です。何者かにここへ連れてこられたみたいなのですが、状況がよくわからなくて……」

「……そう、また一人、増えたんだね」

あきらめに似た口調。その意味を深く考えるのが怖くて、伶佳は生唾を飲み下す。そして、話ができる相手が見つかったからと言って、自らの身に起きた脅威が去ったわけではないことを、改めて実感した。

「また、というのは？」

「言葉の通りだよ。『あいつ』は定期的に女の子を連れてくる。そうやって何日か閉じ込めておいて、抵抗できなくなってきた頃に自分の欲求を満たすんだ」

ぞくり、と背筋が粟立った。詳しく説明されなくても、その言葉の意味を想像するのはたやすい。

「これまでに、何人も連れてこられたということですか？　その人たちは？」

「……死んじゃったよ。死体は裏の空き地に埋められるんだ」

「死ん……」

繰り返そうとした声が喉でつかえて、伶佳は押し黙った。

この狭い部屋に閉じ込められ、犯人と思しき人物に好き勝手にされた挙句命を落とす。そんな最悪の想像が、現実となって襲い掛かってくるという恐怖に、今更ながら身体が震えた。

「あなたはいつからここにいるんですか？」

「あたし？　あたしはもう、ずっとここにいるよ。数えるのも嫌になるくらい長い間ね」

わずかに鼻を鳴らし、自嘲ともとれるようなニュアンスで女性は言った。

「他には何人いるんですか。みんな無事で……」

伶佳の質問を遮るように、ひときわ大きくむせび泣くような声と、悲痛に満ちた慟哭めいた声が廊下に響く。この世のすべてを呪い、憎むような激しいうめき声。それらが自分に向けられているような気がして、伶佳は半ば無意識に口を手で覆った。

「みんな、もうほとんど自分を失っちゃってるんだよ。ぜんぶあいつのせいさ」

悲痛な叫び声を背景に、女性は沈んだ声で言った。どこか投げやりで、他人事のように感じられるその口調が、かえって現実味を帯びている気がした。

「あなた、名前は？」

「伶佳です。天野伶佳」

「そう、あたしはミホ。よろしくね」

「よろしく、お願いします……」

こんな状況でよろしくも何もないかもしれないが、一応挨拶は返しておく。

「それで、どうして警察がここに？」

「それが……私にもよくわからないんです」

かいつまんで事情を説明すると、ミホと名乗る女性は、遮ることなく話を聞き、伶佳が話し終えるや否や、深く息をついた。

「あなたもあたしたちと同じだね。助けが来る可能性はほとんどない」

「でも、きっと今頃は私の同僚が異変に気付いてくれています。スマホの位置情報や監視カメラだってあるし、きっとすぐに……」

「無理だよ」

ばっさりと、断ずるような声だった。あきらめというよりも、端的に目の前の事実を述べるような物言い。その声にわずかな望みをたやすく打ち砕かれたような気がして、怜佳は喘いだ。頭に浮かぶ加地谷や伽耶乃、そして浅羽の顔が、急激に遠のいていく気がして、怜佳は下唇をかみしめた。

「どうして、そう思うのですか？」

「あいつはね、そう簡単にぼろを出したりしないから。あたしがその証拠。もうずっと長いことここにいるけど、誰も助けになんて来なかった」

「長いって、いったいどれくらい……」

「わからない。ここにいたら、何が現実で何が妄想なのかも判断がつかなくなる。こうして意識を保っていられることが、奇跡みたいなものかもしれない」

再び自嘲的にミホは言った。力なく吐き出されたその声は、繰り返される嘆きとすすり泣きに呑み込まれ、暗闇に溶け込んでいく。

「犯人は何者ですか？　どうしてこんなことをするんです？　あなたは……」

「待って。一度に質問しないでよ」

女性が困惑したように遮った。時折声がかすれる様子から、満足に水も与えられていないのではないかと心配になる。そんな状態でこんな狭い部屋に四六時中閉じ込められ、得体の知れない相手に理由もわからず虐げられていたら、精神に異常をきたすのも無理はないかもしれない。今この瞬間にも悲痛に叫び、むせび泣く女性たちのことを思うと、怜佳はただただ胸が苦しくなった。

「ミホさん、犯人はいったいどんな……」

言いかけて、伶佳は押し黙る。そして、ふとした違和感のようなものに思い至り、息を詰まらせた。

「あの、もしかして……あなたは掛井美帆さんですか？」

「あたしを知ってるの？」

美帆が意外そうな声で言った。だがきっと、伶佳の抱える驚きの方が、彼女よりも何倍も大きかったはずだ。これから捜そうとしていた人物に、こんな場所で出会うなんて、幸運というよりはむしろ、悪い冗談である。

「私、あなたを捜していたんです。ある人物についてお聞きしたいことが……」

「待って。あいつが――」

鋭い声を響かせ、最後まで言い切ることなく美帆は沈黙した。その鋭い剣幕に気圧されて、伶佳も口をつぐむ。気づけば、隣と斜め向かいの部屋にいるであろうの女性たちの嘆き声やすすり泣きも、ぴたりとおさまっていた。

がちゃり、と鈍い金属音を立てて重い扉が開かれる。年季の入った金属がきしむ音が廊下に響き、同時に差し込むまばゆい光に照らされ、薄汚れた廊下の様子が一瞬だけ目に映った。

かつかつと、硬い足音を響かせながら、廊下を歩いてくる人影。伶佳はゆっくりとドアから離れ後退する。鍵が差し込まれ、解錠される音。開かれた部屋のドアの向こうに現れたのは、一人の男。

「やあ、目が覚めたんだね」

男はごく自然な口調で告げる。薄明かりの中、顔ははっきりと確認できないが、ぼんやりとした全体のシルエットは認識できる。数メートルの距離で身構えた伶佳はしかし、男の手にスタンガンが握られていることに気づくと、さらに一歩距離を取った。

「あなたは、誰？」

硬い声で問いかけると、男は軽く笑い、芝居がかった仕草で肩をすくめた。

「さあ、誰だろうね。君がそれを知る必要はないかな」

邪気のない穏やかな口調。はっきりと見て取れたわけではないが、その顔には、声色と同じように優しげな表情が浮かんでいるであろうことを想像させる。

思わず、その雰囲気にのまれて警戒を解いてしまいそうになるのをぐっとこらえ、伶佳は男を強くにらみつけた。

「おっと、怖い顔をしているね。僕を張り倒して逃げようとでも思ってる？」

「どうかしら。命の危険が迫っている状況で抵抗せずじっとしているほど、私はおとなしいタイプじゃないけど」

「おお怖い。さすがは道警本部所属の女刑事だ。目力が違う」

男はからかうように言って、含み笑いを漏らす。なんとも陰湿で、さわやかさの欠片もない笑い方だった。

「あなたの言う通り、私は警察官よ。何をするつもりか知らないけど、仲間がすぐにこの場所を突き止める」

　強く言い放った途端、男は何がおかしいのか激しく肩を揺らすようにして笑い出した。狭い室内に、男の哄笑が反響する。聞いているだけでひどく屈辱的な気分にさせられる、直接神経に触れられるような声に、いらだちが募る。

「いったい何がおかしいの？」

「何がだって？　何もかもだよ。助けなんて来ない。君はここで、お父さんと同じように、みじめに死んでいくんだ」

　研ぎ澄まされた刃物の切っ先のような男の言葉が、伶佳の首筋にぴたりと添えられた。

　――なぜ……どうしてこの男が父のことを……？

　内心で自問しながら、伶佳は次に発する言葉を見つけられずにただ呻いた。呼吸困難に陥り、窒息寸前の金魚のように、パクパクと口を開閉させるばかりの伶佳を、男は冷静に、かつ着実に追い詰めようと言葉を重ねていく。

「なぜそんなことを知っているのかって？　言っておくけど、僕は君のことなら何でも知っているよ。君の過去も、不可解な謎に包まれた父親の死も、そして君がなぜ警察官になろうと思ったのか、その理由もね」

「嘘よ」

　否定した直後、男はぶるぶるとかぶりを振って、低く笑う。

「嘘じゃあないよ。全部知ってる。あの日、帰宅した君は父親の遺体を発見し、現場に残っていた犯人につかまって――」

「やめて！」

強く叫び、伶佳は自身の耳をふさいだ。警察官としてあるまじきその行為を、心の中の冷静な自分が非難するが、固く閉じた瞼に甦るあの日の光景が、冷静な判断をより遠のかせた。

聞きたくない。思いだしたくない。あの日の苦痛を。この身に受けた冒瀆的ともいえる悪魔の所業を……。

伶佳は何事か呻きながらその場に膝をつき、埃っぽい床に突っ伏すようにうずくまった。直後、左肩の後ろ――肩甲骨の辺りにジワリと広がるひりついた痛み。それはやがて、赤熱した溶岩のような粘度を帯びて体内に広がり、心臓へとその触手を伸ばそうとする。

激しい動悸。そして鼓動が際限なく高まっていく。

「つらいよね。ああ、つらいに決まっているよ。君はあの日、父親を殺した相手にその身体を穢された。性的にって意味じゃない。でも、肉体も心も、その存在のすべてを否定するようなおぞましい行為でもって、君は確かに穢された。その話を、詳しく教えてほしいんだ」

男の声が遠くに響く。その声は、どこまでも鮮明に伶佳の耳朶を打ち、その穴からずるりと入り込んでくる。そうして毒された脳髄はみるみるうちに腐り果てていくかのようだった。

「いや……」

「ふふふ、安心して。時間ならたっぷりあるから。一緒に、十一年前のことを思い出してみよう」

男の声が、目に見えない呪縛(じゅばく)となって伶佳をからめとる。指先がかじかむほどに冷たく、やがて訪れた震えは全身に広がり、歯の根が合わずがちがちと音を立てる。そして訪れる恐怖の濁流に、伶佳はなすすべなく呑み込まれていく。

「やめて……」

喉(のど)からかすれた声がこぼれていく。次第にちかちかと、視界のあちこちが白く明滅し、激しいめまいに襲われ、そして伶佳の意識は途絶えた。

第四章

1

「では、何かありましたら連絡をお願いします」

歯切れよく言って、浅羽が頭を下げる。玄関先まで見送りに来てくれた楠昌彦(まさひこ)とその妻、瑞穂に深々とお辞儀をされ、加地谷もまた会釈を返した。

ドアを開けて外に出ると、暖かい風が全身を包んでいった。

札幌の西区(にしく)にあるJR琴似(ことに)駅にほど近い住宅街。周囲に商業施設が建ち並び、市の中心部から離れていても、駅前を行き来する人の数は常に多い。

このあたりは、明治三七年に屯田兵条例が廃止された後、果樹園が散在する農村地帯であったが、昭和十年代に工場の進出が相次いだ。昭和一八年の字名改正の際に琴似町から行政地名「琴似」へと改正され、札幌市との合併後はベッドタウン化が進み、その後地下鉄の駅も開設され、商店街のビル化が進んであっという間に都市化したのだという。

そんなルーツのある町の一角にある楠家へとやってきた加地谷と浅羽は、この家に住む楠夫妻に、娘の真理子やその親友である伶佳のことについて、もろもろ話を聞いた。夫妻は突然やってきた二人を快く迎え、答えづらいような質問にも嫌な顔一つせず応じてくれた。彼ら自身、娘に続いて伶佳までもが姿を消してしまったという危機的状況を理解したうえで、少しでも捜査に協力したいという気持ちがあったのだろう。

「感じのいいご夫婦でしたね」

「ああ、だが落ち着いているように見えて、かなり動揺してたみたいだな」

「当然っすよ。娘さんに続いて、その親友の伶佳ちゃんまでいなくなっちゃったんですから。気丈に振舞っていたみたいですけど、きっと不安でたまらないでしょうね」

慮るように言って、浅羽は眉根を寄せた。それからすぐにその顔に怒りをにじませて、

「ご両親はもちろんっすけど、俺だって心配ですよ。そもそもか弱い女の子二人を連れ去って、危害を加えようとするなんて、何考えてるんすかね。犯人がどんな奴なのかはわかりませんけど、きっとろくな人間じゃないっすよね」

怒りのボルテージはみるみる上昇し、浅羽は「カジさんもそう思うでしょ！」と決めつけるような口調で同意を求めてきた。

「貧しさからやむを得ず盗みを働くとか、我が子を守るために仕方なく相手に暴力をふるってしまうとか、そういう犯人だったら俺だって少しは同情できます。でも昨今、そんな犯人なんてそうそういないってのが現実っていうか、逆に我が子を自分の手で殺し

ちゃうような毒親がたくさんいるんだから、なんだかやるせない世の中ですよね。伶佳ちゃんみたいな女の子に危害を加えるってところが何より気に入らないし、シンプルにむかつきますよ」

さすが、相変わらずの女性第一主義である。子供の頃からばあちゃんっ子で育ったこの男は、この世のあらゆる女性に対し優しく接することをモットーとするところがある。その割にはあっちに手を出しこっちに手を出しと、軽薄な行動も目立つのだが、それでいて不思議なことに女性の恨みを買っている様子はない。そして、こと女性が事件の被害者になると、目の色を変えて犯人に対する怒りをあらわにする。見た目、口調、態度、あらゆる点でぺらっぺらの、誰の目にも軽薄そうにしか映らないであろうこの男にとって、女性を傷つけることは譲れない一線を踏み越える行為に当たるのだろう。

その証拠に、こんな風に女性の身に危険が及びそうになっている状況での浅羽は、普段の倍以上も頼りがいのある刑事に様変わりする。加地谷としては、常にこの状態でいてくれれば、いうことなしなのだが。

「あれ、カジさん何ぼーっとしてんすか？　俺の顔に何かついてます？」

「ん、おお。別に何でもねえよ」

なぜか少しだけ照れくさそうに自分の顔をペタペタ触った浅羽にかぶりを振って、加地谷は何の気なしに周囲を見回した。

正午に差し掛かろうという時間帯も相まってか、住宅地にあまり人の姿はない。この辺は普段から静かな土地らしく、途中に通りかかった公園では小さい子供を連れた母親が数人集まって談笑しており、ベンチに座って文庫本を読むお爺さんや、犬の散歩をする腰の曲がったお婆さんの姿もあった。

　ごくありふれた町の光景。しかし、穏やかに見えるその陰で、一人の女性と、その親友の女性警察官が姿を消した。その事実に打ちのめされ、悲しみに暮れながらも必死に帰りを待つ両親がいるにもかかわらず、この町は普段と変わらぬ顔を続けている。誰かの不幸に目を向けることなく、平然として。

　そんな風に考えると、なんだか背筋が寒く感じられ、加地谷は軽く身震いをした。

「やっぱり伶佳ちゃんは、楠家には行かなかったみたいっすね」

「ああ、それは事実だろうな。織間の言っていた内容とも一致する」

　本来なら、形だけでも彼らの発言の裏を取る必要がある。たとえ友人の親でも、小さい頃から知っている間柄だとしても、まずは疑ってかからなければならないのが刑事の仕事だ。

　とはいっても、誰だって人を疑いたいわけではない。特に楠夫妻は、娘とその親友である伶佳の身を心から案じているだろうから、余計な心労を与えたくはなかった。なので今回は、織間の与えてくれた情報に素直に感謝する。

「でも逆に言えば、あの織間って奴の情報以外、何も手がかりがないってことになっちゃいますよね」

「まあな。天野のスマホの位置情報も追えねえんじゃあ、どこへ行ったのかなんて見当もつかねえ」

楠真理子についても、伶佳から聞いていた以上の情報はなく、せいぜい気に留めておくべきだと感じたのは、少し前から職場の男性に食事に誘われたり、一緒に出掛けたりしていたということくらいだった。その男性とトラブルになったという可能性も考えられなくはないが、話を聞く限りではそこまで深い付き合いではなかったようなので、緊急性は低く感じられる。

「もどかしいっすね。クソ……」

浅羽が珍しくイラついたように言った。

「ていうか、捜査一課は何をしてるんすか？　伶佳ちゃんのこと、伝わっているはずですよね」

「御陵が管理官に報告していたからな。だが一課の連中が、連絡が取れなくなった天野を捜すために動くわけにはいかねえんだろ。少なくとも、あいつが危険な状況にあるってことがはっきりするまでは捜査が優先だ。捜索に人員を割いてもらうなんて、まず無理だろうな」

「そんな……それじゃあ伶佳ちゃんは……！」

そこまで言って、浅羽は視線をそらし、強引に言葉を切った。焦りたくなる気持ちはよくわかるが、まずは冷静に、伶佳が最後に立ち寄った商店街の辺りで聞き込みをかけて、情報を集めるしかなさそうだ。

そうやって自分を納得させようとする一方で、加地谷は口にできない後味の悪さのようなものを感じ、小さく舌打ちをした。

――あの時、天野を一人で行かせたりしなければ……。

内心で呟いた声は、今朝からずっと頭の中で繰り返されている言葉でもあった。もちろん、それが単なる思い上がりだといわれればそれまでである。実際、別れた時点で昨日の捜査は終了していたし、単独行動をさせたわけでもない。あくまでプライベートの用を足すために、伶佳は一人で行動しただけだ。そのことは、十分すぎるほど理解しているはずなのに、それでも、彼女を一人にしなければと思わずにはいられなかった。

強引にでも時間を戻して、遠慮する伶佳にくっついていけば、今頃彼女は心理分析班のオフィスでいつものように仕事をしていたかもしれない……。

そんな身も蓋もない後悔を、何度繰り返しているかわからない。

浅羽と伽耶乃が伶佳の身を案じ、焦燥感に表情を曇らせるたび、加地谷は内心で強く己を責めた。そんなことをしたって何も変わらず、伶佳が戻ってくるわけでもないのに、思いつく限りの暴言を吐き連ねて己を罵った。

頭に上り切った血を少しでも低下させられないかと、加地谷は取り出した煙草に火をつけて深く息を吐く。立ち上る紫煙を見上げていた加地谷はふと、楠家の正面――路地を挟んだ向かいにあるがらんとした空き地に目を留めた。

「天野の実家、ここにあったんだよな」

「そうですね。あんな事件のあったところっすから、もうずっと前に取り壊されちゃって、買い手もつかないままそれっきりみたいですけど」

どちらからともなく歩き出し、路地を横切った二人は、隙間なく民家の建ち並ぶ住宅地に突然現れたエアポケットのような、雑草まみれの空き地の前に立つ。住居の基礎を掘り起こしてそのままにされているためか、地面は極端にでこぼこしていて、草木の生え方にも変化があった。そのせいで、なんとなくどのあたりに住居があり、庭があったのかの想像がついた。

「今から十一年前っすから、カジさんはその頃札幌にいましたよね？」

「そうだな。管轄が違ったから捜査には参加しなかったが、よく覚えてる。刑事殺しはそうそうあるもんじゃないし、内容が内容だからな。当時はかなり騒がれたぜ」

「でしょうね。ちょっと耳に挟んだだけで気分が悪くなるような、ひどい事件っすよ」

浅羽は呻くような声を絞り出した。眉間に縦皺を刻み、口元を強く引き結んだその横顔からは、さっきよりもさらに強い怒りの色が見て取れる。

ここへ来る前、心理分析班のオフィスで、道警のデータベースにアクセスし、伶佳が高校生の頃に遭遇した事件について、改めて三人でおさらいをした。

記録によると事件が起きたのは今から十一年前の夏。学校から帰宅した伶佳は、自宅リビングで頭から血を流して倒れている父親を発見。同時に現場である自宅で犯人と鉢合わせしてしまった。そのまま犯人に拘束され、犯人が逃走するまでの四時間、自宅に監禁された。父親は全身打撲に骨折、致命傷にならない程度の無数の刺し傷や切り傷があり、生きたまま背中の皮膚をはがされていた。首の後ろから腰にかけての皮膚がごっそり失われていたというから、間違いなく拷問された痕(あと)であった。

犯人がなぜ父親を殺害したのか、なぜ伶佳までもが拘束されることになったのかについては、不明のままである。犯人は覆面をしていたため、伶佳はまともに顔を見ておらず、また、個人を特定する証拠や遺留品なども見つかっていない。有力な目撃証言もないまま、事件は今も未解決である。

「十六歳の高校生には、ショックがでかかっただろうな」

改めて事件の話を思い返し、加地谷はぼそりといった。それに対し、浅羽が重々しく頷(うなず)く。

「どうして、伶佳ちゃんがそんな目に遭わなきゃならなかったんすかね」

「さあ、なんでだろうな……」

たぶん、そこに意味なんかない。悪い時に悪い場所にいただけなのだろう。もし、日ごろの行いが悪い奴が犯罪被害者になるというのなら、この世はとっくに聖人だらけである。

詮(せん)のないことを考えたところで、加地谷はわずかに息をのんだ。今目の前で、正体の知れない犯人に対し強い怒りを抱いているこの相棒こそ、両親を強盗に殺害された犯罪被害者であることを思い出したからだ。その浅羽が、自分の境遇と伶佳の過去を重ね合わせ、強い共感と同情心を抱いたとしても、それは仕方のないことなのだろう。

「伶佳ちゃん、犯人を自分で見つけたくて刑事になったのかな。心理分析班で殺人犯の心理を研究してるのも、そういう理由があってのことだったとか」

「そういうことは、本人のいないところでいくら想像してもわかるもんじゃあねえだろ。知りたきゃ本人に聞けよ」

あしらうように言って、加地谷は肩をすくめる。浅羽は悔しそうに表情を曇らせ、がりがりと頭をかきむしった。

「俺、伶佳ちゃんがそんな過去を抱えてるなんて知りませんでした。知ってたらもっと何か……」

してあげられたかもしれないのに。

思っていても、それを口にする勇気はまだ持てていないらしい。浅羽は下唇を強く噛みながらうつむいた。

どんな時でも、刑事が被害者に共感しすぎるのは危険なことだ。犯人に対し、必要以上に怒りを抱いて、冷静な捜査ができなくなる。

だがしかし、仲間を危険な目に遭わせるような犯人に対し、怒りをあらわにできないような奴は、そもそも人として足りていない。もし自分の相棒がそんな奴だったとしたら、それこそ張り倒していたことだろう。そうしなくて済んだのは、浅羽が信頼に足る人間性をしっかりと見せてくれたおかげだ。

「カジさん。伶佳ちゃんのこと、絶対に見つけましょうね。あの事件を生き抜いた伶佳ちゃんが、こんなことでやられるはずありませんから」

強く、そしてまっすぐな視線が加地谷にそそがれる。いい顔だ、と内心で独り言ち、加地谷は浅羽の頭を普段より少しだけ強くひっぱたいた。

「当たり前だ。あの冷徹鉄仮面女刑事が、簡単にくたばってたまるかよ」

叩かれた後頭部の辺りを押さえながら、浅羽は安心したように笑みを浮かべる。

わざと気のない様子で鼻を鳴らした加地谷は、まだ少し吸い足りない煙草を携帯灰皿に押しつけ、それから路上駐車していた捜査車両に乗り込み、エンジンを始動させる。

「おい、何ぼさっとしてる。早くしろよグズ」

「わ、ちょっと、置いていかないでくださいよ」

慌てて助手席に駆け込んだ浅羽がシートベルトを締めた瞬間、加地谷はアクセルを踏み込んで車を発進させた。

2

琴似を後にして、交通量の多い道を通って市内を南下し、二十分ほど車を走らせてやってきたのは、中央区の円山。市の中心部にほど近いこのあたりは高級住宅の建ち並ぶ閑静な住宅街で、高層マンションも多く建設されている。

通りを一本曲がると、少々入り組んだ路地が延び、そこここに昭和のレトロさを感じさせる古い邸宅があるかと思えば、近代的なデザインの豪邸が肩を並べていたりする。

また、少し山の方に進むと、札幌の夜景を一望できる展望台公園があったり、大倉山(おおくらやま)ジャンプ競技場、円山動物園、北海道神宮という観光名所にもアクセスしやすい地域だ。

加地谷も札幌に住んでいた頃、妻と小さい息子を連れて動物園を訪れた記憶がある。まだ小学校に上がる前の息子は様々な動物たちに感動し、一挙一動を見逃さぬよう大きな目を輝かせていた。妻が早起きして作った弁当をピクニック気分で味わったり、息子にお気に入りの動物のぬいぐるみを記念に買ってやったりと、楽しかった記憶がほんのひととき脳裏をよぎる。

当時は刑事になってまだ日が浅く、仕事は常に大変でなかなか家族と過ごすことができなかったが、いい思い出もちゃんとあるじゃないかと、自分を納得させるような声が頭の中に響いた。

「ちょっとカジさん、赤っすよ。止まって止まって！」

慌ててブレーキを踏むと、車は停止線を少し過ぎたあたりで急停車。正面の交差点を大型トラックが横断していく。

「気を付けてくださいよ。これ、うちらの署の車じゃないんすから」

「おお、悪いな……」

窓の外に意識を取られ、ついぼーっとしてしまった。こんな状況で何をセンチメンタルになっているのかと、自分で自分が情けなくなる。

「住所からするとこの辺りだよな。そろそろ着く頃か？」

両目の間をもんでから助手席の浅羽に問いかける。すると浅羽は手元のスマホに視線を落とし、難しい顔をしてうーんと唸った。

「そのはずなんすけどねぇ。ちょっと目印になるものがなくて……ええと……あれ、どうなってんだこれ？」

「おいおい、相変わらず地図の読めねえ奴だなてめえは。助手席に座ってる意味ねえだろうが」

「な、何言ってんすか。ちゃんと読めますって。あ、ほら青っすよ。とりあえず左曲がりましょう」

「なんだよとりあえずって。適当なこと言うな馬鹿野郎」

そう返しながらも、自分で地図アプリを確認するわけにもいかないので、渋々ながらも言うことを聞いて左折し、注意深く建物を気にしながら、速度を落として進んでいく。

二人が向かっているのは、殺人事件の現場付近で目撃されたという古賀明人が住んでいた邸宅であった。もっとも、それは二十年も前のことで、現在は弟の誠人が一人で住んでいるらしい。

伽耶乃からの情報によると、二日前、捜査会議で古賀明人の目撃情報があったことを知った伶佳は、真っ先に古賀邸を訪れ、誠人に話を聞いたのだという。その際にはこれと言って重要な証言はなく、明人が自宅に戻っているというようなこともなかった。

伶佳が話をした関係者の中でも、誠人は最も古賀明人に近しい人物であるため、加地谷と浅羽は最初に彼を訪ねてみることにしたというわけである。

なだらかな上り坂を進み、競い合うようにして建ち並ぶ豪奢な邸宅を横目に通りを進んでいくと、正面の突き当りにひときわ敷地の大きな邸宅が見えてきた。

「おい、あれか？」

「たぶんそうですよ。車があるってことは、在宅中ってことかな」

浅羽はスマホをポケットにしまい、正面の門の辺りを指さす。大人の背丈ほどの塀で囲まれた邸宅の敷地。その正面にある立派な構えの門は開かれており、中の車庫に一台の乗用車が停められていた。

加地谷は捜査車両を中に乗り入れ、乗用車の隣に停車させて車を降りる。目の前にそびえる瀟洒な洋風の建物は三階建てで、一階部分が車庫になっており、二階と三階が住居部分であるようだった。坪数のことはよくわからないが、ごく一般的な住宅が軽く二つは建てられそうな広い敷地に、どっしりと構えた邸宅はそれだけで強烈な存在感を放っている。

「古賀明人の親は、本当に資産家だったんすね。大学生でこんな豪邸を相続しちゃうなんて、俺ならビビっちゃうけどなぁ」

「謙遜するな。お前だって築六十年の由緒ある豪邸に住んでるじゃあねえか」

「カジさん。ウチがあちこち雨漏りがひどくて、隙間風もびゅうびゅう吹いてるボロ家だって知ってて言ってますよね？　何が豪邸ですか。こないだ飯食いに来た時、今にも崩れ落ちそうだなとか言って馬鹿にしてたじゃないすか」

「おいおい、人聞きの悪いこと言うなよ。趣があってレトロでいい家だって言ったんだ。それに何より、お前のばあさんの料理は馬鹿みたいにうまい。特に里芋の煮つけは最高だった」

　思いがけず祖母を褒められたことで気を良くしたのか、浅羽は「そうすか？　俺もばあちゃんの料理大好きなんすよね」などと表情を和らげている。相変わらずのばあちゃんっ子かよ、と内心で苦笑し、加地谷は小さくかぶりを振った。

　緊張感のない相棒と共に住居部分へ通じる階段を上り、両開きの玄関扉の前に立ってインターホンを鳴らすと、ほどなくして「はい」と応じる声があった。

「古賀誠人さんは御在宅ですか？　少々、お聞きしたいことがありまして」

　警察であることを伝えてから、浅羽は控えめに切り出す。

「……お待ちください」

　不愛想な応答に、二人は顔を見合わせる。これが警察を警戒しているからなのか、それとも突然やってきた二人の刑事をいぶかしんでいるだけなのかによって、古賀誠人に対する心証は大きく変わりそうである。

ほどなくしてドアが解錠され、がちゃりと音を立てて開かれた。現れたのは三十代後半から四十そこそこの男。背が低く、小太りで目が垂れ気味のせいもあってか、どことなく気弱そうな印象を受ける。

「古賀誠人さん？」

「ええ、そうですけど」

加地谷の問いに対し、男は当然のようにうなずく。こちらに向けるまなざしは明らかな警戒心に満ちていた。

「突然失礼。俺は加地谷、こっちが浅羽。お兄さんの古賀明人さんについて、いくつか聞きたいことがあるんだが――」

「兄は二十年前に姿を消してそれっきりですよ」

加地谷の言葉を遮って、誠人は告げた。思わず言葉を切った加地谷は、こめかみの辺りをぽりぽりやってから、

「その失踪した兄貴について、もう少し詳しく教えてほしいんだ。思い出せる範疇でいい」

「……どういう、ことですか？」

誠人は更に困惑した様子で、わずかにうろたえた。

その表情が作られたものではないか、注意深く観察する加地谷に代わって、浅羽が質問を引き継ぐ。

「実は先日、市内で発生した事件の捜査をしておりまして、その被害者と明人さんが当時、同じ大学のサークル仲間だったことがわかっているんです。それで、当時のことを調べる一環として、お兄さんの人となりをお聞きしたいんですよ」

「つまり、兄を真剣に捜す気になったというわけではないんですね」

落胆したような口ぶり。演技かどうかはさておき、警察に対し敵意に似たものを抱えているのは間違いない様子だった。家に上げようというつもりもないらしく、掴んだドアノブから手を離そうともしない。

「言いにくいことがあれば無理にとは言いませんが、ぜひご協力をお願いします」

「その事件に兄が関係しているとでも？」

「ええと、それは……」

浅羽がわずかに言いよどむ。助けを求めるような視線を受け、加地谷は再び質問役を交替する。

「直接関係があるかどうかはまだわからない。ただ、現場付近でお兄さんによく似た人物が目撃されているんだ。その点に関して、女の警察官が話を聞きに来ていないか？」

「ああ、そういえば……」

誠人は記憶をたどるようにして、斜め上を見上げながらうなずいて見せる。

「一昨日だったかな、女の人が来ましたよ。刑事さんたちと同じように、兄のことについて訊いていかれました」

「その人と、どんな話をされたか教えてもらえませんか？」

突然、浅羽が身を乗り出したため、誠人は驚いたように半歩身を引く。その拍子に閉まりかけたドアを、加地谷が摑んで大きく開いた。熊のような体格の加地谷が目の前に立ち塞がる形となって、誠人は萎縮したようにもう半歩後ずさる。

「悪いが、俺たちにはあまり時間がない。話、聞かせてくれるか？」

「お願いします。仲間を助けるためなんです」

加地谷の威圧感に気圧されたのか、あるいはいつになく真剣な浅羽の懇願のおかげか、誠人はおずおずと首を縦に振り、「どうぞ」と渋々ながら二人を中に誘い、来客用のスリッパを勧めた。

玄関の先には天井の高いホールがあり、正面右手の壁際に二階——建物的には三階か——へと続く階段があった。正面には横幅の広い廊下が続いていて、ホールの左手にある開かれたドアの先はリビングになっている。誠人に続いて足を踏み入れると、中央にL字形のカウチソファがあり、ガラス製のテーブルにはティーセットと、飲みかけの紅茶のカップが一つ。奥の壁には八十インチほどの大型テレビがあり、両脇に背の高いスピーカーが二基あった。西側は窓で、その先に庭が広がっている。反対側の壁には作り付けの暖炉が完備されていた。

「ええと、女の刑事さんと何を話したか、でしたっけ」

キッチンの冷蔵庫から取り出したミネラルウォーターのボトルを二人に差し出しなが

ら、誠人は問いかけてきた。加地谷はかぶりを振って遠慮したが、浅羽は「すいません」と遠慮なく受け取って蓋を開け、ぐびぐびと飲み始めた。対照的な二人の刑事を前に、誠人はどことなく興味深そうに目を瞬いている。

「二日前に発生した殺人事件の現場付近で、おたくの兄貴——古賀明人さんが目撃された可能性があるという話をされたはずだ。それについて、あんたはどう答えた？」

「そうですね。確かにそんなことを聞かれた気がするけど……」

誠人は眉間に皺をよせ、困ったように頭をかいて見せる。

「残念ながら、兄は失踪後一度もこの家に戻ってきていませんし、連絡もありません。だから、お話しできるようなことは何もないんです。そのことを話したら、あの刑事さん……えっと、天野さんだったかな……その人は落胆された様子で、すぐに帰られましたよ」

落ち着いた語り口。視線も泳がず、呼吸も一定だ。嘘をついているようには思えない。少なくとも、話を聞きに来た伶佳が、この男に対し疑いを抱かなかったからこそ、伽耶乃にも加地谷たちにも、彼に対する聴取内容をあえて口にすることもなかったのだろう。

そう考えると、ここで彼の発言を疑う必要もないように思えてくる。

「では、玄関口で軽くお話をして、それで終わりですか？」

「ああ、いや……。兄の部屋を見ていかれましたけど……」

浅羽の問いに応じる誠人の視線は、リビングの天井の方へと注がれる。

「まだお兄さんの部屋があるんですか？」

「ええ、失踪してからずっとそのままにしてあります。両親もいなくて兄弟二人でしたから、わざわざ部屋を片付ける必要もなくて」

実際、生活にも影響はありませんでしたし……と続けて、誠人は肩をすくめた。

その態度に、加地谷は意外な印象を受ける。誠人と明人は二つ年の離れた兄弟だ。男同士の兄弟とはいえ、普通、家族がいなくなってしまったら、いつか戻ってくる日を信じ、身の安全を願うものではないのか。彼の様子を見ていると、すでに兄が過去の人になってしまったという心の整理をつけている。いや、それどころか、まるで他人事のように、何の感慨も抱いていないような感じがする。

だが、その一方で、無理に勘ぐることなく素直な目で見れば、当然の反応であるようにも思えてくる。明人が失踪してからすでに二十年。いくら兄弟でも、これほどの時間が流れれば、ある程度事実を事実として受け止められるのかもしれない。

ただ、と加地谷は内心で自問する。伽耶乃から事前に聞いた情報によれば、誠人は会社勤めなどをすることはせず、大学中退後はこの家でひっそりと隠者のような暮らしをしているのだという。親から受け継いだ資産をうまく運用しているのか、そんな必要がないくらい大きな金額を相続したのかはわからないが、悠々自適な生活を送っているのは間違いない。そんな男が、失踪した兄が何らかの形で殺人事件にかかわっているかもしれないという可能性を突き付けられて、こんな風に冷静でいられるというのも、いささか疑問だった。

「よかったらご覧になりますか？」

「それじゃあ、ぜひ」

浅羽がうなずくと、誠人は二つ返事で応じ、立ち上がってリビングを出てホールの階段を上っていく。その後に続いた二人は、二階へ上がって正面の廊下をしばらく進んだ先、右手にある部屋に案内された。

「兄の持ち物にはほとんど手を触れていません。二十年前からこの部屋は簡単な掃除をするくらいで、あとは当時のままです。そういう意味じゃあ、何か手がかりがあると言えばあるのかもしれませんけど……」

誠人は語尾を濁すようにして曖昧に肩をすくめ、それから手をさっと横に伸ばして室内を示した。

明人の部屋は八畳ほどの広さで、ベッドや重厚な木製の机に椅子といった家具の類には、どれも埃除けの白い布がかけられていた。長らく使われていないせいか、部屋の中が埃っぽく、独特の湿気た臭いがする。資産家の息子の部屋にしては少々狭く、殺風景に感じなくもなかったが、必要なものは一通りそろっているという印象。部屋の奥には、天井まである本棚が二つ、壁一面を覆うように鎮座していて、和書、洋書が混在した形で所狭しと並んでいる。また演劇や舞台、映画などに関する書籍がかなり多く見受けられ、様々な映画のタイトルが記されたＶＨＳテープが大量に棚に押し込まれていたりもした。

「……カジさん、あれ見てください」

ざっと室内を見回していると、浅羽が小さく耳打ちしてきた。視線の先、漫画や小説がおさめられたキャビネットのある壁の上部には、一枚の大きな絵画が飾られている。描かれているのは、美しい容姿の青年の姿だった。

「肖像画……か」

被害者である柳井の遺体のそばに置かれていたのも肖像画だった。写真で確認しただけではあるが、なんとなくタッチが似ている。

「兄です。言うまでもありませんが、大学の頃のね」

誠人が茶化すように言った。壁に向かい、じっと絵を見上げていた加地谷と浅羽は、奥の本棚のそばに立つ誠人に向き直る。

「この肖像画は誰が描かれたんです？」

「それは確か、大学の頃に知り合った画家って言ってたかな……。知り合いの知り合いなので、あまり親しくはなかったみたいですけど。まあ、よくいる売れない画家だったんでしょうね」

「親しくない相手に自分の絵を描いてもらうのは普通のことなのか？」

加地谷が突っ込むと、誠人は肩をすくめ、

「さあ、私にはわかりませんよ。ただ兄は自分の容姿に自信を持っていましたからね。

若くて美しい時の姿を残しておきたかったんじゃないですか。それも写真とかじゃなくて、誰かに心を込めて描いてもらいたかった。こんな風に飾っておけば、古賀家の当主として恰好がつくとでも思ったんじゃないかな」

今度は呆れたように吐き捨てる。どうやら誠人は、行方の知れぬ兄に対し、あまりいい印象を抱いていなかったらしい。

「確かに、自分の絵を飾るなんて、大きな会社の創業者か、ハリウッドスターでもない限り普通はしませんよね」

「そういう連中でも、なかなかしないんじゃあねえのか」

スマホだなんだと便利なもので溢れているこのご時世、自分の姿をわざわざ絵画にして部屋に飾るというのは、やはり前時代的である。近づいてよく見てみると、肖像画の右下の方に崩した字で署名があった。

間近で絵を眺めていると、使われている絵の具のものらしき独特の匂いが室内に満ちていることに気が付いた。肖像画に使用された絵の具の匂いが、部屋中に染みついているのだろうか。そう思ってさりげなく鼻を近づけてみるも、絵画自体からはそれほど強い匂いは感じられない。では、いったいどこから……。

「――どうかされましたか？」

不審な動きをしているところを誠人に見られてしまった。加地谷は咳払いと共にかぶりを振って、ごまかすような素振りで肖像画と誠人を交互に見据えた。

「こういっちゃ失礼かもしれんが、おたくらはあまり似ていない兄弟だったんだな」

「ちょっとカジさん……こういう時は嘘でも似てますっていうのが礼儀っすよ」

フォローのつもりらしいがまるでフォローになっていない。それでも誠人は別段気を悪くした様子もなく「はは」と軽く笑って、

「昔からよく言われましたよ。兄は外見はもちろん中身も優秀で、学校の成績なんかは常に上位をキープしていました。運動もできるし、人付き合いも上手で、教師なんかの覚えもいい。絵にかいたような人気者でした。反面、私は何をやってもダメで、見た目もこんなですから。本当に兄弟かと疑われるのはしょっちゅうでした」

皮肉な口調で言いながら、こちらにやってきた誠人は肖像画を見上げた。

その時ふと、彼の視線の中に妙な光を見た気がして、加地谷は眉をひそめた。幼い頃から比較されてきた兄に対する複雑な思いというよりは、怒りやもどかしさに近い感情。やはり、彼と明人の兄弟仲は、それほど良好なものではなかったのかもしれない。

兄がいなくなったことでこの家を手に入れたことに鑑みると、明人の失踪で唯一利益を得たのは誠人ということになる。下種な勘繰りかもしれないが、かねてより兄と比較され、不満を募らせていた弟が、何らかの形で兄の失踪にかかわっていると考えるのは、早計だろうか。

そこまで考えて、加地谷はすぐにその考えを頭から引きはがした。邪推はほどほどにして、今はそれよりも伶佳の行き先だ。誠人と話をして、彼から明人の失踪についてや、

関連する人物の話を聞いていたとしたら、伶佳が新たな関係者と接触をしたり連絡を取っていたりした可能性は大いにある。そのことを確認しなくては。

「兄の失踪については、あの女性刑事さんにも話しましたが、あまり詳しいことは知りません。当時私は大学一年で、兄が三年。同じ大学に通っていましたけど、専攻は違いました」

「明人さんは確か、演劇サークルに所属していたんですよね。演技にご興味があった？」

「本棚を見てもらえばわかるでしょうけど、映画や舞台なんかが好きで、自分でもやりたかったみたいですね。映画の方はハードルが高いから、アマチュアの演劇サークルがちょうどよかったんでしょう。そうは言っても、結局は遊び仲間とのたまり場だったんでしょうね。兄が大学に行ったのは、社会に出るまでのモラトリアムですらない。有り余る金と時間を費やして、子供みたいに遊んで過ごすための暇つぶしでしかなかったんですよ」

言葉尻に嫌悪感をにじませて、誠人は鼻を鳴らす。

「悪い友達とも付き合いがあったようなので、いなくなったのもきっと、そういう連中とのトラブルに巻き込まれたんだろうなって、漠然と考えていましたよ。両親が亡くなってからは特に、兄の好き勝手さは歯止めが利かなくなっていました。特に女性関係なんて、ひどいもんでしたよ……」

ひときわ強い口調で吐き捨てた誠人の表情に、さらなる嫌悪の色がにじむ。

「いなくなったこと自体は悲しくなかったのか？」

「そりゃあ悲しい気持ちはありましたよ。無謀な夢を追いかけるのだって、興味ないふりをして内心では応援してましたし」

「無謀な夢、ですか？」

浅羽が繰り返すと、誠人は一瞬、はっとして顔を上げ、それから噴き出すように笑い、小刻みにかぶりを振る。

「単なる子供の頃の夢ですよ。両親の遺産があったから、手当たり次第にやりたいことをやっていた。そういう感じです。で、現実を知ってすぐに別のことに興味を持つ。そうやって、服を着替えるみたいに人間関係も変わっていった。そのせいできっと、いらぬ恨みを買ったり、余計なトラブルに巻き込まれたりしたんじゃないかな」

加地谷は再び、目を見張った。誠人の表情にさほど変化はなかったが、その目は愁いを帯び、わずかに涙ぐんでいるように見える。わざわざ演技をするのなら、大げさに泣いて見せたほうが効果的だったかもしれないのに、彼はそれをしようとせず、さりげなく目元をぬぐうそぶりを見せただけで、うろたえる様子は見られなかった。

憎まれ口を叩きながらも、深い所では兄弟の安否を気遣っていた。そう思わせるのに十分な反応である。

「そういえば——天野さんの友人も行方不明なんですよね？」

「どうしてその話を？」

「本人から聞いたんです。私が兄の話をしていると、なんだか考え込むような顔をしていて、どうしたのか聞いてみたら、実は自分も大事な友達を捜していると教えてくれました。その方、どうなりましたか？」

「現在捜索中ってところだ」

そう返すと、誠人は「そうなんですか……」とばつの悪い顔をして、頰をかいた。正直、加地谷としては、あの伶佳が聴取の最中に自分の話をするというのは想像がつかない。似たような境遇にいる誠人に対し、ある種の共感を覚えたということだろうか。

「見つかるといいですね」

簡単にまとめるかのように、ぽつりと呟かれたその言葉が、なんだか重々しく感じられて、加地谷は何も言い返せなかった。

息苦しさに耐え兼ねた浅羽が、しつこく食い下がるようにして質問をする。

「伶佳ちゃん――あ、いや、天野刑事は何か言ってませんでしたか？　たとえば、誰に会うとか、そういう話は？」

「兄の同級生や教師といった、近しかった人の連絡先を聞かれました。といっても、ほんの数人のものしか伝えられませんでしたけど」

なるほど、平松と連絡を取ったのは、そういう経緯だったのかと内心で納得し、加地谷はその連絡したという人物の名前を確かめる。

「伽耶乃ちゃんに送って、伶佳ちゃんが連絡を取った関係者と一致するかどうか調べてもらいますね」

そう言って、素早くメールを打ち込む浅羽に頷き、加地谷は腕時計を確認する。これ以上話を聞いていても、目新しい情報が出てくるようにも思えない。そろそろ引き上げ時かと内心で独り言ちたその時、かたん、と階下で物音がした。

次いで、ドアが開閉されたり、スリッパで廊下を歩くような足音。加地谷はわずかに浅羽と視線を合わせる。それらは何気ない日常音であったが、誠人はどういうわけかはっと表情を固め、どこか白々しく感じられる仕草で腕時計を確認し、

「……あの、もういいですか？」

さも申し訳なさそうに言った。下で誰かを待たせているのか、あるいは警察が来ていることを知られたくないのか。そんな心中がすけて見えるような反応である。

「そうっすね。もう昼も過ぎてるし、そろそろ行きましょうか」

浅羽に言われ、加地谷は小さく頷いて同意する。誠人を先頭に明人の部屋を出て、来た道を戻る形で階段を下り玄関ホールへ。

来客用のスリッパから靴に履き替え、玄関扉の取っ手に手をかけたところで、加地谷はふと、聞き忘れていたことを思い出す。

「最後にもう一つ教えてほしいんだが、掛井美帆という女を知っているか？」

「かけい……？　誰ですか？」

誠人はしばし考えるそぶりを見せてから、神妙な顔をして問い返してきた。

その表情に嘘はない。そう感じる一方で、しかし加地谷はわずかな違和感を抱く。

「あんたの兄貴が大学で付き合っていた女性らしい。そういった証言をしている奴がいてな。真偽性も含めて確認したかったんだが」

「兄と……どうなんでしょうね。さっきも言いましたけど、兄の女性関係はかなりいい加減でしたから、いちいち覚えていられませんよ」

歯切れ悪く、もごもごと口ごもるような物言いで、誠人はうつむくように視線を逸らした。その表情にまたしても違和感を覚えた加地谷がさらに突っ込んで質問しようと言葉を探していると、突然リビングの扉が音を立てて開き、一人の女性が顔をのぞかせた。

「あら、ごめんなさい。お客様がいらしてたの？」

女性は、加地谷と浅羽の存在に気づき、驚いたように目を見張っている。広い建物なので、二人が訪れたことに気づかずにいたのだろう。

年の頃は二十代半ばから三十に届かない程度だろうか。切れ長の目と左目の下の泣きボクロが印象的な美人で、たたずまいから育ちの良さがうかがい知れる。茶色いロングスカートに白いニット。セミロングのふわりとした黒髪。そして、その肌は雪のように白い。

「華やかな女性っすね……」

浅羽がうっとりした口調で耳打ちしてきた。

アホか、と吐き捨てて、加地谷は視線を浅羽から女性に戻す。その時、彼女が胸元に抱えている一冊の本に目が留まった。

「カジさん、あれ……」

同じタイミングで浅羽も気づいたらしく、小声で訴えかけてきた。ごくりと生唾を飲み下す浅羽とわずかに視線を交わし、加地谷はもう一度、女性が胸に抱えた本をじっと観察する。

「なああんた、その本……」

思わずそう言って、加地谷は女性の手元を指さした。えっと声を上げた女性は、加地谷が示した本——土気色をした革装丁の古書を見下ろす。

「あら、もしかしてワイルドがお好きですか？」

「ワイルド？」

問い返すと、女性は本を前に掲げ、

「オスカー・ワイルドの『ドリアン・グレイの肖像』です。ご存じですか？」

加地谷はもう一度、浅羽と視線を合わせる。浅羽はその作品を知らないらしく、ぷるぷると首を横に振るばかりだった。

何か、とんでもないものを見つけたかのように押し黙る二人の刑事を前に、女性は不思議そうに目を瞬き、小首をかしげていた。

「君、それは……」

思わず、といった様子で誠人が割って入ると、女性は悪戯っぽく笑って舌を出し、

「ごめんなさい。あなたのお兄さんの本棚にあったから、ちょっとお借りしちゃった。まずかったかしら？」

「いいや、好きに触っていいと言ったのは私だからね。気にしないで」

　誠人は少々、複雑な顔をしていたが、すぐに笑顔を取り戻してかぶりを振った。それを見て、女性は安心したように笑みを深めた。

「それより、お客様にお茶でも淹れましょうか？」

「いいや大丈夫、もうお帰りになるようだから。君はそっちで待っていて」

「うん、わかった」

　女性は素直に応じ、古書を胸に抱えたまま、こちらに会釈をしてドアの向こうに引っ込んでいく。

　ドアが完全に閉じるのを確認した後、こちらに向き直った誠人に、浅羽が問いかける。

「今の方はどなたですか？」

「妻ですよ。少し具合が悪いと言っていたので奥で休んでいたんです」

　何気ない口調で言った誠人は「それに、彼女に兄の話はあまりしていないので」と苦々しく付け足した。

「なるほど、そういうことですか」

　浅羽は訳知り顔で頷く。古書の件はさておき、そういうことならば、自分たちの来訪をわざわざ伝えなかったことにも説明がついた。

「あの、本当にそろそろいいですか？　私たちも出かけなくてはならないので」

申し訳ないですが、と眉尻(まゆじり)を下げる誠人に頷き、加地谷は、摑(つか)んでいたノブをまわして玄関扉を開く。だが、その直後に「おっと、そうだ」と呟(つぶや)くと、思い直したように振り返り、ごく自然な動作で右手を差し出した。

数拍遅れて、誠人はそれが握手を求めての行為だと気づき、戸惑いながらも加地谷の手を握る。中年の男同士ががっちりと手を握り合う様子をそばで見ていた浅羽は、何が起きたのかとでも言いたげに眉根を寄せて加地谷を見上げていた。

「忙しいところ邪魔したな」

「はぁ……」

加地谷が手を離し、誠人が困惑がちに会釈をすると、奇妙に停止していた時間が動き出す。

「えっと、それじゃあ、もし何か思いだしたことがあれば、ご連絡をお願いします」

浅羽が気を取り直すように言って名刺を手渡したのを最後に、今度こそ二人は古賀邸を後にした。

3

「カジさん、さっきの古書、ちゃんと確認しなくてよかったんすか？」

車の走行音ばかりが響く車内で、スマホに視線を落としていた浅羽がどこか名残惜しそうに言った。

「確認って、何のだよ」

「決まってるでしょ。『BABEL』の印章があるかどうかですよ」

信号が黄色に変わった交差点に進入し左折する。ハンドルを戻しながら、加地谷は
「ああ」とぶっきらぼうに応じた。

「んなもん確認してどうするよ。今回の事件にも古書が関係してるとでも言うつもりか」

「まあ、断言はしませんけど、可能性としてあり得るっていうか……」

もごもごと歯切れの悪い物言いをする浅羽を一瞥し、加地谷はこれ見よがしに溜息をついた。

「馬鹿かてめえは。そんなオカルト話、普段ならともかく、応援に来た先で持ち出すことかよ」

「でも、伶佳ちゃんと伽耶乃ちゃんなら理解してくれるかもしれないじゃないすか。そりゃあ今はそれどころじゃないかもしれないけど……」

確かにあの二人なら、と加地谷も思いはした。だが、今はそういう不確かでオカルトめいた話をするよりも、一刻も早く伶佳の居場所を捜し当てることの方が重要だ。古書の件は気にはなったが、仮にあの女性が持っていた古書に『BABEL』のマークがあ

ったとして、それ自体が犯罪行為に当たるわけではない。そもそも、本なんてものは、この世にごまんと溢れているのだ。過去二つの事件で、たまたま発見した古書に同じ印章があったからと言って、それが犯罪に直結するかどうかなんてわかりはしないだろう。

「うーん、でもなぁ……」

「でもってなんだよ。つーかお前、さっきから何見てんだ？」

会話も上の空といった調子で呟く浅羽を咎めると、浅羽は渋々、スマホから視線を外してこっちを向いた。

「『ドリアン・グレイの肖像』がどんな話か、調べてみたんすよ。あらすじだけでもと思って」

「それで？」

「あ、やっぱカジさんも気になるんすね」

茶化すように言った浅羽を横目ににらみつけると、「冗談すよ……」と不貞腐れたように口をとがらせ、仏頂面で説明を始めた。

「話自体はかなりオカルトじみてますね。ドリアン・グレイって若者が友人の画家に描いてもらった自分の肖像画に願いをかけるんすよ。この肖像画のように、ずっと老いない身体が欲しい。そのためなら魂だってくれてやるって。そしたら本当に、彼は十八歳の頃の外見から変わることのない美しさを保つことができるようになったって話です」

「なんだそりゃあ。ずいぶんと便利な絵画だな」

加地谷が半笑いで茶々を入れると、浅羽は苦笑を浮かべ肩をすくめる。

「たしかに。でもその絵画はドリアンが他人を傷つけたり、何か罪を負うような行いをするたびに醜くゆがんで、老いていくようになる。やがてドリアンはその絵を恐れるようになっていきます」

「最後はどうなるんだ」

「そこまではまだ。せっかくだから本を買って読もうかと思ってんすよ」

急に呑気（のんき）なことを言って、浅羽はへらへらと軽薄に笑う。緊張感のない能天気な相棒に再び嘆息しつつも、加地谷は今の話の中に、妙なものを感じ取った。

「自分は年を取らず、絵画が代わりに年を取る……か」

「それです。なんか妙な一致を感じませんか？」

わざわざ問われずとも、その疑問はすでに頭の中に浮かんでいた。加地谷は小さく頷（うなず）き、赤信号になった交差点で車を停止させる。

「蛭田の証言だな。二十年前と同じ姿をした古賀明人を目撃したっていう」

「そうです。その古賀明人の部屋にも肖像画がありました。まあ、醜くゆがんでなんていませんでしたけどね。でも、あの女性が言うように『ドリアン・グレイの肖像』が明人の持ち物だとしたら、物語の通りに年を取らない彼が殺人を犯しているなんて可能性も……」

浅羽は意味深に言葉を切る。車内にしばし、妙な沈黙が流れた。

横断歩道を手を上げて渡る小学生の一団を見るともなしに眺めながら、加地谷は低く喉(のど)を鳴らす。もちろん感心からではなく、疑問を表す唸(うな)り声だった。

「いくらなんでも、オカルトが過ぎやしねえか？　それで蛭田の証言の説明はつくとはいっても、『年を取らない男』なんて、生物学的な理屈が立たねえだろ」

「そうですよねぇ……。一課も、蛭田のその証言は見間違いってことで捜査方針固めてますもんね」

そう納得したように話を終えたものの、加地谷の頭の中には依然として『ドリアン・グレイの肖像』と今回の事件との間にある奇妙な符合が停滞し、どうにも気になって離れなかった。口ではああ言ったが、その冗談みたいな可能性を否定しきれない自分がいる。

心のどこかであの古書が今回の事件に重要な関わりを持っているのではないかという漠然とした推測が、頭蓋骨(ずがいこつ)の裏側にこびりついているような感覚を抱きつつ、加地谷は青信号になった交差点を、まっすぐに突っ切っていった。

古賀の屋敷を後にした二人が次に向かったのは、東区の伏古(ふしこ)に位置する住宅地の一角。事件の第一発見者である蛭田貴之の自宅であった。デザイン事務所に連絡したところ、蛭田はすでに退社したらしく、どこにも寄っていなければ、自宅に帰り着いているはずである。この辺りには平成初期に建設された市営住宅団地が建ち、学校帰りの子供たちが楽しそうに公園を走り回る穏やかな光景が多くみられる。加地谷は信号待ちのたびにサイドウインドウから周囲の街並みを確かめては、かつてこの近くに暮らしていた頃のことを思い返していた。

「やっぱこの辺、懐かしいっすか？」

「まあな。荏原市に引っ越すまでは、少し先のマンションに住んでた。あの頃はなんとも思わなかったが、賑やかでいい所だよな」

「そんなもんっすよね。俺もさっきから感慨に浸りまくりです」

「お前の生家は確か本町だろ。この先の方だったよな」

　そうです、と答える浅羽の横顔をちらりと一瞥する。普段と変わらぬその表情の奥で、彼はいったい何を思うのか。

　浅羽がまだ小学生の頃、深夜に物取りが侵入し、鉢合わせした両親が殺害された。妹と共に押入れに身を潜めていたおかげで二人は事なきを得たが、両親を失った悲しみは計り知れないものであっただろう。

　刑事になって間もない頃、捜査に参加した加地谷は当時の浅羽に会っている。現場検証がされるなか、祖母の到着を待つ彼とその妹がパトカーに乗ることを拒み、マイナス気温の夜風にさらされながらも庭の一角にたたずんでいる姿は、まるで彼らだけが世界に取り残されてしまったかのようだった。そのまま放っておくことができなくて、いくつか会話を交わした。その時加地谷が掛けた言葉が浅羽に刑事を志すきっかけを与えたと知った時は驚いたが、加地谷としては、別にかっこいいおまわりさんの姿を見せたかったわけではない。ただ単純に、親を失って悲しみに暮れる子供の姿が、昔の自分と重なっただけだった。

「たぶん、家もそのまんま残っていると思います。って言っても、確認したわけじゃあないんですけどね。両親が殺された家なんて、トラウマ以外の何物でもないですし」

わざと明るい口調で言いながら、浅羽は困ったような顔をして笑う。それが単なる強がりなのか、それとも過去として消化しているからこその発言なのかは、加地谷にはわからなかった。

それでも、浅羽がこうやって時折見せる、つらい過去を前向きに笑い飛ばそうとするところには、見習うべき点があるような気がしている。

「でもまあ、あんなことがあっても、楽しかったこととか結構覚えてますよ。それこそ近所にも友達が大勢いたし、町内会の集まりにもよく参加してましたし」

だから、と続けて、浅羽は軽く笑みを浮かべる。

「いつか年を取ったら、この辺りに帰ってきたいなとは思ってます。それまでに気持ちの整理がつけばですけど」

「……そうか」

それ以上の言葉が思いつかず、呟くような声で応じる。車内の空気がなんとなくしんみりしてしまい、気詰まりになって視線をやると、浅羽は驚いたように目を見開いてこちらを凝視していた。

「なんだよ？」

「いや、カジさんが珍しくまじめに俺の話聞いてくれたなぁと思って。いつも、俺が何か言っても『うるせえ』か『馬鹿野郎』しか言わないし」

「そりゃあお前がふざけたことしか言わねえからだろうが。実のある話がしたけりゃあ、もっとまともな話題を持ってこい」

バッサリと切り捨てるように告げて、加地谷が素っ気なく鼻を鳴らすと、浅羽は「あーそうですか。相変わらずドライっすね」といつものように憎まれ口をたたいて、助手席側の窓に視線をやった。

おかしな空気にならずに済んだことに安堵しつつ、加地谷は細い路地に車を乗り入れる。蛭田の自宅はこの近くのはずだ。

路肩に車を止め、なんとなしに周囲の家を確認すると、ちょうど斜め向かいの位置にある一軒家の表札に『蛭田』の文字が見えた。

「あ、カジさん、あれ」

エンジンを切り、車から降りようとしたところで浅羽が声を上げた。視線を追って路地の先を見ると、こちらに向かって歩いてくる男性の姿がある。事前に写真で確認した蛭田に間違いなかった。

「ラッキーっすね。話、聞きに行きましょう」

「いや、待て」

シートベルトを外し、ドアを開けようとした浅羽を、今度は加地谷が制止する。

「え、どしたんすか？」

「よく見ろ。蛭田の後ろだ」

加地谷はフロントガラス越しに路地の先を指さした。自宅に向かって歩く蛭田の後方に、二人組のスーツの男たち。片方は年かさの男で、もう一方は若くてガタイのいい体育会系。一見して挙動に不審な点はないが、つかず離れずの距離で蛭田を監視しているのは明らかだし、平日の昼間に手ぶらで住宅地を歩き回っている時点で、不自然さは隠せない。

「もしかしてあれって……」

加地谷の言わんとしていることに気づいたのか、浅羽は緊迫した声を漏らす。

「間違いねえな。ありゃあ捜査一課の刑事だ」

「でも、なんで蛭田さんの行動確認なんかしてるんすか？　彼は事件の第一発見者ですけど、アリバイが証明されているはずじゃ？」

加地谷は即答せず、わずかに唸りながら考える。

捜査一課からの情報は逐一、伽耶乃の元へ届けられる。しかし、今朝の時点で蛭田に行動確認がついていることは情報になかった。となると、伝達に時間差があるか、でなければわざと情報を渡していないことになる。

そこまで考えて、暗澹たる思いが加地谷の胸中で渦を巻いた。おそらく一課の中には、心理分析班をよく思わない連中がいる。そいつらが報告を怠っているのだろう。捜査の第一線で犯人を追う彼らにとって、心理分析班は蚊帳の外というわけか。それは普段、加地谷と浅羽が荏原署の刑事課の面々に邪魔者扱いされ、煙たがられているのとよく似た状況であると想像がつく。本来ならば協力して犯罪者を捕まえ、市民を守るのが目的であるはずなのに、どういうわけか足の引っ張り合いをしたがる愚かな連中。あの刑事たちも、そういった類だということか。

自宅に入っていく蛭田を確認し、電柱の陰に身をひそめるようにしている二人の刑事を遠目に眺めながら、加地谷は重々しく溜息をついた。

「蛭田のアリバイに疑うべき点があるか、でなけりゃあ次の被害者である可能性を考慮しての監視、ってところか」

「彼が次に狙われるかもしれないっていう根拠があるってことですか？」

「蛭田の証言の中で、犯人が若い頃の姿をした古賀明人だという点は信用されてねえが、被害者の自宅周辺で怪しい人間を目撃した点に関しては信用する余地がある。つまり蛭田は証言に曖昧な点はあっても、犯人らしき人物を目撃しているわけだから、命を狙われる可能性は大いにある。そんなところだろ」

あくまで加地谷の想像でしかないが、現実的かつ地道な捜査を行う一課の刑事が蛭田に監視をつける理由としては、妥当な線である。

「それじゃあ、この状況で俺たちが話なんか聞きに行っちゃ、怒られますよね？」

言うまでもない。そんなことをしたら、縄張り意識の強い一課の刑事たちは、自分たちの捜査の邪魔をするなと憤慨することだろう。この場に加地谷たちがいることに気づかれただけでも、ただで済むとは思えなかった。

触らぬ神にたたりなし。と、普段なら自分に言い聞かせてさっさとこの場から退散するところだが、しかし今は伶佳の安否が問われる状況である。一課のポンコツどもに付度している場合ではないのだ。

「少し様子を見るぞ。奴らの監視も、二十四時間ってわけじゃあねえはずだ。隙ができれば話を聞くくらいはできる。現場付近にいた人物が古賀明人の若い頃の姿にそっくりだったと言っているのは蛭田だけだ。俺たちはそれを真実だと仮定して動いてきたが、それがもし蛭田の嘘だったとしたら……」

「としたら、何すか？」

「蛭田には、嘘をつかなきゃならねえ理由があるってことだろ。天野は何も言ってなかったが、聞き込みをしたあいつがその可能性に気づいて、今の俺たちのように蛭田に接触しようとしていたら……いや、実際に接触していたとしたらどうだ」

「そっか、蛭田にも怪しい点が出てくるってことっすよね。古賀明人の名前を出したのが捜査を攪乱するためなんて理由も、十分に考えられますし」

そういうことだ、と視線でうなずき、加地谷はシートに深く背中を預けた。

「でも、話をする隙ができるのを待つなんて、そんな悠長なこと言ってる暇があるんすか？　こうしている間にも伶佳ちゃんの身に危険が及ぶかもしれないんですよ」

「だから『少し』って言ってるじゃねえか。何も一晩明かそうってんじゃねえんだよ」

語気を強めて言うと、浅羽は両手を軽く上げて、納得したように黙り込む。加地谷の言う『少し』が、それほど長い時間でないことを理解しているからこその反応といえた。

実際問題、待つのは二時間が限度だろうと思っていた。それに、蛭田が怪しいというのはあくまで可能性の問題で、何かしらの確証があるわけではない。ただ一言、自分が見たのは本当に古賀明人だった、若い頃の姿をしていたのも本当だ、と本人の口から聞ければ、この先の捜査にも迷いを抱く必要がなくなる気がした。その正体が本物の古賀明人であろうとも、別の何者かであろうとも、どちらかの可能性を突き詰めていけばいいのだから。

車内に留まったままで蛭田宅の様子を窺うと、リビングと思しき部屋の窓には白いレースのカーテンが引かれ、中の様子はわからなかった。家の中にいることは確かだが、これといった動きがなければ、一課の刑事たちもそう長くこの場に留まりはしないだろう。

彼らがしびれを切らすのが先か、自分たちが諦めるのが先か。ある種の我慢比べのような気持ちで、サイドウインドウを下ろした加地谷は煙草に火をつけた。

三本目の煙草を吸い終えた時、近くの自販機で飲み物を買ってきた浅羽が車に戻ってきた。

「ナポリンとシトロン、どっちがいいすか？」

「お前な、どうしてその二つのチョイスなんだよ。色が違うだけでどっちも甘ったるい炭酸ジュースだろうが」

「何言ってんですかカジさん。全然違いますよ。ナポリンは甘くてお子様にも大人気。シトロンはがっつり喉にくる大人のサイダーですから」

「それはお前の主観だろ。味の違いどうのこうのじゃあなくて、ジュースしか選択肢がねえのがおかしいって言ってんだ馬鹿野郎」

ガキめ、と内心でののしりながらも、仕方がないのでシトロンの缶を受け取りプルタブを開ける。できることならブラックコーヒーでも飲んで眠気を覚ましておきたいところだが、きつい炭酸で喉を潤すと、思いのほか目がさえてきたので良しとする。

「そういや伽耶乃ちゃん、一人でオフィスに残してきちゃったけど大丈夫すかね。伶佳ちゃんのことが心配で、根詰めてなきゃあいいけど」

「無理するなって方が無理なんじゃあねえのか。あいつだって、じっとしているより目の前の仕事に没頭している方が不安に押しつぶされないで済むだろ」

確かに、と苦笑してナポリンを一口飲んだ浅羽は、ふと思い出したように声を上げる。

「そういや伽耶乃ちゃんって、どうしてあんなに伶佳ちゃんに入れ込んでるか知ってます？」

「そんなもん、俺が知るわけねえだろ」

　あまり興味もなかったのだが、目を輝かせて先を続けようとしている浅羽に気を遣い、

「昔好きだった保育士さんにでも似てるからじゃあねえのか？　あのガキ、頭は良くても精神年齢はまだ五歳児レベルだろうからな」と皮肉を口にする。

　それに対し浅羽は「またそうやって」と苦笑いしつつ、二人でオフィスに詰めていた時に交わしたという話を加地谷に語った。

「伽耶乃ちゃんって見ての通り、ああいう性格だから、警視庁にいた頃に行く先々でトラブル起こしちゃって、人間関係でものすごく苦労してきたらしいんすよ」

「苦労してんのはあいつじゃなくて周りの方だろ」

　思わず横槍（よこやり）を入れると、浅羽は「まあまあ」と苦笑しながら、加地谷をなだめすかす。

　それから気を取り直し、話を進めた。

「何年か前、都内で小さい男の子が誘拐されて殺されるっていう事件が続いたじゃないすか。スーパーとかデパートなんかでさらわれて、後日近くの河川敷で溺死体（できし）で発見されるってやつです」

「ああ、覚えてるよ。確か犯人は、地元の中学生三人組じゃあなかったか？　言葉巧みに子供を建物の外に連れ出して、川に突き落として殺していたってやつだよな」

思い出すだけで胸糞の悪くなるような事件だった。痛ましい事件の内容が連日にわたって報道され、姿の見えぬ犯人に対し、遺族のみならず多くの国民が怒りを覚えては、一刻も早い犯人逮捕を叫んだ。

最初の事件が発生してから、わずか二か月の間に三人の男の子が被害に遭い、幼い男児を持つ親が戦々恐々としていた時に、事件は思いがけない形で終息する。犯人グループの一人である十五歳の少年の親が、部屋を掃除中に異臭を覚え、引き出しの奥を探ったところ、切り取られた子供の指の一部を発見したため通報。少年は警察へ連行され、すべての罪を自供した。その際、共犯関係にあった残り二人の少年宅からもそれまでの被害者の身体の一部が発見されており、彼らはそれぞれが犯行の『戦利品』を持ち帰ることで互いを見張り合い、裏切りを防ごうとしたのだと白状した。

「結局、警察が逮捕する前に犯人が出てきて、事件はあっけなく解決したんすけど、実は二人目が殺された直後に、伽耶乃ちゃんは犯人が複数の少年だってこと、プロファイリングで導き出していたらしいんですよ。なんでも、最初の二つの犯行現場が、それぞれ地元の悪い連中のたまり場で、聞き込みの結果、そいつらにいじめられて不登校になったり、かなりの額の金を脅し取られたりした生徒がいることが判明したんです。で、それぞれのいじめの被害者というのが、伽耶乃ちゃんがプロファイリングで導き出した人物像にかなり一致していたそうです。要するに、いじめられっ子同士が三人集まって、自分がいじめられていた場所で、自分よりも弱い人間をいたぶることでアイデンティティの確立をなんとかって……」

浅羽は説明しながら頭がこんがらがったらしく、難しい顔をして頭を掻いた。

「いや、とにかく、詳細は分からないんですけど、とにかく伽耶乃ちゃんの読みは見事に的中していたってことです。でも、捜査本部は彼女のプロファイリングを認めずに、先輩分析官が提示した真逆の犯人像を採用した。なんでも、それが現場での不確かな目撃情報と微妙に一致するっていう理由だったそうです。で、その方針で捜査を進めた結果、犯人を野放しにする形になってしまって……」

「三人目の被害者が出ちまった、ってことか」

浅羽はその顔を悲痛そうに歪めてうなずいた。

犯人が明らかになったとき、伽耶乃はどれほど無念さを感じたことだろう。女だから。新米だから。そんなくだらない理由でプロファイリングを無視され、そのせいで本来失われるべきではない命が余計に失われてしまった。それは伽耶乃にとって、屈辱などという言葉では到底足りない、絶望にも等しい顚末であったはずだ。

「伽耶乃ちゃん、そのことで上に楯突いたらしいんすよ。被害者を救えなかったのは取り合ってくれなかった一課や管理官の責任だって、怒鳴り散らしたそうです」

「ほう、あいつらしいな」

上司や同僚の前で怒声を張り上げる伽耶乃の姿が、容易に想像でき、加地谷はつい苦笑する。だが当時の伽耶乃の気持ちを慮れば、それを馬鹿にする気分になどなれなかった。むしろ、伽耶乃と全く同じ怒りが、加地谷の胸の内に渦を巻いている。

「それで、どうなったんだ？」

「当然ながら、伽耶乃ちゃんの訴えは誰にも相手にされず、そればかりか、北海道警察への異動を命じられたってわけです。表向きは、新設される心理分析班の創設メンバーとしてキャリアを積むためなんて言われたみたいっすけど、要するに体のいい厄介払いですよね」

浅羽は我が身を振り返るような口ぶりで自嘲しつつ、苦笑いをする。

「そんな経験しちゃったもんだから、こっちにきた直後の伽耶乃ちゃんは捜査にまるで身が入らなくて、辞めることも考えていたらしいですよ」

「それを止めたのが、天野だっていうのか？」

「いいえ、逆です。伶佳ちゃん、全然仕事に集中しないですすきののガールズバー通いをしていた伽耶乃ちゃんを捕まえて、叱りつけたんだそうです。『くだらない女遊びをする暇があったら、事件の一つでも解決してみたらどうですか。それができないなら、さっさと辞めてしまえばいい。あなたがいなくなれば、新たな人員が補充される。やる気のない人間の座る席は心理分析班にはない』って」

「天野がそんなことを？　意外だな」

伶佳に説教されている伽耶乃の顔を想像し、加地谷は込み上げる笑いをこらえられずに噴き出した。一緒になって笑いながら、浅羽は先を続ける。

「『あなたの実力は本物です。だから、他人が何と言おうと、あなたはあなたにしかできないことで人を救えばいい。上も下も関係ない。周りに気を遣う必要もありません。地位だとか手柄だとか、そういう化石みたいな概念とも無関係のところで存分に力を振るってください。心理分析班はそういう場所で、あなたをその一員として招いたのは、一つでも多くの事件を解決に導き、悲しむ人を減らすためです』、なんて熱弁する伶佳ちゃんの男気にハートを撃ち抜かれちゃったらしいっすよ」

ひひひ、と気味の悪い笑い方をして、浅羽はにやけて見せる。

「伶佳ちゃんだけは伽耶乃ちゃんの本質を理解し、信頼してくれるっていう安心感があるから、今も頑張れているんだそうです。あの二人の関係性、なんかいい感じですよね」

「……ふん、だからって人前でべたべたくっついたりするのはどうかと思うがな」

「あれはまあ、伽耶乃ちゃんの一方的な愛情表現っていうか……。俺としてはああいうの、目の保養になって大歓迎なんすけどね」

「お前がそれを言うと、さっきまできれいに感じていたものが急に下品に感じられるから不思議だよ」

ひとり鼻息を荒くする浅羽に対し、加地谷は露骨に顔をしかめて、嫌悪感をあらわにした。

冗談はさておき、伶佳と伽耶乃の間にそれだけの信頼関係があるというのは加地谷にも理解できる。そして、だからこそ伽耶乃は今、精神的に追い詰められているはずだ。

伽耶乃が抱いているであろう焦燥感は、加地谷には痛いほど理解できた。

五年と七か月前、あの運命の夜に味わったおぞましい気持ち。そして、地獄の淵へと叩き落とされた記憶は、焼き印となって今なおこの身に刻まれている。できることなら、伽耶乃には同じ十字架を背負わせたくはないと強く思う。だが、もしこのまま伶佳が見つからなかったり、最悪の結果が訪れるようなことになれば、この不安が現実のものとなって自分たちを容赦なく叩きのめすだろう。

それだけは、何としても阻止しなければ……。

「それにしても、全然動きがないですね」

浅羽は待ちくたびれたように言って、残りのジュースをがぶ飲みした。そして空缶をドリンクホルダーに置き、ポケットから取り出したスマホを操作しようとしたところで、唐突に動きを止める。

「あれ……？　なんか……」

それっきり不自然に黙り込んだ浅羽は、助けを求めるように加地谷に視線を送ってくる。

「なんだよ。暇つぶしにゲームで対戦でもしましょうなんて言いやがったらぶちのめすぞ」

「違いますよ。あれ、見てください」

浅羽が指さしたのは蛭田の家のリビング。レースのカーテンが引かれた窓だった。

「あそこのカーテン、いつの間にいちご柄になったんすかね。さっきまでは白いレースだったはずなのに」

「何言ってんだてめえは。頭の中が花畑だからって、何がいちごだ……」

——いちご？

思わず脳内で繰り返し、加地谷は目を見張った。リビングのカーテンは確かに白だった。だが今、浅羽が言うように、カーテンにはところどころに赤い模様のようなものがある。気づかぬうちに蛭田が模様替えでもしたのか。それとも何かの見間違いで……。

「いや、違う。あれは……！」

言うが早いか、加地谷は車から転げるように飛び出し、全力疾走で蛭田家の敷地へと飛び込んだ。

「お、おい！　お前たち！」

一課の刑事が怒鳴り声をあげるのを背中に聞きながら、しかしそれに応じることなく玄関扉に張り付いてノブをまわす。幸いというべきか、鍵はかかっていなかった。ガチャリと音を立てて扉を開き中に駆け込んだ瞬間、濃厚な鉄臭さが加地谷の鼻腔を突き刺した。臭いの元を辿るまでもなく、入ってすぐ右手のリビングには、直視しがたい惨状が広がっていた。

「なんだこりゃあ……」

思わず呻くような声を発し、加地谷はリビングの入口で立ち止まる。「カジさん！」

と声を荒らげながら追いかけてきた浅羽と、さらに二人の刑事が建物内に駆けこんできては、リビングに広がる光景を前にして言葉を失った。リビングの中央には、白いラグが敷かれており、そこに仰臥する形で蛭田が倒れている。

いや、正確に言うなら『さっきまで蛭田だったものが』だろうか。

身に着けている白いシャツは強引に前を開けられ、いくつかボタンが取れかかっていたり、そばの床に転がったりしている。そして、胸元から下腹部にかけて、バッサリと切り裂かれた傷口から、生き物のようにいくつもの臓器がはみ出して――いや、引きずり出されていた。何度か司法解剖に立ち会った経験がある加地谷でも、鼻をつまみたくなるような悪臭とむせかえるような血の臭いが室内に充満している。スプラッター映画さながらの強烈な光景を前に、その場に居合わせた全員がしばらくの間思考を停止させ、木偶の棒のように立ち尽くしていた。

周囲を見回すと、半分以上が赤いシミで埋め尽くされたラグの上には、この家のものだろうか、大小様々な包丁の類が散らばっており、それらすべてが被害者のものと思しき血で濡れ光っていた。複数の刃物を用意するほど、犯人は蛭田の腹を引き裂くことに固執していたのだろうか。

黙したまま思考を巡らせる加地谷の傍らで、浅羽は「うっ」と呻きながら口元を押さえ、こみ上げる吐き気に抵抗している。いつもの調子で無駄話をする余裕を完全に失っている相棒をよそに、加地谷は再び現場に視線を巡らせ、慎重な足取りでリビングに足を踏み入れる。遺体のそばには三人掛けソファがあり、側面には一枚の絵画が立てかけてあった。

額に入れられることなく、キャンバスのまま、無造作に置かれていた絵画には、白いシャツの前をはだけさせ、切り裂かれた傷口に真っ赤な花を咲かせた蛭田の無残な姿が描かれている。それはラグの上で仰臥する本人の姿と寸分の狂いもなく――いや、そうではない。逆だ。蛭田の遺体を絵の通りに飾り立てているのだ。ご丁寧に、絵と遺体を同時に視界に入れられるよう、立てかける位置すらも計算に入れて。

「また肖像画かよ。こりゃあ、柳井の事件と無関係とは言えねえなぁ」

加地谷の呟(つぶや)きに、浅羽が泣き出しそうな声で同意する。

「でも変ですよ。犯人、いつの間に侵入したんすか。俺たち、ずっとこの家を見張ってたんだから、こんな大きな絵を持ち込むところを見逃すはずが……」

慌てて口をつぐみ、浅羽は二人の刑事を振り返った。内緒で蛭田の動向を探っていたことを知ったせいか、刑事たちの顔に困惑と不審の色が半々の割合で浮かび上がる。

「あんたら、荏原署から来た……」

年配の白髪頭の刑事が何か言いかけた時、その後ろにいた若い体育会系の刑事が、この場の臭気に耐えきれず廊下に飛び出し、トイレに駆け込んだ瞬間、盛大に嘔吐(おうと)した。白髪の刑事が馬鹿野郎、と若い刑事をののしる。現場を汚してしまったことよりも、どこの馬の骨とも知れぬ田舎者の刑事たちの前で失態を演じたことに腹を立てているかのようだった。

一連のやり取りを横目に、加地谷は再び視線を目の前の惨状に戻す。誤って凶器を踏みつけたりしないよう注意を払いながら蛭田のそばに歩み寄り、ひざを折ってしゃがみこむ。一段と強くなる血と臓物の臭いに顔をしかめつつ、傷口をよく観察しようとした時、加地谷はかすかなうめき声と共に、閉ざされていた蛭田の瞼(まぶた)がわずかに持ち上がるのを目にした。

「おい……まじかよ」

つい、そんな言葉が口をついて飛び出した。腹を割かれ、内臓を引きずり出された蛭田は、自身が溺(おぼ)れそうなほど大量の血を失っているはずであるにもかかわらず、まだ息があった。

「生きてる……すぐに救急車呼びます！」

一歩遅れてそのことに気づき、スマホを操作しようとした浅羽を、加地谷は静かに手で制する。

「この出血量じゃあもたねえよ。手遅れだ」

「でも……」

食い下がろうとする浅羽を一瞥(いちべつ)し、加地谷はそっと床に手をついて、弱々しく音を発する蛭田の口元に耳を寄せた。

「……が……と……」

蛭田のうつろなまなざしは中空を見つめ、加地谷の存在に気付いている様子はない。だから、血にまみれたその口から発せられる言葉が単なるうわごとである可能性は大いにあった。それでも、彼が何を言わんとしているのか、加地谷は確かめずにはいられなかった。

「……こが……あきと……」

たった一度、その名を口にしたのを最後に蛭田は沈黙し、やがてその目からは命の光が失せていった。

浅羽を振り返ると、彼はいまだ衝撃から立ち直れないといった様子で立ちすくんでいる。無理もない。この場にいる全員が蛭田がこの家に入るところを目撃し、一時間近くもの間監視していた。その間に犯人は、気づかれることなく家の中に侵入したか、あるいはもっと前に家の中に潜んでおり、蛭田を殺害して、用意した絵画と同じ死にざまを演出していったのだ。

後悔とか悔しさとか、そういう感情よりも腹立たしさが勝った。自分たちの目と鼻の先で、こんな凄惨な殺人が行われた。その事実が、否応なしに刑事としてのプライドを踏みにじっていく。

――うって……ご……ろ……うって……。

脳裏に響くのは、かつての相棒の声。死の運命に直面し、加地谷に『救済』を求めた元相棒の悲痛な声が鮮明によみがえる。

脳みそが焼けつくような怒りを覚え、加地谷は握りしめたこぶしをフローリングの床に打ち付けた。びりびりとした感触が手の甲に響き、やがて鈍い痛みを伴う。がた。

不意に、キッチンの奥の方から物音がして、加地谷は顔を上げる。ほぼ同時に、そちらに視線をやった浅羽が、あっ、と声を上げた。キッチンの奥には勝手口となる扉があり、そこを開いた何者かが、建物の外に駆け出していく。

「おい、待てっ！」

叫ぶと同時に、浅羽が駆け出した。一歩遅れて、加地谷も後を追う。勝手口の扉に体当たりして家の外に飛び出し、黒いキャップとジャンパー姿の背中を捜す。だが、それらしい人物はどこにも見当たらない。

「カジさん、表通りの方から回り込んで！」

すでに路地を右方向へと駆け出していた浅羽が、振り返りざまに叫ぶ。

「クソが、またこのパターンかよ！」

誰にともなく言いながら、加地谷は隣家との狭い隙間に身体を滑り込ませ、伸びっぱなしの雑草やら蜘蛛(くも)の巣やらをかき分けて正面の路地に飛び出した。

「きゃあああ！」

「いやあああ！」

思いがけぬ場所から熊のような刑事が飛び出したせいで、帰宅途中と思しき中学生女子二人組が揃って悲鳴を上げる。目に涙を浮かべ、腰を抜かしてへたり込む少女たちの反応に、どことなくデジャヴめいた感覚を覚えながら、加地谷は路地をひた走る。

表通りに飛び出し、配達途中の軽トラックにあやうく轢かれそうになりながら、変電所のフェンスを迂回すると、その先にある大きな児童公園の入口に立ち尽くす浅羽の姿があった。

「おい浅羽、奴は……」

息を切らして問いかけようとした時、加地谷は自ら言葉を切った。

浅羽はこちらを振り返り、その顔を沈痛なまでに歪めて、

「……逃げられました」

絞り出すように言った。

児童公園では町内会の『こども祭り』がおこなわれるらしく、出店や仮設ステージなどが組まれていて、その準備に追われていると思しき多くの人間が動きまわっていた。

加地谷は必死になって目を凝らしたが、人ごみの中から黒い後姿を見つけ出すことはできなかった。

4

高校二年の夏に父を失った伶佳は、当時は町の反対側に住んでいた叔父夫婦の家に居候しながら高校に通うことになった。

一時期に比べて周囲の人々の視線も気にならなくなり、学校に行っても、腫れ物に触るような扱いをされることが減って、居心地はだいぶ良くなった。それでも、折に触れて向けられる悪意のない同情や、求めてもいない激励を受けるたび、自分の身体の最も深い所から、タールのようにどろりとしたものが流れ出すような、名状しがたい不快感を覚え、相手に対し吐き気にも似た嫌悪感を抱いていた。

だからと言ってそれを表に出せるほど、伶佳は素直な性格をしていなかったため、笑顔を取り繕って礼を述べ、当たり障りのない対応を常に心掛けていた。だが、そんなことを繰り返すたびに、自分が周りとは違う特別な存在で、失ってしまった『普通さ』みたいなものは、もう二度と取り戻せないのだと思い知らされるような気分にさせられた。

そんな毎日に適応したような顔をして過ごしていた。事件は終わったことで、全部忘れて生きればいいのだと自分に言い聞かせていたけれど、実際は苦しくてたまらなかった。叔父の家を出て、まっすぐ学校に向かっているはずが、気づけば以前住んでいた家のそばの河川敷に足が向き、近所の老人がゲートボールに興じている姿を眺めながら、一日を無為に過ごしていた。

今、伶佳が目にしているのは、まさしくその河川敷の穏やかな風景だった。土手を下った先にある広いゲートボール場。その更に先には、琴似発寒川が流れ、水面にはまばゆい陽光が反射している。

はて、どうして自分は今こんなところにいるのだろうと、不思議に感じた。とっくに卒業したはずなのに、通っていた高校の制服を着ていることにも違和感を覚える。けれどそれ以上に驚いたのは、土手の向こう——歩道に自転車を停めて、大きく手を振りながら、危なっかしい足取りでこちらに駆けてくる真理子の姿を目にしたことだった。

「伶佳、やっぱりここにいた」

「真理子……」

夢か現か、自分でもよくわからない状況の中、地べたに座り込んでいた伶佳は久しぶりに見た親友の姿に安堵を覚え、スカートについた土埃をはたき落としながら立ち上がる。

「どうして……」

私に何も言わずいなくなってしまったの。そう問いかけたかったけれど、うまく言葉が出てこない。そのうちに目の前にまでやってきた真理子は、

「他にあんたが行きそうなところなんてないもんね。今日はどっちが勝ってるの？」

底抜けに明るい口調で言いながら手でひさしを作る。視線を向けているのは、ゲート

ボールに興じる老人たちの様子であった。

「わからない。多分、白チームかな……」

「ふぅん。あ、ねえ知ってる？　三組の水谷さん、鈴木君と駆け落ちして三日も家に帰ってないんだって」

「え、でも水谷さんって、斎藤君と付き合ってるんじゃ……？」

「そうそう。斎藤君とは遊びだったみたい。あ、それと四組の清水君がね……」

真理子の口からは、どこで聞いたのかと不思議に思えるようなゴシップネタが次々に飛び出してきた。そんな呑気な話をしている場合じゃないはずなのに、伶佳は半ば無意識に受け答えをして、なんてことのない世間話は絶えることなく繰り返された。

気づけば二人、肩を並べて階段に腰を下ろしている。太陽があっという間に傾き、すでに周囲は夕暮れの色に染まっていた。

明らかに時間の感覚がおかしい。やはりこれは、現実ではないのか。

「――どうして、見つけてくれないの」

半分、聞き流していた真理子の声が突然、低いうめき声に変化した。

「え？　なに……？」

問い返しながら隣を見ると、真理子はぐったりとうなだれて、両手で頭を抱え込んでいる。その細い肩は小刻みに震え、指先は青白く変色していた。まるで、真冬の寒気にさらされているかのように、真理子の震えはだんだんと大きくなっていく。

「真理子、ねえ大丈夫？　いったい何が……」

「――っと……ばに……るからね」

「え？　なんて言ったの？　よく聞こえない」

問い返しながら手を伸ばし、おずおずと肩に触れる。

「ねえ、顔を見せて。真理――」

言い終えるより早く、機械のような素早い動きで、真理子は顔を上げた。しかしその顔からは本来あるべき目や鼻、口といったパーツが失われている。顔全体がゴムでできた人形のように輪郭すらも失い、今にも何かが飛び出してくるのではないかというほどにグネグネといびつにうごめいていた。

「いっ……！」

悲鳴を上げようとした伶佳の口を、素早く伸びた真理子の手がふさぐ。そのまま顔の下半分をわしづかみにされた状態で、ぐいと強引に引き寄せられ、顔のない顔が至近距離から伶佳を凝視した。

今の今まで真理子の長い髪を揺らしていたそよ風が、ぴたりと停止した。直後、まるで世界が反転するみたいに、伶佳は身震いするほどの寒気に襲われる。周囲から音という音が消え失せ、さっきまでゲートボールをしていた老人たちは、全員が直立不動の体勢で伶佳たちを見つめていた。暗い洞窟のような無数の目が、じっとこちらを凝視するさまに、伶佳は耐えがたいほどの恐怖を覚える。がちがちと歯の根が合わず、声を発したくても喉の奥から出てくるのは渇いた息遣いだけだった。

真理子――であるはずの何か――は、「ん……んん……」と恨めしそうに、何事か訴えるような声を発している。本来口があるはずの場所の皮膚が、これでもかとばかりに引きつれ、伸びて、やがてぶちぶちと音を立てて破れた。途端に噴き出す鮮血と皮膚の断片がだらりと顎に垂れ、糸を引くほどに濃厚な血液がブラウスを赤く染めていく。

「ずぅっとぉぉ……そばにぃ……」

いやだ。やめて。こんなの違うと、伶佳は内心で絶叫する。

ふさぎ込んでいた伶佳を底なしの明るさで支え、立ち直らせてくれた真理子。この河川敷での時間は、伶佳にとってかけがえのない思い出のはずだ。この時の真理子の姿は、今でもはっきりと覚えている。

それなのにこんな……大切な思い出を穢すような……。

「いぃるからぁねぇぇぇ……」

複数のうめき声が入り混じったような奇怪な声で、真理子は叫んだ。ぐぐ、と大きく開かれた口がどんどん広がり、周囲の景色も、真理子自身をも取り込んで闇を広げていく。

その闇にからめとられ、伶佳もまた、抜け出すことの叶わぬ悪夢の淵へと、真っ逆さまに転落し――

——かくんと自分の頭が揺れたことに驚いて、伶佳ははじかれたように顔を上げた。壁の明かりによってぼんやりと浮かび上がる室内のシルエット。代り映えのない狭く殺風景なその部屋は冷え冷えとしていて、思わず身震いした。

——夢か。

安堵の息をつきかけた伶佳は、しかし自分の置かれている状況が全く安心できないものであることを思い出し、苦々しい表情で立ち上がった。腕時計を確認すると、時刻は午後六時過ぎ。この場所に連れてこられて、約二十四時間。

不覚にも気を失ってしまった後、何度か目を覚ましたり浅い眠りに落ちたりを繰り返したが、男は一度も姿を現していない。確認できる範囲でだが、眠っている間に何かされた形跡もなかった。それでも、次に男がやって来た時には、力ずくで襲われるのではないかという恐怖に怯(おび)えながら、伶佳はこの部屋でじっと息を殺して過ごした。部屋にはマットレスに薄い毛布、そして簡易トイレとトイレットペーパーなんかが用意されていたけれど、夜が明け、昼を迎え、そしてまた夜になりつつある今に至っても、食事はおろか、水も与えられなかった。

何度か声を上げて、向かいの部屋にいる美帆や他の部屋の女性たちに呼びかけてみたけれど、反応はなかった。男の監視を恐れ、息をひそめているのかもしれない。仕方がないので、部屋の隅にうずくまるようにして座り、余計な体力を消耗しないよう努めた。次にいつあの男がやって来るかわからないし、無事でいられるという保証はどこにもない。むしろ、美帆の話を聞く限りでは、男は捕まえた女性に危害を加えていたらしい。今後、伶佳に対しても何かしらの接触を試みてくるであろうことは、時間の問題といえた。

寝ている間に部屋に押し入ってくることを考えると、マットレスで無防備に横になる気にはなれない。となると、こうして壁に寄りかかって眠るしかなかった。そのせいで深い眠りに入ることができなかったようだ。

それにしてもひどい夢だった。自分が置かれている状況が、その悪夢以上に悪いということを忘れてしまいそうなほどに。

「だめ……だめよ。こんなことじゃ……」

自らの不甲斐なさを叱責するように、伶佳は呟いた。弱音を吐いている場合ではない。必ず生きてここから脱出する。ここに囚われている女性たちも全員救い出す。そして、こんな卑劣な行いをするあの男に手錠をかけて、必ず法の裁きを受けさせる。

「絶対に、逃がしたりなんてしない……」

それは、自分をここに閉じ込めた男に対しての言葉なのか、それともかつて父を殺害し、今も逃走を続けるあの悪魔のような男に向けたものだったのか。伶佳自身にも、その判断はつかなかった。だが、今はどちらかなんてどうでもいい。自分の中に宿るあらゆる怒りを力に変えて、恐怖に屈しようとする弱い自分を奮い立たせなければならない。

深呼吸を何度か繰り返し、伶佳は強引に思考を働かせる。

伶佳をここへ連れてきた犯人は、真理子のスマホを使って商店街の外に伶佳を誘導した。

そうなると、やはり真理子もここに連れてこられたのだろうか。彼女のスマホを男が使っていたことを考えると、その可能性は高い。この地下室らしき場所に閉じ込められているのは、分かる範囲で伶佳を含めて四人。向かいの部屋にいるのが掛井美帆だということは分かっている。残る二人だが、一人はしきりに泣きわめき、もう一人は恨めし気な声で嘆くばかりである。おかげで会話が成立せず、コミュニケーションはとれていない。

このどちらかが真理子である可能性はあるかもしれないが、伶佳が何度呼びかけても応じなかったことを考えると、その可能性は低いといえる。となると、ここではない別の部屋に囚われているのか、それとも……。

最悪の想像が脳裏をかすめて、伶佳は慌ててかぶりを振った。嫌な想像を振り払い、無理にでも真理子の無事を信じていたかった。たとえどんな状況に置かれているとしても、生きていてくれれば希望はある。必ず、ここから連れ出してみせる。

こぶしを握り、強く意志を固めた時、ぐぅぅ、と間の抜けた音がした。

「やだ……」

伶佳は辟易（へきえき）してつぶやきながら腹部をなでた。空腹には耐えられるが、のどの渇きはどうにも苦しかった。人は水さえあれば一か月近くは生き延びられるといわれているが、水なしでは三日と持たない。このまま、放置され続ければ、脱水症状を起こして深刻な事態になるのは目に見えていた。

「どうにかしないと……」

自分に言い聞かせるように呟いて、伶佳はドアのそばに近づく。格子のついたのぞき窓から廊下を覗き込んでみても、そこは深い暗闇が広がるばかりだった。

「あの、誰かいますか？」

まずは話せる相手と話してみようと思い声をかけてみる。何度か呼びかけてみたところで、正面の部屋の明かりにさっと影が横切るのが見えた。

「……静かに。大きな声を出すとあいつに聞かれる」

少々、くぐもったような声で言われ、伶佳は口元を手で覆った。それから廊下の様子に耳を澄まし、男がやってくる気配がないことを確認してから、もう一度呼びかける。

「掛井美帆さんですね。無事でよかった」

「あなたこそ、あの男に何もされなかった？」

「ええ、今のところ何も」

自ら発した『今のところ』という言葉に、自分で寒気を覚え、伶佳は己の肩を抱いた。

「掛井さん、教えてほしいことがあります」

「美帆でいいよ。そんなかしこまっている場合じゃないでしょ。あなたはえっと……天野さんだっけ？」

「はい、天野伶佳です」

伶佳ちゃんね、と美帆が応じると同時に、向かいの部屋の影がわずかに動いた。のぞき窓から直接顔を見せないということは、ひょっとすると彼女は伶佳と違い、室内に身体を繋がれているのかもしれない。

「まず確認させてほしいのですが、ここに現在監禁されているのは、私たちを含めて四人で間違いないですか？」

「どうかな。もっと多いかも。ここ以外にも、同じような部屋があるかもしれないし」

ここは普通の家とは違うみたいだからと、美帆は付け足した。

「では、楠真理子という女性をご存じありませんか？」美帆は付け足した。

「……どうかな、多分いなかったと思うけど」

「そうですか……」

落胆した伶佳の声に、美帆は反応を示す。

「その子、友達か何か？」

「はい。数日前から行方が知れなくて、捜しているんです」

「どうしていなくなったの？」

「それが、何もわからなくて……」

口ごもる伶佳を気遣うように、美帆は「そうなの……」とつらそうな声を出す。

「心配だね……って言っても、あなたもこんな状況じゃあ、人の心配をしている場合じゃないだろうけど」

美帆は冗談めかして言った。重苦しい場の空気を和ませようとしてくれているのだろうか。

「美帆さんこそ、ずっとここにいるんでしょう？　ご家族は心配しているんじゃないですか？」

「そう……そうね。心配していると思う。ここに連れて来られてから、ずいぶんと時間が経ってしまったから。あの男は最低限の食事を与えて、毎日のようにあたしを穢した。助けを求めても、ここには誰も立ち寄らないから……」

逃げることもできず、やがて抵抗する気力すらそがれてしまったと、そういうことなのだろう。

「こんな状態になってからは、できる限り他の子に声をかけて、励まそうと思ってやってきたんだけど、あたしが何をしたところで結局、誰のことも助けられない。それくらい、あいつがしていることは……」

美帆はあえてその先を口にしない様子だった。余計なことを言って、伶佳を動揺させまいとする気遣いだったのかもしれない。

「美帆さん、私の同僚がきっと居場所を捜してくれているはずです。どうにかしてここにいることを伝えるか、脱出することができれば、必ず犯人を逮捕してみせます。だから協力してくれませんか」

「あたしだってそうしたいのはやまやまだけど、でも、こんな状態じゃ……」

　美帆は困ったように口ごもる。伶佳はのぞき窓の枠に手をかけて、ドアにぴたりと身を寄せる。

「何でもいいので情報をいただきたいんです。犯人の様子、習慣、そういったことを手掛かりに、抜け出す隙が作れれば」

「無理だよ。あなたも話をしたならわかるでしょ。あいつにまともな会話なんて通用しない。こっちが弱みを見せれば見せるほど、向こうを喜ばせるだけ」

　その通りだ。昨日、男はこの部屋にやってきて、伶佳が誰にも触れられたくないと思っている過去の出来事について言及した。なぜあそこまで詳しく知っているのかという驚きと、トラウマを突き付けられた焦りから、半ばパニックを起こし、意識を失ってしまった。その間に男は部屋を去っていったようだが、またすぐにやってきて振り返りたくない話をさせられるのかと思うと、居ても立っても居られない気分になる。

　時折、思い出したように聞こえてくる女性の泣き声や、呪詛（じゅそ）めいた声。どちらも犯人に監禁され、精神をボロボロに破壊された女性の悲痛な叫びなのだろう。助けを求めることもできぬほど我を失ってしまった彼女たちの苦しみを想像し、伶佳は歯噛（はが）みする。そして同時に、自分も彼女たちのようになってしまうのかという、差し迫った恐怖が頭をよぎった。

　そうなる前に、何としてもここを抜け出さなければ……。

「あいつはあたしたちが苦しむ姿を見て楽しんでる。おとなしそうに見えて、そういうクズな一面を隠し持っているんだよ。だから、何があっても屈しちゃだめ。もしあいつの隙を突きたいなら……」

「突きたいなら？」

その先を促すのと同時に、遠くから床を鳴らす足音が聞こえてきた。まずい、と内心で呟き、伶佳はさっとドアから離れて、部屋の奥に後退する。

重たい金属音を響かせながら廊下の先の扉が開き、まばゆい光が隙間から差し込んできた。そこから現れた何者かの影が、廊下の壁に浮かび上がる。伶佳は生唾を飲み下し、こちらに近づいてくる足音に耳を澄ませた。

男はのぞき窓から懐中電灯の光を伶佳のいる方に向け、執拗に顔を照らす。まぶしさに呻き顔を背けると、男はさも愉快そうに笑った。

「やあ。何をしていたのかな？」

「別に何もしていないわ」

鋭く告げて、伶佳は男をにらみつける。再び重い音を響かせて鍵をまわし、男はドアを開いた。蝶番のきしむ耳障りな音が地下室に反響する。廊下に差し込む光のせいで男のシルエットはわかるが、相変わらず顔は確認できなかった。声にはどことなく聞き覚えがある気がするけれど、一致する人物はすぐには浮かんでこない。

「そっちこそ、何の目的でこんなことをするの？」

「目的だって？　ははっ、そうだな。さしあたっては君の抱える過去の苦しみをもっと教えてほしい。そのためにも、昨日の話の続きをしようじゃないか」

　そう言って、男はポケットからスマホを取り出した。はっきりとは見えなかったけれど、ボイスレコーダー機能を使って、会話を録音しているらしい。

「十一年前の事件で、君は父親を失った。現場にいた犯人に拘束され、父親の亡骸と四時間も一緒にいた君は強いショック状態に陥り、発見された時は放心状態だった。その後数日間、誰とも口を利くことすらできなかったそうだね」

　伶佳は無言を貫く。男の語る内容が事実だとしても、素直に認めることには抵抗があった。だが男は、そんな伶佳の心情などお見通しであるかのようだった。

「沈黙は肯定の証ってやつだね。君は意外とわかりやすい性格をしているようだ」

「言っておくけど私は、あなたの挑発に乗る気はない。あの事件のことなら、とっくに心の整理をつけてる」

「立派なことだけど、それは表向きの話だろ？」

　ずん、と体内に沈み込むような感覚で、心臓が大きく鼓動した。

「何を言って……」

「ごまかさないで話してくれよ。君が誰にも打ち明けられなかった、空白の四時間の出来事をさ」

　ひゅっと吸い込んだ息が喉につかえ、呼吸ができなくなった。伶佳は下唇を強くかみしめ、動揺を気取られまいとするも、その顔に浮かんだ絶望と戦慄の表情を前にした男は、歓喜に打ち震えながら、不気味な笑い声を響かせる。

「さあ教えてくれ。誰にも打ち明けていない君の秘密を。本当はあの日、君の身に何が起きたのかを」

「……やめて」

きっぱりと強い口調で言い放つも、男はまるで聞く耳を持たず、じりじりと伶佳との距離を詰めてくる。一歩、また一歩と男が前に出るたび、伶佳は同じ分だけ後退した。

「授業を終え、自宅の前で親友に、『また明日ね』と普段と変わらぬ挨拶を交わした後で、家に帰った君は何を見た？」

「……見ていない。私は何も……」

「嘘をつくなよ。声が震えているぞ。そんなことじゃあ、心理分析班の名が泣くね」

くくく、と含むような笑い声を漏らして、男はさらに一歩、伶佳に迫る。その姿を強くにらみつける一方で、伶佳は己の不甲斐なさに苛立ちを覚えた。自分は刑事のはずなのに、どうしてこの男にいいように遊ばれているのか。なぜもっと強く言い返し、毅然とした態度で立ち向かうことができないのかと、自分を強く罵った。

だが、理由なんて自分でもわからない。あの日のことを思い出すと、途端に身体が震え、冷や汗が止まらなくなる。喉がからからに渇いて引っ付いているせいか、まともな言葉すら出てこない。

「家に帰ったら父親が死んでいたなんて、真っ赤な嘘さ。そうだろ？」

「それは……」

「その時起きた本当の出来事を、君は警察に話していない。だから犯人は今も捕まっていないんだ。君があえて情報を止めたから、父親の仇にまんまと逃げられてしまった」

「ちが……」

「違わない。それが真実だよ。犯人に口止めをされたのか、あるいは父親の名誉を守るためなのかはわからないが、あの日の出来事を誰にも語らなかったのは、君自身の意思であり選択だったんだろう？」

伶佳は口を半開きにさせたまま、壊れた操り人形のようにゆるゆると首を横に振っていた。なぜ、どうして、どうやって。そんな疑問ばかりが頭の中を駆け巡る。

「君が家に帰ったとき、君の父親はまだ生きていた。そして君の目の前で、長い時間をかけていたぶられ、拷問を受け、背中の皮膚を引きはがされた後に首を絞められ殺された。君はその一部始終を目の当たりにした。父親が痛みに呻き、泣き叫び、命乞いをしながら息絶えていくさまを、残酷にも突き付けられた。目をそらすことはもちろん、瞬きすらも禁じられ、その一つ一つの光景を、瞼の裏に、脳みその襞の一つ一つに刻み込むようにして記憶させられた」

「やめて……」

ほとんどかすれて声にならない言葉が、喉から滑り落ちる。気づけば痛みを感じるほどに、こぶしを握りしめていた。

すでに目の前に迫った男の手が、ゆっくりと持ち上がり、伶佳の眼前へと伸びてくる。どこかで嗅いだ覚えのある、独特の匂いが男の手から漂った。無遠慮に頬を撫でるそのざらついた感触に嫌悪感を覚えながらも、伶佳はじっと身を固めていた。

「犯人はそこまでして君に何を要求した？　犯人の狙いは何だったんだ？　その理由を君の口から教えて欲しい。彼と君との間にはいったい何が――」

男が言い終えるのを待たず、伶佳は両手を突き出して、思い切り男を突き飛ばした。背後によろけ、マットレスに足を取られた男は体勢を崩して床に手を突く。その脇を素早く走り抜け、伶佳は部屋を飛び出した。

「待てっ！」

男の叫びを背中に聞きながら、しかし伶佳は足を止めずに駆け抜ける。裸足のまま、硬く冷たい床の感触に顔をしかめつつ、突き当りにある石段を駆け上がる。背後で再び男の叫ぶ声がした。

振り返っちゃだめだ。そう自分に言い聞かせ、今にも髪の毛をわしづかみにされるのではないかという恐怖と戦いながら、伶佳は開かれたままの扉に手を伸ばす。そのまま強く押し開くと、カッとまばゆい光が網膜を照らした。伶佳は反射的に手をかざして両目をかばう。

――やった。これで外に……。

そう思った瞬間だった。何の前触れもなく扉の陰から飛び出した黒い影が、伶佳の視界を覆いつくすようにして躍りかかってきた。あっと声を出す暇もなく、伶佳は首筋に強烈な痛みを覚える。全身に針を通したみたいな衝撃が襲い、そして何が起きたのかを理解する暇もなく、急激に意識が遠のいていく。

——そんな……。

暗転する意識の中で、伶佳は落胆と絶望を嘆くことしかできなかった。

第五章

1

蛭田の遺体が発見された数時間後の手稲警察署。講堂には、蛭田殺害事件の管轄署となる東警察署の捜査員も合流し、この日二度目となる捜査会議が行われた。

加地谷は一課の捜査員たちと距離を置いた一番後ろの長机に座り、所轄の刑事や鑑識の報告に聞き入っていた。そんな中で、隣に座る浅羽がきょろきょろと落ち着かない様子で周囲を見回しており、その視線の先を追うと、入口のそばで壁にもたれかかっている伽耶乃の姿があった。

形の上だけでも捜査会議に参加するよう、上に言われたのだろう。だが彼女にとっては捜査会議など退屈以外の何物でもないらしく、しきりにあくびを繰り返しては、上着のポケットに手を突っ込み、首をコキコキやっていた。

まず最初に行われたのは、蛭田が殺害された経緯と、その後の周辺地域への聞き込みの報告であった。

蛭田は自宅のリビングで鋭い刃物により身体の数か所を刺されて大量に出血。その結果、出血性ショックで死亡した。胸部から腹部にかけては大きく切り裂かれ、一部内臓が引きずり出されていた。

現場を見た捜査員たちは、何かの儀式か、あるいは強い憎しみゆえの凶行かと頭を悩ませたが、それらしい答えは導き出せていない。

ただ、柳井の時と同じように、現場には蛭田の死にざまを描いた肖像画が残されていたことから、事前に用意された肖像画と同じ状態にするという犯人の意思が明確に表れた現場であることは、誰の目にも明らかだった。

「蛭田氏の私室を調べたところ、こんなものが発見されまして……」

報告を行っていた手稲署の若い刑事が歯切れの悪い口調で言いながら、プロジェクタを操作した。画面に映し出されたのは、数個のＵＳＢメモリ。よく見かけるメーカーの、ごくありふれた商品。

若い刑事はＰＣを操作し、画面を切り替える。次に映し出されたのは、何やら小難しい会計上の書類の一部であった。

「これは？」

管理官が怪訝そうに尋ねる。

「柳井の経営する会社の帳簿です。そして次が……蛭田の経営するデザイン事務所の帳簿なんですが、ここを見てください。柳井の帳簿には蛭田の事務所にデザイン料として数十万を振り込んだ記録があり、蛭田の帳簿には柳井の会社にコンサルタント料として同額を振り込んだ形跡がある。しかし、互いに振り込まれた記録は書かれていない。つまりこれは……」

「架空取引だな。税金逃れの一環だろう」

先回りするように手稲署の刑事課長が言う。若い刑事は必要以上に首を縦に振って、先を続ける。

「彼らは数年前から、同じような手口で架空の取引をでっちあげ、かなりの金額をごまかしていたようです」

「ちょっと待て、被害者たちが税金逃れに一生懸命だったのは分かる。だが、それが今回の殺しとどう関係があるんだ？」

おそらく、多くの捜査員が管理官と同じ疑問を抱いたことだろう。若い刑事はその質問を予測していたかのように、ぐっと口元を引き結び、「それだけじゃないんです」となぜか意を決したように、画面を切り替えた。

そうして次の画像が映し出された瞬間、講堂は騒然となった。

「おい、これは……」

管理官が、思わずといった口調でこぼし、メガネのフレームを押さえる。

「うわぁ。こりゃあ過激っすねぇ」

加地谷の横で、浅羽は声に熱を込めて呟いた。

画像には、蛭田と柳井の二人が、一糸まとわぬ姿で写っていた。ホテルの寝室のような場所で、蛭田がカメラを構えて自撮りをし、柳井がピースサインをしている。そして二人に挟まれ、ベッドの上にあられもない姿で横たわっているのは、若い女性だった。髪の毛は派手なピンク色に染められ、スタイルがよく、普通にしていればかなりの美人。どう考えても柳井や蛭田と恋愛関係にあるような年齢とは思えない。まだ大学生か、下手をすると十代だろう。

それがただの悪趣味な複数プレイの写真だというのなら、捜査員たちの間に、ここまで緊迫した空気が流れることはなかっただろう。問題は、その若い女性が手錠で両手をベッドの柵に繋がれ、メイクもボロボロになるほど泣きじゃくり、悲痛な表情を浮かべていることだった。

「現在、この女性の身元は確認できておりませんが、他にも同様の写真が無数に撮影されていたことから、彼らが行きずりの関係であることが推測されます」

「風俗嬢を相手にこんなことをしていたら、とっくに足がついているだろうから、相手は素人だろうな」

訳知り顔で納得する刑事課長をよそに、若い刑事は報告を続ける。

「蛭田氏のスマホを調べたところ、マッチングアプリや出会い系サイトの利用履歴が確認できています。そうした形で知り合った女性たちに対し、柳井と二人で無理やり行為に及び、写真を撮影していた。現在確認中ですが、それらしい被害届が出されていないところを見ると、この写真で女性たちを脅していたか、あるいは女性たちの方にも口外できない事情があったと考えられます」

たとえば女性の側がお小遣い欲しさの十代の少女だったり、人妻であったりした場合、このような目にあわされても、後ろめたさから誰にも言えないケースは多いはずだ。

つまりこの二人は、女性のそういった弱みに付け込んで、醜い欲求のはけ口にしてきたということか。しかも、こんな風にわざわざ『戦利品』を残し、折に触れて見返しては、愉悦に浸っていたのだ。

「くそったれが……」

呻くように呟き、加地谷は奥歯を強く噛み締めた。力も立場も弱い女性を無下に扱い、それを武勇伝であるかのように誇らしく感じるその神経に、どうしようもなく苛立ちを覚える。できることなら、拳の骨が砕けるまで殴りつけて、その腐った性根ごと叩きのめしてやりたいとさえ思う。すでに加地谷の頭の中から、彼らが無残に殺害された被害者であることなど、すっかり消え失せてしまっていた。

「その女性たちの身元が判明すれば、二人に恨みを抱いていた人間をピックアップすることが可能だな」

「ですが特定はかなり困難です。写真の数も大量ですし、名前はおろか連絡先すらわかりません。それに、もし見つかったとしても、素直に証言してくれるとも限りませんので……」

「それもそうか。わかった。可能な限りそちらの線を追ってくれ。いずれかの女性の家族や恋人が事態を知り、二人に復讐をしたという線も、考えられなくはないからな」

若い刑事は恐縮した様子で応じ、報告を終えた。

「では次、蛭田の行動確認にあたっていたのは誰だ？」

管理官の質問に一瞬の間をおいて立ち上がったのは、加地谷と浅羽と共に蛭田の家に踏み込んだ二人の刑事たちだった。体格のいい刑事の顔には明らかな緊張の色が浮かび、年かさの方はどことなく不貞腐れたような表情だった。

「事件発生の直前まで、被害者の行動に不審な点はなかったのか？」

「はっ！　特にはありませんでした。蛭田氏は朝から自身の事務所で仕事をし、昼から商談相手と打ち合わせ、その後二軒ほど商業施設を回り、事務所に戻らず直帰。その間、仕事関係以外の相手と接触もしておりません」

「そして、家に帰った姿を見たのを最後に、次に目にしたときはあのような状況になっていたと？」

ひやりと、空気が冷えるような一言だった。管理官のその言葉の中に、監視をしていた彼らを責めるニュアンスが含まれていたことは、この場にいた全員が理解していたことだろう。

体格のいい刑事は肩を落とし、今にも消え入りそうな声で「申し訳ありません」と謝罪する。だが、一方の年配の刑事はというと、その叱責を真正面から否定した。

「お言葉ですが管理官。我々は任された仕事をしっかりとこなしておりました。監視中の蛭田が殺されたのは想定外でしたが、もし余計な邪魔が入らなければ、もっと早く異常に気付けていたはずです」

そう言って、彼はまっすぐに加地谷たちの方へと視線を向けた。次の瞬間には、講堂にいる全員のまなざしが二人に注がれる。

「え、ちょ……俺たちは何も……」

思わず、といった調子で浅羽がうろたえる。それ以上何か言おうとする浅羽の足を踏んづけて黙らせ、加地谷は沈黙を貫いた。

「荏原署の〈別班〉のお二人がどういう経緯で札幌まで出張ってきているかはわかりませんが、正直、よそ者の田舎刑事にウロチョロされては、捕まえられるものも捕まえられませんよ。実際、裏口から逃げた犯人を取り逃がしちまったのも彼らですし」

お前らは遺体にビビってろくに動くこともできなかったくせにと内心で毒づきながら、加地谷は老刑事の勝手な物言いを黙して聞いていた。周囲の捜査員たちも、同僚を責めるよりも新参者の加地谷たちを責める方が気分が楽なのだろう。敵意をむき出しにした意地の悪い無数の視線に睨み据えられ、居心地の悪さに胸やけがした。

「カジさん、俺たち完全に嫌われちゃってますよ」

「いまさら何言ってんだ。最初っから歓迎なんかされちゃいねえんだよ」

小声でやり取りをしてから、がりがりと頭をかいた加地谷が何か弁解するべきかと頭を悩ませている間にも、周囲の捜査員たちの中から、わざと聞こえるような声でいくつかのヤジが飛んでくる。

「関係ないやつは茶でも汲んでろ」

「捜査邪魔して犯人まで取り逃がすなんて、素人かよ」

「心理分析班の女刑事が行方不明なんだろ？　そっちを捜してりゃいいんだよ」

「いなくなったってのは、あの若い姉ちゃんだろ。どうせ仕事さぼって男とでも遊んでるんだよ。大げさに騒ぐほどのことか」

最後の一言を耳が拾った瞬間、加地谷は長机に手を突き、立ち上がろうとした。立場がどうだろうが、管轄違いだろうが関係ない。

自分でも訳が分からないまま呼び寄せられ、不本意な事件の捜査に参加している田舎刑事が、仲間を悪く言われて、黙っていられるほどおとなしくはないことを、思い知らせてやろうと思った。

「てめえらいい加減に――」

「見苦しいマネはやめろ！」

鋭く放たれた管理官の怒声が講堂内に響き渡った。腰を浮かしかけていた加地谷も、思わず口を開いたまま押し黙り、そのままの姿勢で固まる。

「管轄違いがどうした？　所属部署の違いが何だ？　この場に集まった者は全員、同じ犯人を追う同志だ。怒りを向ける対象を間違えるな」

あくまで冷静に、しかし血の通った叱責が功を奏したのか、捜査員たちは各々、自重するように口を閉ざす。

しん、と静まり返った異様な空気の中、管理官は小さく咳払い（せきばらい）をして、「では続ける」と会議を再開する。

「心理分析班、犯人のプロファイリングはどうか」

水を向けられた伽耶乃は、腕組みしていた両腕を解き（ほどき）、直立の姿勢になって、おもむろに室内に視線を走らせる。その行動に不審を抱いた捜査員たちが、ざわざわし始めたが、そんなことにかまう様子もなく、伽耶乃は彼らを睥睨（へいげい）した後で、ようやく管理官の質問に答える気になったらしく、もったいつけるようにその口を開いた。

「柳井の殺害現場の状況から判断するに、犯人は若くて力のある人物。普段から鍛えているか、肉体労働者の可能性が高い。警察の監視があるにもかかわらず大胆な犯行に出たのは、目立ちたいだとか、警察に対する挑戦や挑発とかじゃなくて、単純に尾行に気づいていなかったんだと思う。だから逃げる時も姿を見られるというミスを犯した。大胆不敵な犯行を可能にしたのは、度胸なんかじゃなくただ無知だったことだけ。おそらく犯人には、被害者を絵画に見立てて殺害するという目的以外、何も見えていない。だからさっきの、被害に遭った女性の親族や恋人って線は除外できると思うよ」

伽耶乃があまりにあっさりと言い切ったため、多くの捜査員が反感を抱いたように表情を曇らせた。

それらの反応にも頓着（とんちゃく）することなく、伽耶乃は続ける。

「殺害方法に無駄はないし、遺体を切り裂いたのは、絵画に似せるためという目的があるから、苦しませようという意思は感じられない。となると私怨の可能性は低い。けど、無差別に襲っているわけじゃなく、絵画を用意してまで二人を狙っている。好きでもない、憎くもない相手にそこまで固執するということは、何かしらの妄想に取り憑かれているか、精神的に不安定な人物である可能性が高いね。今は人付き合いがなくて、仕事もできない状態。家族とすら疎遠かもしれない。社会に紛れるのではなく、陰に隠れ、身を潜めて生きている。ひょっとすると、精神的な疾患を抱えていて入退院を繰り返しているタイプかも」

「それじゃあ精神病患者の犯行だっていうのか。だったら市内の病院を片っ端から調べれば、被疑者は簡単に見つかるってことだよなぁ」

　簡単な捜査だなぁ、と一課の強面の刑事が野次を飛ばし、「なあ？」と仲間たちに同意を求める。伽耶乃のプロファイリングの結果を嘲笑するような空気が講堂内に広まりかけたが、当の本人はまるで動じる素振りを見せず、冷静に「それはどうかな」と声を張った。

「犯人は確かに思い込みが激しく、特定の物に執着したり、妄想に取り憑かれてしまったりする傾向が強い。今回の場合で言えば現場に残された『肖像画』だね。犯人が用意したものかどうかは別として、きちんと被害者を選定して、絵と同じように傷つけて現場を完成させている。この一連の流れを、正確にこなしているところから、犯人がイカれた人間ではなく、しっかりと順序だてた犯行計画を完璧に実行していると考えられる。姿を見られた後も、人ごみの中に紛れて逃走している辺り、ちゃんと状況判断ができているんだ。このことからも、犯人は社会病質者とみられるかもしれない一方で、平然として社会に紛れることのできる人物。心神喪失どころか、大勢の目には真面目な人格者として映るようなまともな人間だ。病院を当たったところで、簡単に見つけられるとは思えないね」

皮肉をたっぷり込めた口調で、先ほどの捜査員を見下ろしながら、伽耶乃は言い切った。

「では、柳井殺害の犯人と同一人物とみて間違いないな」

「そうだね。少なくとも柳井と蛭田は友人同士っていうつながりがあるし、手口がここまで一致してるんだ。別人と見る方が不自然だと思う。おまけに、どちらの現場でも蛭田は古賀明人を目撃したと思える趣旨の発言をしているわけだし」

その名前が出た途端、管理官は表情を曇らせた。

「だが、古賀明人は二十年前に姿を消し、現在も行方不明だ」

そういう人間を被疑者にするのはリスクが高い。散々捜した後で死亡していたなんてことがわかったら、それこそ捜査は大きく後れを取ってしまう。

管理官の考えは手に取るように理解できた。おそらくは、一課の連中も同じ気持ちなのだろう。

「しかも、プロファイリングに一致する犯人像は十代後半から二十代の人物。古賀明人が生きていたとしても、今年で四十になる。それじゃあ、犯人像とは一致しない」

伽耶乃もまた、その点に関してははっきりとしたことが言えない様子で、困ったように眉を寄せていた。

講堂の空気が、わずかに消沈する。そのタイミングで、加地谷はさっと手を挙げ、ため込んでいた一つの考えを口にした。

「その男が本当に二十代の頃のままの姿で生きているとしたらどうですかね」

ざわ、と場の空気が跳ねた。大勢の捜査員が加地谷を振り返り、おかしなものでも見つけたような眼を向けてくる。

「なんだ。どういうことだ？」

一瞬遅れて、管理官が問いかけてくる。加地谷は立ち上がり、軽く咳払いをして質問に応じる。

「つまりその、蛭田はとち狂っていたわけではなく、実際に古賀明人を目撃していたってことです。そしてその古い友人が蛭田をも手にかけた。俺たちが目撃した男も、身のこなしから若い男に間違いなかった。これなら犯人像に一致するかと」

「だが古賀明人は今年で四十だ。その点はどう説明する？　まさか、彼が特別若作りだとでも？」

「いや、それは……」

冷静な返しに、加地谷は口ごもり、まともな返答を述べることができなかった。脳裏をよぎるのは、古賀家の屋敷で会った誠人の妻が手にしていた『ドリアン・グレイの肖像』の古書だった。

もし今回も、古書が何かしらの形でこの事件に関与しているとしたら。犯人の精神に強い影響を与えているとしたら。その先には物語と何かしら関連する展開が待ち受けているはずだ。二十年間年を取らない男の存在も受け入れられてしまうような、デタラメな展開が。だが、そのことを今ここで上手に説明することはできない。大勢の刑事たち前で、荒唐無稽な推論を口にするだけの度胸は、加地谷には備わっていなかった。

「カジさん……カジさん……！」

小声で呼ばれ、視線をやると、浅羽がふるふると小刻みにかぶりを振っている。加地谷が考えていることは理解しているが、この場でそれを口にするのはやめた方がいいと、暗に訴えるまなざしだった。

「どうした、何か言いたいことがあるなら言ってくれ」

管理官が問いかけてくる。加地谷は短く「いえ」とだけ答え、着席した。

静まり返った講堂に、一課や手稲署の捜査員たちの不審そうなささやき声が聞こえ始める。犯人を取り逃がした後は、訳の分からないことを言って捜査を混乱させる気かと、多くの捜査員が加地谷に非難の目を向けていた。

当然と言えば当然の反応だ。しかし加地谷は、この空気に荏原署にいる時と同じか、それ以上の居心地の悪さを覚え、重々しく息をついた。どこへ行ってもつまはじきにされる自分が、なんだか惨めに思えてならなかった。

「他にはないか。何もなければ……」

「あの管理官、よろしいですか」

その時、このタイミングを待っていたとでも言いたげに、最前列の席に座る捜査一課と思しき刑事がさっと手を挙げた。若手ながら堂々とした態度でまっすぐに正面を見据えた精悍な顔つき。

「裏辺か。なんだ？」

管理官に促されてその刑事が立ち上がると、百戦錬磨の捜査一課を体現するような屈強なシルエットがあらわになった。年齢は三十そこそこ。短く整えられた髪と意志の強さを感じさせる太い眉、そして隙のないまなざしが印象的だった。

裏辺と呼ばれたその刑事は手帳に視線を落としながら、

「実は、その古賀明人についてですが、関係者への聞き込みによって子供がいることがわかりました」

室内が騒然とした。これには、伽耶乃ですらも驚いて口を半開きにしている。

裏辺は周囲の反応に満足げな表情を浮かべつつ、話を続ける。

「柳井、蛭田両名の大学時代の友人に話を聞いた際、たまたまこの話題に至ったのですが、古賀明人は大学三年の時に、幾嶋真矢という女性と交際していました。古賀が行方不明になる少し前に二人の関係は終わったのですが、それから数か月して、幾嶋真矢は妊娠していることに気づきました。周囲にそのことを打ち明けられず、大学をやめて地元に帰り息子の奏汰を出産。それからは両親の援助を受けながらシングルマザーとして一人息子を育てていました」

「ちょっと待て。その息子というのが、今回の件にどう関係ある？」

「それが、関係あるかどうかはわからないのですが……」

少々困惑気味な口調で、裏辺はその先を濁す。管理官は焦れたように顔をしかめ、「なんだ。はっきり言え」と急かす。すると裏辺は小走りに前に駆けて行って、管理官に一枚の写真を差し出した。

「幾嶋奏汰の写真です。高校卒業時のものですが、今とさほど変わりはないと思われます」

差し出された写真を受け取った管理官は、すぐに表情を固め、それからプロジェクタを操作していた署員にそれを手渡す。署員は管理官の指示により、まず最初に古賀明人の大学時代の写真を表示させ、その隣に、幾嶋奏汰の写真を並べる。映し出された画像を見て、誰もが言葉を失った。

そこに表示されたのは、中性的な顔立ちをした学生服姿の少年だった。不思議な魅力をたたえる瞳、鼻筋の通った彫りの深い顔立ち、形の良い上品な唇。どれをとっても、古賀明人の写真とそっくりだった。

「まさに瓜二つだな」

「これなら、加地谷刑事のおっしゃったこともあながち間違いではないように思えます。蛭田は嘘をついたり、何かの目的があってでたらめを口にしていたわけではなかったのではないかと」

裏辺は唐突にこちらを振り返り、その顔に、にっと人懐っこい笑みを浮かべた。まっすぐに加地谷を見据えるそのまなざしには、他の連中とは違う、友好的とも言える光が宿っている。

突如として向けられた熱い視線を前に、加地谷はどう反応したらいいのかがわからず、意味のない瞬きを繰り返した。

「たしかに、現場で目撃された人物がこの男だとしたら、蛭田の証言はある意味で正しかったと言えるな。おい、この幾嶋という男はどこにいる」

武末管理官が、身を乗り出して問いかけた。裏辺は軽く肩をすくめ、

「それが、釧路の実家はすでに引っ越した後で誰も住んでおらず、母親も死亡しています。近隣住民の話によると、幾嶋は十代の頃から精神的な疾患を抱えており、精神科病院に入退院を繰り返していた過去がありました。母親の死後は、札幌の病院に通院すると言って引っ越していったとのことです」

伽耶乃のプロファイリングにも、ぴたりと一致する。裏辺はその意思を示そうとしてか、今度は壁に寄りかかっている伽耶乃に熱い視線を向けた。暗に「よくやった」と称

賛するような強いまなざしを受け、伽耶乃は照れくさそうに視線をそらす。

「その病院をすぐに特定しろ。どんな小さな情報もすべて共有し、この男を見つけ出せ。幾嶋が父親の友人である柳井や蛭田と接触した可能性は大いに考えられる。情報は心理分析班と共有し、古賀明人と幾嶋との間に接点がないかを含め、改めて捜査を進めるんだ。並行して、柳井と蛭田に恨みを持つ者の確認と特定も忘れるなよ」

はい、と足並みのそろった声が講堂に響く。

裏辺が見つけてきた情報が突破口となるのか、それとも被害者たちに恨みを持つ被疑者捜しによって疑いのある人物が見つかるのが先か。

異なる二つの捜査方針による、ある種の根競べのような形を見せて、捜査会議は終了した。

「驚きっすよね。古賀明人に隠し子がいたなんて」

すでに私物化しつつあるデスクにどかっと腰を下ろし、浅羽は感心したような声を出した。その意見に、伽耶乃が同調する。

「ボクもびっくりだよ。失踪にばかり目が行って、その可能性にまるで気づけなかった。まさか、蛭田の証言が本当だったとはね」

「カジさん、知ってたわけじゃあないっすよね？」

「知るわけねえだろ。俺だってさっき初めて聞いたよ」

適当な椅子に腰かけ、無意識に上着の中の煙草のパッケージに手が伸びそうになるのをこらえていると、ふと、こちらを凝視する伽耶乃と目が合った。

「なんだよ、じろじろ見やがって」

「別に。ただ、何も知らなかった割に、カジーは随分と古賀明人生存説にこだわっていたなぁと思ってね」

「別にこだわってなんかいねえよ」

「そうかなぁ？　こだわっていない人間が、捜査会議の場であんなこと言う？」

「ああ、古賀明人が若い頃のままの姿でってやつっすか？」

そうそう、と相槌を打った伽耶乃に対し、むっつりと押し黙った加地谷の代わりに、浅羽が説明をする。

「カジさんがあんなことを言ったのには、れっきとした理由があるんすよね」

「理由？」

伽耶乃は怪訝そうに眉を寄せて問い返す。

今度は浅羽が「そうそう」とうなずいた。

「実は俺たち、古賀邸を訪ねた時、明人が所有していたっていう一冊の本を見かけたんだ。タイトルは……えっとなんだったかな、マンゴーなんとかの？　じゃなくてパパイヤなんとか？　でもなくて……」

「『ドリアン・グレイの肖像』だ馬鹿野郎。てめえの頭はトロピカルかよ」

目いっぱいけなしてやったつもりが、浅羽はへらへらと締まりのない顔をしてにやけている。冗談がウケたとでも思っているのかもしれないが、加地谷も伽耶乃も寸分たりとも笑ってなどいなかった。

「それって、オスカー・ワイルドの作品だよね。美しい容姿の青年ドリアン・グレイが年を取らなくなる代わりに、彼の肖像画が年老いて醜い姿に変化していくやつ」

「そう、それそれ。そのあらすじが、まさしく今回の事件における古賀明人の立ち位置と合致するんだ。だから、カジさんは会議の時にあんなことを……」

浅羽が言い終わるのを待ちきれないとばかりに、伽耶乃はぷっとこらえきれずに噴き出した。

「待って待って。なんなのそれは。何かの冗談？　その話と今回の事件にどんな関係があるっていうのさ？」

「いや、それはその……」

至極まっとうな意見に、加地谷と浅羽は揃って閉口する。

「ねえカジー。明人が『ドリアン・グレイの肖像』を読んでいたってだけの理由で、さっきはあんなことを言ったの？　それってただのこじつけ……いや、こじつけにもならない戯言（たわごと）だよ」

「……違う。こじつけなんかじゃあねえ。俺だってそんなバカげた話が現実にあるとは思わねえよ。でもな、それでも、もしかしたらって思わせられる理由があるんだよ」

「はぁ？　なにそれ。どういうこと？」

伽耶乃は首をひねり、口をとがらせて困惑の表情をあらわにした。

無理もない反応だ。だが、加地谷と浅羽はグレゴール・キラー事件の際にも、エンゼルケア殺人事件の際にも、事件の犯人や関係者が奇怪な古書を所持していたことを知っている。そしてそれらの古書が何らかの形で彼らに影響を与え、ともすれば事件の発端となり得る要因を作り出していたのではないかという仮説を、ひっそりと頭の中に抱えているのだ。

そんなのはただの妄想と言われてしまえばそれまでだ。しかし、決して無視することのできない何かが、それらの古書――あの『ＢＡＢＥＬ』のマークが刻まれた古書にはある。そんな胸騒ぎにも似た奇妙な感覚が、胸の内で暴れまわっていた。

「伽耶乃ちゃんにもちゃんと説明しましょうよ。きっとわかってくれますって」

「……勝手にしろ」

浅羽の提案に対し、気乗りしない態度を取りはしたが、説明することに関して反対する気はなかった。相手が伽耶乃なら、二人が抱えるこの正体不明の不安をあおる不穏な感情を、理解できるのではないかと思ったからだ。

理屈ではない。もっと本能に近いところで加地谷が感じている妙な感覚。漠然とした脅威。そういったものを、伽耶乃ならば正しく理解し、言語化し、そしてその正体に迫れるのではないかという希望めいた感情が、ふつふつと湧き上がっていた。

浅羽は自らが提案した通り、かつての二つの事件における二冊の古書の存在を説明し、それらが一般的に出回っているものとは違う私家版であること、得体の知れない不気味な革でできた装丁であること、そして、それぞれに刻まれた『ＢＡＢＥＬ』の印章についても語って聞かせた。

伽耶乃は最初の方こそ疑り深い目で、話半分といった態度をとっていたが、浅羽の熱を帯びた説明と、現実の事件との間に存在する奇妙な符合とに、徐々に興味を示し始めた。そして、説明を終えた浅羽が最後に、スマホに保存した『ＢＡＢＥＬ』の印章を撮影したものを見せると、いよいよもって真剣な面持ちを見せた。

「つまりこういうこと？　荏原市で起きた事件の犯人や関係者が所持していた『変身』と『フランケンシュタイン』の古書は、『ＢＡＢＥＬ』という謎の存在が私家版として翻訳し本にしたものだった。そして、一般的に流通することのないそれらを手にした者が、物語と何かしらの関連性を感じさせる事件を起こしていた」

「そう、そういうこと」

うんうんと強く頷く浅羽と、黙して成り行きを見守っている加地谷。それぞれに視線を巡らせて、伽耶乃は形の良い唇をそっと親指で撫でる。

「それってさあ、もっと平たく言えば、その本を手にしたせいで、犯人が殺人を行うようになったと言いたいわけ？　本を所持しているだけで、殺人衝動に駆られてしまうとでも？」

「そこまでは言ってねえよ。ただ、犯人が物語に強い影響を受けているのは事実だ。特にグレゴール・キラー事件の犯人、美間坂に至っては、遺体に引用文を仕込んだり、俺たちの前で一節をそらんじたりもした。奴は間違いなく、あの物語に取り憑かれていたんだ」

あの夜、月明かりの照らす屋根裏部屋で、一人の女性を殺害しようとナイフを掲げた美間坂創の陶然とした表情が、加地谷の脳裏に甦る。

殺人事件には、犯人が持つ暴力性が表れ、猟奇殺人となるとさらに残虐性が強く表れる。そこには人間がもとより心に抱えている獣のような凶暴性が強く関係しているはずだ。本来、人はそれを理性で抑制し、一線を越えまいとして生きている。だが、どこかでそのタガが外れ、殺人へと向かってしまう場合がある。中には、自分自身ではどうにもできないほど追い詰められ、やむを得ず人を殺してしまうケースもあるだろうが、それでも手を下す瞬間には、その凶暴性が発揮される。

加地谷が思うに、『ＢＡＢＥＬ』の古書は、その凶暴性に何かしらのアプローチを仕掛け、誘発してしまう危険性を孕んでいるのではないだろうか。美間坂創は冷酷かつ残虐な猟奇殺人犯だったが、あの瞬間の奴の顔には、ある種の純粋性のようなものが感じられた。母親を求め、愛されたいという願望をただひたすらに抱き続けた幼い子供のような純粋さ。その強い思いを殺意という凶暴性にシフトさせてしまったのが、古書の存在だったとしたら？

今回の『ドリアン・グレイの肖像』もまた、犯人の内に眠る凶暴性を喚起し、殺人事件を引き起こしたのではないか。そんな疑念が、加地谷の中で膨れ上がっていたのだった。

「聞けば聞くほどおかしな話だけど、カジーがそこまで言うんなら、頭ごなしに否定するわけにもいかないか……」

言葉が続かず沈黙した加地谷を慮るように、伽耶乃は静かな口調で告げた。

「それにしても、その『BABEL』って何なの？　お店の名前か、それとも何かの団体？」

「それが俺たちにもわからないんだよ。ネットで調べても情報なんて出てこないし、古書の入手経路だって追えない。過去の事件でも証拠品の中に古書があった事例なんかが、探せば見つかるかもしれないけど、現状ではあの二つの事件しか確認できていないんだ」

浅羽は己のふがいなさを恥じるように後頭部をかいた。〈別班〉は主な仕事が書類整理という、閑職にほど近い部署ではあるが、上の意向次第で必要とあらば現場に引っ張り出されることもある。周りが思っているほど自由な時間があるというわけではない。そのうえ、憶測ばかりで事実かどうか知れないものに時間を割くことはなかなか難しい。ましてやその憶測というのが、『得体の知れない組織が、善良な人間を殺人犯に変貌させる本を作成している』などという荒唐無稽な陰謀説に近い代物であればなおさらだ。

「そのうちまた何かの現場で見つけることがあったら、今度こそ調べてみようって話をしてたんだ。まさか、札幌に来たこのタイミングで見つけちゃうなんて思わなかったけどね」

　苦笑交じりに言って、浅羽が同意を求めてくる。加地谷は「そうだな」と軽く頷きながらも、忌々しい気に唸り声をあげた。

「だがよぉ、肝心の古賀明人が見つからないんじゃあ、今回もまた空振りに終わっちまう。古書を手に入れたのが明人なら、入手経路なんて確認しようがないからな」

「それに、隠し子が出てきたんじゃあ、いろいろ話も変わってきますよね」

　それはつまり、古賀明人がすでにこの世に存在していないという可能性を、大きく強めたということである。

「今回の事件に、古書がどうかかわっているのか、単なる偶然って線も含めて、今は確かめる手段はないってことっすね。この件はいったん保留にして、先に幾嶋が伶佳ちゃんの失踪に関係しているのかを確かめた方がいいかも」

　浅羽の提案に、伽耶乃は強く頷いてから、眉間に深い皺を寄せる。

「あたしは、幾嶋がレイちゃんをさらった張本人って可能性は低いと思う。そもそも二人に接点はないはずだし、殺しの手口とレイちゃんをさらった人間の手口も、似通っているとはいいがたい」

　その点については、加地谷も同感だった。公安の尾行を餌に伶佳を誘導し、おびき出して連れ去るという慎重な手口と、加地谷たちの目と鼻の先で大胆不敵に殺人を実行した被疑者の手口には、真逆の性質が見られる。幾嶋が後者の犯人ならば、前者はいったい……。

「待って。そういえば『ドリアン・グレイの肖像』には何人かの重要な人物が登場するよね」

伽耶乃は突然、何か思いついたように手を叩く。加地谷はその意図を測りかね、怪訝そうに首をひねった。

「そりゃあ、小説なんだから登場人物はほかにもいるだろ」

「それはそうだけど……って、え？　もしかして詳しい内容知らないの？」

今度は伽耶乃の方が首をかしげて、怪訝そうに見返してきた。

「知るかそんなもん。呑気に読書する趣味なんてもんは、今日び持ち合わせてねえからな」

「俺も、結末まではまだ……」

「はぁ？　あんたら、そんなんでよくさっきみたいなこと言えたね。古書が重要な要素だとか言うなら、真っ先に話の内容、理解しておきなよ」

文学作品に明るくない男どもを一纏めにして冷たい一瞥をくれてから、伽耶乃は呆れた様子で溜息をつき、渋面を作る。

「ドリアン・グレイはとても魅力的で友人も多いんだけど、中でも重要な立ち位置にいるのは画家のバジル・ホールウォードとヘンリー・ウォットン卿の二人。このバジルという画家が肖像画を完成させたことによって、ドリアン・グレイの悲劇は始まるの」

そこで一つ呼吸を挟み、伽耶乃は椅子に座り直した。どうやら、物語の流れを説明してくれるようだ。

「ドリアンはあまりに美しい肖像画を見て、自分のその姿が永遠に保たれるものであってほしいと祈りをささげる。その後、皮肉屋で逆説好きのヘンリー卿に影響を受けて自堕落な日々を送るんだけど、その中で出会った女優と恋に落ちる。シビルという名のその女性は素晴らしい演技をする名女優だったけど、ドリアンに恋をしたことによって、彼以外のものに目が行かなくなってしまい、演技をおざなりにしてしまうんだ。ヘンリー卿やバジルを公演に招待したドリアンは芝居に対する彼女のいい加減な姿勢に腹を立てて、こっぴどく彼女を振ってしまう。女性はドリアンに捨てられたショックから自殺し、その事実がドリアンを打ちのめす。そして彼は気づくんだ。部屋に飾った肖像画、そこに描かれた自分の顔が、醜くおぞましい表情に変化していることに」

ごくり、と浅羽が喉を鳴らした。気づけば加地谷も、伽耶乃の重々しい語り口に誘われるようにして、オスカー・ワイルドの作り上げた物語に聞き入っていた。

「心を痛めたドリアンだけど、ここでも彼はヘンリー卿の言葉に影響を受けて、シビルのことは自分のせいではないと思い込もうとする。その後、彼女の弟に命を狙われたりもするけれど、若々しく、衰えることのない外見を利用し、人違いを装って逃れるんだ。

途中、良心の呵責に悩む場面もあって、ドリアンは善行を為すことで自分の罪をあがなおうとする。ところが絵は元に戻るどころか醜さを増すばかり。そこに描かれているのが自分の本当の姿であり、良心であることに気づいて苦しんだドリアンは、絵に怒りを向けて破壊しようとするんだけど、叫び声を聞いた使用人が駆け付けた時、ドリアンの胸には深々とナイフが突き刺さっていたってわけ」

伽耶乃が一通りの説明を終えると、それまで黙って聞いていた浅羽が「あの」と軽く手を上げる。

「それで、肝心の絵はどうなったの？」

「何も。使用人たちが見た時は、若くて美しい青年の姿がそこに描かれていただけで、特別な変化は起きていなかった。けれど、ドリアンの顔はまるで老人のように衰え、醜くゆがんでいたんだ。この辺の解釈は人それぞれかもしれないけど、ボクが思うに、絵は最初から変化していなくて、それを見るドリアンの目がゆがんでいたんだろうね。だから、使用人には元のままの絵にしか見えなかった」

すべては人を死に追いやったことに対する罪悪感が作り上げた幻。そう結んで、伽耶乃は肩をすくめ、背もたれに身体を預けた。

「結局その点に関しては、はっきりした解答はないってことすか」

浅羽がどこか納得のいかない様子で呟く。

「もちろん、実際に絵が変化していたって読み解き方もできるよ。その辺は好き好きってこと。そして、読み手にそう思わせてしまうくらい、ドリアン・グレイという人物の美しさは、強烈なものだったんだろうね」

そこで一呼吸おいて、伽耶乃はここからが本題とばかりに身を乗り出した。

「もし二人が言うように、今回の事件も古書と何らかの繋がりを持っているんだとしたら、古賀明人や幾嶋のほかにも登場人物がいるはずだよ。この場合で言うと、殺人の実行犯である幾嶋がドリアン・グレイ。そのほかに、ヘンリー卿や画家のバジル。もしかすると自殺したシビルにそぐわしい人物がいるかもしれない」

「それってつまり、共犯者とか、黒幕がいるってこと？　幾嶋は犯人グループの一人でしかないと？」

浅羽が疑わしい表情で問いかける。伽耶乃は自信満々といった様子でうなずくと、

「そう考えるのが自然でしょ。幾嶋が柳井と蛭田を殺害したとして、その動機は金目当てでも恨みでもない。彼が恨みを持つとしたら、自分と母親を捨てていなくなった古賀明人に対してのはず。だとすると、遺体を傷つけて現場に肖像画を残す行為も、恨みが原因じゃない。あれはたぶん、幾嶋なりの儀式なんだよ」

「儀式……」

浅羽はぽつりと繰り返し、それから、あっと声を上げた。

「もしかして、さっきのドリアン・グレイの話に繋がるってこと？」

伽耶乃は、ぱん、と手を叩き、浅羽の鼻先に人差し指を向ける。

「そう。幾嶋は手に入れた被害者たちの肖像画に恐ろしい死にざまが描かれているのを、彼らが犯した罪のせいだと思い込んだ。その罪を彼らの命でもって清算しなければならないと考えたんだよ。彼らの命を奪い、遺体を絵の通りにすることで、肖像画に描かれた彼らの姿が元通りになると思ったんだ」

加地谷の脳裏に、リビングの床に横たわる蛭田の姿が浮かぶ。すでに虫の息だった蛭田の身体を執拗なまでに傷つけ、肖像画と同じ姿にしたのは、作中のドリアン・グレイが、自らが犯した罪をあがなうために善行を働こうとしたこととリンクしている。そして、当人が命を落とせば絵画が元通りになるというのは、ドリアンが死を迎えるシーンだ。少々、こじつけに思えなくもないが、幾嶋が物語に即した方法で柳井と蛭田の命を奪ったという動機の部分が、犯人の抱く妄想であるという説明がつくのではないか。

「だがよぉ、柳井にしろ蛭田にしろ、恨みでも憎しみでもなく、善意なんかであそこまで遺体を傷つけることができるものなのか?」

「ですよね。犯人だって人間ですから、良心の呵責はあると思うし、いくら儀式のためって言っても、憎くもない相手を殺すなんて、そう簡単なことじゃないっすよ」

二人の意見を真摯に受け止めたうえで、伽耶乃は曖昧に首をひねる。

「確かにそうかもね。だけど、人が人を殺すとき、その動機は恨みや憎しみ、そして金目当てだけって考え方は少し古いんじゃあないかな。世の中には、そんな大義名分がなくても人を殺す人間なんて、少なからずいるはずだし、あんたらだって、そんな連中をこれまでに何度も目にしてきたはずでしょ」

「それはそうだが……」

確かに伽耶乃の言い分は正論である。荏原市で起きた二つの事件だって、美間坂は被害者たちに個人的な恨みなど抱いていなかったし、エンゼルケア殺人事件の犯人であった人物も、恨みや憎しみとは違う、ある種特異な動機による殺人を行っていた。

「そして、その部分こそが、この殺人が『儀式』だという証明でもあるんだよ。幾嶋はこれをただの人殺しじゃなくて、正当な目的を持った『正しい行為』だと思い込んでいる。いや、思い込まされているのかも。だから残酷な殺人も、遺体損壊も迷うことなく実行できるんだ。その根本にはおそらく、彼自身が何かしらの『罪』に怯えているということがあり、それをあがなうための行為として儀式を実行している。そういう風に、彼が行動するよう仕向けた人間が、この事件の黒幕だよ」

「黒幕か……だが、そんなことが本当に可能なのか？」

加地谷の呈する疑問に、伽耶乃は重々しく声を漏らす。

「もちろん簡単なことじゃないよ。でも、会議の時に裏辺刑事が言ってたよね。幾嶋は精神に問題を抱えていたって。ボクのプロファイリングでも、犯人には精神的に不安定な部分がある。それがつらい幼少期が原因のものなのか、母親を失ったことによる反動かはわからないけど、人生を悲観した幾嶋が、救いを求めていたとしたら？」

「そういうところに付け込んで、人を思いのままに動かすことも可能っすよ。実際にそうやって信者を増やすカルトだって多くありますからね。伽耶乃ちゃんの意見、俺はありだと思います」

浅羽は強く言い切るようにして、熱のある視線を加地谷に向けた。伽耶乃の仮説を、すっかり受け入れている様子である。

「黒幕となる人物は、何らかの形で出会った幾嶋にある種の暗示をかけた。幾嶋は自らをドリアン・グレイに重ね合わせ、自分の罪をあがなうための善行を積むことにした。その内容こそが柳井と蛭田の殺害だった」

そう考えれば、一連の出来事がつながる。バラバラだったピースが一つに重なり、一つのイメージを描き出そうとしていた。

半信半疑ながらも、加地谷はそのイメージにある程度の信頼感を抱きつつあった。だが何度イメージを重ねても、まだ憶測の域を出はしない。確かな証拠も上がってはいなかった。

「わからねえなぁ。その幾嶋って野郎にも、殺人が犯罪行為だってことくらいは分かるはずだ。いくら儀式だと言われて暗示をかけられたからって、そう簡単に犯罪に走るのか？　人を殺すハードルってのは、そんなに低いもんなのかよ？」

胸につかえた嫌な感覚を吐き出すようにして、加地谷は誰にともなく言った。それは単に、真相が見えてこないことにイラついたからだけではない。己の手を汚すことなく、他人を殺人に走らせるという行為に対し、強い怒りを覚えたからだ。

「ボクだって、そんなことが簡単にできるとは思ってないよ。暗示や催眠術、マインドコントロールに洗脳。人の心を支配する方法はいくらでもあるけれど、そんなもので簡単に誰かを殺してしまうほど人の意志が弱いとも思わない。それでも、強く思い込ませることで理性を排し、他人を利用して犯行に及ばせる連中が、この世界には少なからず存在するんだよ」

　そう語る伽耶乃の声も、どこかやりきれないような苦々しさを感じさせた。

「強制されたものではなく、それを可能にする精神状態に持っていくためのいわばトリガーのようなものが、『ドリアン・グレイの肖像』にあるとしたら、黒幕が幾嶋を操って二人を殺すことは十分に可能だったんじゃないかとボクは思う。もちろんこれは、あんたらの言う『ＢＡＢＥＬ』ってのが本当に存在していて、そいつらが作った古書が実際に人の意識に干渉するっていう前提があってこその仮説だけどね」

　そう言って、伽耶乃は肩をすくめ、わずかにおどけて見せた。

　それが唯一の答えとは限らない。プロファイリングとも呼べない荒唐無稽（こうとうむけい）な仮説。だが、この時の加地谷には、思いつく限りのどんな可能性よりも、伽耶乃の語る仮説が今回の事件の核心を突いているように思えてならなかった。

「仮にその話が事実だとして、肝心の黒幕ってのはいったい誰なんだ？」

「それは……」

　伽耶乃は言葉をさまよわせるように一度沈黙し、ＰＣに向かって資料のいくつかに目て顔を上げる。それからややあって、「うん」と自分を納得させるようにうなずくと、改めて顔を上げる。

「大前提として、黒幕と幾嶋は顔見知りか、それ以上の関係だと考えられる。幾嶋が信頼して、自分の命運を託せる相手じゃなければ、彼が殺人を犯すこともなかったはずだからね」

「それじゃあ、医者とかどうすか？　幾嶋が精神的に不安定になって通院した過去があるっていうなら、医者を頼りにすることはあるでしょ」

「もちろんその可能性もあるだろうね。でも、幾嶋が札幌に来てから通院していた病院の主治医は七十近いおじいさんだった。柳井や蛭田とのつながりがあるとは思えないね」

そうか、と気落ちする浅羽。伽耶乃は更に別の疑問を提示する。

「絵画の問題もあるよ。経歴を見る限り、幾嶋に絵の心得はないはずだから、現場にあった肖像画を描くことはできなかったはず。となると黒幕が用意した可能性が高い。絵の構図はもちろん、使われている画材から考えても、それなりの腕の持ち主のはずだよ」

絵画。今回の事件で、絵をたしなむ人間など……。

――いや、いる。

とある記憶が、加地谷の脳髄を稲妻のように駆け抜ける。本人に確かめたわけではないが、その可能性のある人物が一人いた。

「――古賀誠人だ」

ぽつりと言った途端、浅羽と伽耶乃が同時に声を上げた。

「どうしてそう思うんすか？」

「ここへきて刑事のカンとか言うのは無しだからね」

興奮状態で詰め寄ってくる二人を押しとどめながら、加地谷は言う。

「絵の具の匂いだ。明人の部屋には、肖像画から匂ってくるのとは違う、もっとこう、真新しい絵の具の匂いが充満していた。ごく最近、誰かがあそこで絵を描いたと考えるのが自然だろ」

「――あ、それであの時、誠人と握手したんすか？」

言いながら、浅羽は合点が行った様子で手を叩く。

「ああ、ちょっと気になってな。でなきゃあ、何が悲しくてわざわざ野郎の手を触る必要があんだよ」

「いや、俺はてっきり、カジさんはああいうタイプが好きなのかなって……あいてっ！」

スパン、と小気味よい音を立てて、加地谷は浅羽の頭をひっぱたく。それを間近で見た伽耶乃が一瞬驚いたように目を見開き、それからなぜか嬉しそうに、目を細めて笑った。

「とにかく、誠人と握手をしたら、俺の手にもしっかりと絵の具の匂いが移った。あいつは俺たちが訪ねる前にも、絵の具をいじっていた。あいつはそのことを話そうとしなかったがな。それに奴は幾嶋の叔父にあたるわけだろ。母親を失った幾嶋が札幌に移り住んできて、父親を頼ろうとして古賀の家を訪ね、そこで誠人と出会ったって流れは、十分あり得るはずだ」

「確かに。古賀明人は失踪前はあの家に住んでいたわけですから、幾嶋の母親が住所を知っていてもおかしくないし、それを幾嶋に教えた可能性もおおいにありますね」

目尻に涙を浮かべながら、浅羽はうんうんとうなずいて見せた。

「柳井と蛭田との関係は？　ていうか、彼らを幾嶋に殺させる動機はなに？」

伽耶乃が疑問を口にする。

「さあな。だが誠人は明人と同じ大学だ。明人がよくつるんでいた柳井や蛭田のことを知っていても不思議はねえ」

誠人からは、明人の失踪についての話しか聞かなかった。もしあの時、もう少し突っ込んだ質問をしていれば、二人とのかかわりも聞き出せたかもしれない。

そう考えると、加地谷は自分の脇の甘さにもどかしさを覚える。

「とにかく、もう一回話を聞いた方がいいかもしれないっすよ。もし彼が黒幕で、伶佳ちゃんをさらった人物だとしたら……」

「当たり前だ馬鹿野郎。さっさと身柄確保しに行くぞ」

嫌な予感が脳裏をかすめ、それを吹き飛ばすために、加地谷は乱暴に声を荒らげた。

それから椅子を吹っ飛ばす勢いで立ち上がる。

　一分一秒という時間が惜しい。こうしている間にも、奴はどこかへ姿を消してしまうかもしれない。

　そう思うと、意図せず呼吸が荒くなり、額に汗がにじむ。

「ちょっと待って。ボクも行く」

「いや、お前は誠人についてもう一度詳しく調べてくれ。奴が柳井と蛭田を幾嶋に殺させたのなら必ず理由がある。唯一の接点である大学時代に何かがあったはずだ。それを見つけろ」

　ぴしゃりと告げられ、伽耶乃は顔をしかめたが、三人でぞろぞろと現場に向かうよりも効率的だと納得したらしく、すぐに「わかったよ」と不満げな声で応じた。

「おら何やってんだ浅羽、置いて行くぞてめえ！」

「そ、そんないちいち怒鳴らなくても分かってますよ！　でも、あ、やっぱりちょっと待って……」

　もたもたしている浅羽に再び怒号を浴びせ、ドアを勢いよく開けた加地谷はオフィスを飛び出した。

2

　捜査車両を飛ばして加地谷と浅羽が古賀邸に到着した時、中に誠人の姿はなかった。

ドアに鍵(かぎ)はかかっておらず、部屋の様子も前回と変化はない。リビングのテーブルの上には、飲みかけの紅茶まで残されていた。十部屋以上ある広い屋敷を二人で手分けしてくまなく捜索したが、誠人以外の誰かが身を潜めていることもなく、伶佳が監禁されているということもなかった。

玄関のホールで合流し、互いに収穫のなかったことを報告し合うと、浅羽は困惑した顔でがりがりと頭をかいた。

「どうなってんすかね。やっぱ、古賀誠人は事件とは無関係だとか？」

「馬鹿野郎。だったらなんでいなくなったりするんだよ。こんな風に何もかも投げ出して姿を消したこと自体が、無関係じゃあねえことを物語ってんだろうが」

「ただ出かけただけかもしれないじゃないすか。ちょっとコンビニに行くくらいなら鍵をかけないことだってあるし」

悠長に言う浅羽をひと睨(にら)みして、加地谷は階段を上り、明人の部屋へ向かう。

昼間に訪れた時と変わらず、八畳ほどの室内には長らく使われていない家具やベッドが置かれ、それぞれに白い布がかけられていた。正面の壁には立派な額に収められた縦長の肖像画が掲げられており、そこに描かれた若々しい姿の古賀明人が、凛々(りり)しい表情で微笑んでいる。捜査会議の時に見た幾嶋の姿をそこに重ね合わせ、やはり似ているとひそかに感心しながら、部屋の中を改めて見回す。

「あ、あった。ありましたよカジさん」

肖像画のそばのキャビネットと、部屋の奥にある本棚をざっと確認した浅羽が突然、声を弾ませた。

「何があったんだよ」

「ほら、これ。『ドリアン・グレイの肖像』の古書です。リビングになかったから、ひょっとしたらここじゃないかと思って捜してみたら、本棚に差さってました。一つだけおかしな質感と色をしてるから、目立つんすよね」

嫌そうに顔をしかめた浅羽は、引っ張り出した古書を引き出して開く。その見返し部分には、やはりあの『BABEL』の印章があった。それを確認して顔を見合わせた二人は、どちらからともなく、溜息を吐いた。

「逃げる時に、これを持って行かなかったってことは、もう必要ないってことですよね」

誰にともなく言いながら、浅羽はその本をキャビネットの上に無造作に置いた。これが幾嶋を暗示にかけてマインドコントロールする際に使われたのだとしたら、『BABEL』の古書には、やはり人を惑わせる魔力のようなものがあると考えざるを得ないのだが……。

——こんな馬鹿げた話、信じたくなんかねえんだけどな。

内心で独り言ち、加地谷は忌々し気に嘆息する。

嫌な感覚だった。なぜこうも、行く先々で古書に遭遇するのか。超常現象など信じたくはないが、これではまるで惨劇を巻き起こす古書が加地谷たちを呼び寄せているかのようではないか。得体の知れない奇妙な縁のようなものに嫌悪感を抱くと同時に、加地谷はもう一つ、自分の中に矛盾した感情が芽生えていることを自覚していた。

それはグレゴール・キラー事件の犯人、美間坂創を逮捕し、相棒の仇(かたき)を討った時から加地谷の心の中に巣くう異様な感情。猟奇的で奇妙な事件と出会うたびに、どういうわけか心がうずき、熱い血が全身を駆け巡るような感覚を覚える。まるで、自分が出会ったことのない、想像すらしたことのない事件を、本能に近いところで求めているかのような不可解な衝動。警察官という立場でありながら、目を見張るようなおぞましい死に魅了された危うい心理状態。そういったものの種火が、加地谷の内側で常にくすぶっている。

この事件の背後に古書の存在があると知った瞬間から、加地谷はその小さな火が熱く燃え盛る感覚を、確かに味わっていた。

要するに、求めてしまっているのだ。誰もが目を背けるような猟奇的犯行と、古書に魅入られたという異常な殺人犯の存在に触れ、関わり合いになることを、加地谷は心のどこかで強く求めてしまっている。

そのことを自覚するたび、どうしようもなく不安になる。まるで『BABEL』の正体を解き明かすという大義名分が、上っ面の動機でしかないかのように。

ひょっとすると自分は、ただ単純に凄惨(せいさん)な事件を——哀れな被害者の流す悲惨な血の海を求めているだけなのではないか。それを見せてくれる殺人犯と、ただの人間を殺人犯に作り変えてしまう古書の存在を、ただひたすらに求めているのではないか……。

加地谷はそんな願望をひそかに抱える自分自身が、どうしようもなく汚らわしいものに思えてならなかった。

「……さん、カジさん？　大丈夫っすか？」

浅羽に肩を摑まれ、加地谷はようやく我に返った。心配そうにのぞき込んで来る浅羽の目をまともに見てしまうと、自分が何を思い、どんな気分に陥っていたのかを気取られてしまう気がして、加地谷は曖昧に返事をし、こめかみを伝う汗を乱暴に拭った。

「らしくないっすね。ぼーっとしちゃって」

「別に何でもねえよ。ちょっと寝不足なだけだ」

しっかりしろ、と内心で自分を叱咤し、適当な言い訳を口にしながら、加地谷は頭を占めていた不穏な考えを一旦、奥の方に押しやった。気持ちを切り替え、まずは目の前の問題に集中する。

「それより、この部屋やっぱり匂うよな」

「油絵の匂いっすか？」

問い返して、浅羽はくんくんと小刻みに鼻を動かしながら、ウサギみたいに周囲のにおいを嗅いで回る。

「言われてみればそんな気もしますけど、よくわからないなぁ。俺、カジさんみたいに鼻は利かないんで」

「人を犬っころみてえに言うんじゃあねえよ」

女の香水を嗅ぎ分けるのは得意なくせに、こういう時はとんと役に立たない相棒に荒々しく溜息をついて、加地谷は改めて室内を見回し、奥の本棚に歩み寄る。並べられているのは大量の本や得体の知れないオブジェなど様々だが、これと言って不審な点は見受けられない。鼻先にわずかながら漂う油絵具の匂いをたどるように本棚に近づいてみるが、そこには絵画はもちろん、絵の具の類も見当たらない。誠人がこの部屋で絵を描いているという加地谷の推測は、ただの思い過ごしだったのだろうか。肖像画から染み出し、揮発した絵の具の匂いが室内に満ちているだけだったのか。そう自問しながら、何気なく床に視線を落とした加地谷はそこで、「んん？」と小さく声を漏らした。

「どうしたんすか？」

そばに来た浅羽に「これ、見てみろ」と加地谷は床の一部を指さした。

二つ並んだ本棚のちょうど中間から、円を描くようにして何かがこすれたような痕が床に残っている。室内はお世辞にも掃除が行き届いている感じではないので、床にたまった埃の層に、何かの痕が残ってしまった様子だった。

「まさかこれって……」

「おい、そっち持て」

言いながら、加地谷は浅羽と共にそれぞれ本棚に手を伸ばし、棚板の一部をぐっと掴んで慎重に手前へと引っ張った。かなりの重量がありそうな本棚だが、少し力を加えると、思いのほかスムーズに手前へと動き、左右の壁に密着する形となった。ちょうど、二つの本棚が扉となって、観音開きよろしく左右に開いた形だ。

　そして、その奥にはキャンバスの置かれたイーゼルや画材をしまい込むキャビネット、絵の具やパレットが乱雑に並べられたサイドテーブルなんかが詰め込まれた空間が姿を現した。

「これ、アトリエですかね」

　呟く浅羽に無言でうなずきながら、加地谷は無意識に喉を鳴らした。

　奥の部屋の広さはベッドなどが置かれている空間と同じくらいの広さがあり、実質的にこの本棚は、一部屋を半分に仕切っていたということになる。

　考えてみれば、階段を上ってこの部屋にたどり着くまで、長い廊下を歩いてくる必要があった。その割に部屋は狭く、物置か何かがあるのかと思っていたのだが、この隠し部屋を合わせれば辻褄が合う。

「これ、古賀誠人が使ってたってことですよね」

「だろうな。放置されていたって感じじゃねえ。ここで被害者二人の肖像画を描いたと考えるのが自然だ」

　やはり古賀誠人が黒幕なのだろう。幾嶋を操り、被害者たちの肖像画を作成して現場に置いてくるよう仕向けた。その仮説は間違いないと言えた。

　そう思うと同時に、たとえようのない苛立ちがふつふつと湧き上がってくる。

「野郎、俺たちをこの部屋に案内して、平気な顔でくっちゃべってやがった。ただの気弱な金持ちのボンボンかと思ったら、とんだ食わせ者じゃねえか」

忌々しげに吐き捨てて、こぶしを本棚に打ち付ける。浅羽もコケにされていたことに気づいたらしく、その顔を複雑そうにしかめていた。

加地谷は手近なイーゼルに飾られた一枚の絵画——これも肖像画だ——に視線を向ける。そこに描かれているのは一人の女性で、ゆるくパーマのかかったボブヘアの美人だった。口角を持ち上げ、目元を細めた優しい微笑みを浮かべている。

「好きな人の絵でも描いてたんすかね」

「さあ、どうかな。絵のことは分からねえが、これはうまい方なのか？」

「さあ、俺も絵のことは全然っすから。でも、これだけ描けるってことは、それなりの歳月を費やしてきたってことでしょ。芸大に行ってなきゃ絵が描けないってわけでもないですし、時間はたっぷりあったでしょうから」

だとしたら、なぜこんな隠し部屋にアトリエを構えていたのかという疑問は残るが、それはさておき、誠人が柳井や蛭田の死に顔を描くだけの力量を持っているという事実は証明されたようだ。

「ふん、好きな女の絵を描いてるだけならまだしも、これから殺そうとしている奴の死に顔をせっせと描くなんてのは、趣味じゃなくて悪趣味ってんだよ。これは立派な殺人計画の一部だぜ」

吐き捨てるように言って、加地谷はサイドテーブルに残されたパレットや、なぜこんなに必要なのかと思うほど大量の使い古された筆を見下ろす。

この場所にある絵の具などと現場に残された肖像画のものを照合し、一致すれば、誠人が黒幕として幾嶋を操り、二人を殺させたという図式は盤石になる。

ここまでくれば、一課の連中も無視はできないだろう。

「昼間の時点でこの部屋に気づけてたら、その場でしょっ引いてやれたのに。この分だと、明人について聞いた話だってどこまで本当かわかりませんよ。案外、誠人が明人を殺してるなんて可能性もないとは言い切れないんじゃないすか？」

不穏な可能性を口にする浅羽が、裏返した状態で壁に立てかけてあったキャンバスを何気なく手に取った。その瞬間——

「うわっ！」

大きな声を上げて取り落とす。床にぶつかって大きな音を立てたキャンバスが倒れ、そこに描かれた人物の姿があらわとなった。

「おい、なんだこりゃあ……」

加地谷は呻くような声を漏らす。そこに描かれていたのは、古賀明人と思しき肖像だった。壁に掲げられているものと構図は同じだが、決定的に違うのは、モデルとなる人物の様相である。白髪だらけの頭髪は薄くなり、顔にはシミや皺が色濃く刻まれている。落ちくぼんだ眼窩とこけた頬が、まるで老人のようであり、白目をむいて苦悶の表情を浮かべているさまは、まさしく無残な死を迎えた死人そのものである。

それが柳井や蛭田の殺害現場にあった肖像画と同様のタッチのものであるのは、絵について詳しくない加地谷にも理解できた。そのことを立証するかのように、首元に突き立てられたナイフと、そこから噴き出す大量のしぶきの描写は、本物の血液を使ったのではないかと想像させるほどの毒々しさを放っていた。

床に投げ出されたその肖像画を、二人はしばらくの間、何も言えずに見下ろしていた。

「ほら、やっぱり。明人の死に顔っすよ。でも、なんでこんな……うげっ。気持ち悪い……」

「落ち着け馬鹿野郎。奴はこの絵を使って幾嶋を暗示にかけたんだ」

手前の部屋の壁に掲げられた明人の肖像画を顎で示し、加地谷は言った。

二つの絵はモデルである明人が無残な姿に変化しているという違いはあれど、服装や背景に関しては一致している。

「まさに『ドリアン・グレイの肖像』だ。誠人はこの絵を利用して、幾嶋に絵が変化したと思い込ませることで暗示にかけたんだよ。幾嶋は明人の……ひいては自分の心が穢れたせいで絵が醜く変化したと思い込む。柳井と蛭田を殺したのも、彼らを救済するため。そして同時に自らの罪をあがなう手段でもあった。逆に言えば、絵が元に戻らない限り、幾嶋はいつまでも犯行を繰り返すってことだ。誠人という『画家』の言いなりになってな」

精神的に疾患を抱えていた幾嶋が言いなりになって犯行を重ねているとしたら、彼はすでに誠人の支配下にいる。そして、この絵がある限り、幾嶋の呪縛は解かれることはないだろう。物語の主人公であるドリアン・グレイと、父親である古賀明人。それぞれに自分を重ね合わせて、すっかり自分を見失ってしまった幾嶋は、この先も犯行を重ねるかもしれない。そして、その犠牲者が伶佳になるという可能性は、大いにあると言えた。

加地谷は再び、床にある明人の死にざまを描いた肖像画に視線を落とす。凄惨な死に様を写し取ったその絵画は、見ているだけで魂を吸い取られそうな怖気を感じさせた。

強引に視線を引きはがし、浅羽に向き直る。

「とにかく今は、このことを捜査本部に報告して、俺たちは天野の居場所のヒントになるものを探し――」

言いかけた言葉を途中で切って、加地谷は沈黙した。浅羽は怪訝そうに眉を寄せ、何事かと首をひねったが、遠くに聞こえる玄関ドアの開閉音に気づくと、はっと口元を押さえた。

足音はゆっくりと階段を上り、二階の廊下を進んでくる。この部屋のドアは半開きになっているため、加地谷と浅羽がいることに気づいてここにやってくる可能性は高い。

アイコンタクトでうなずき合い、二人はそれぞれ、部屋の入口の両側に立ち、ドアが開かれるのを待ち構える。

足音が徐々に近づいて、白い手がドアノブを握り、ゆっくりと押し開く。その瞬間を狙って、浅羽が躍りかかった。

「とぉりゃあぁぁぁ……」

気合十分にとびかかったはずの浅羽は、なぜかその勢いを失い、うっと短い悲鳴のようなものを上げてその場にくずおれる。

「わあびっくりした。乙女に向かって、いきなり何すんのさ」

腰の位置辺りに突き出していた右膝をゆっくり下ろした伽耶乃が、股間を蹴り上げられて床にうずくまる浅羽に対し、不機嫌そうに顔をしかめた。

「お前、何しに来たんだ」

「何しにじゃないよ。あんたらがトロくさいから、わざわざ来てやったの。耳寄りな情報を持ってね」

そう言って鼻を鳴らし、得意になった伽耶乃が浅羽をまたぎ越えて部屋に入ってくる。上着のポケットに手を突っ込み、風船ガムをぷくっと膨らませながら、明人の肖像画の前に立つと、しげしげとそれを見つめている。

落ち着き払ったその様子から、すでにこの場所に誠人がいないことは説明するまでもないようだった。

「これが古賀明人の肖像画かぁ。見た感じ、老けている様子はないけど」

「当たり前だ。小説とは違うんだよ。絵が勝手に年を取ったりしてたまるか」

あきれたように言って、加地谷は後方の隠し部屋を指で示した。そして、床に投げ出された明人の死に顔が描かれた肖像画を見せながら、先ほど浅羽に説明した仮説をもう一度伽耶乃に話して聞かせる。

「――なるほどね。カジーにしては鋭い推理じゃん。ボクも概ね、その意見には賛成」

「偉そうに言うんじゃあねぇよ。それより、そっちの情報ってのは何だ」

水を向けると、伽耶乃は、ふふん、と得意げに笑みを浮かべ、こちらに向き直る。

「古賀誠人について、大学の同級生やサークル仲間を中心に調べていたら、ちょっと面白いことが分かったんだよね」

「面白いこと？」

浅羽が涙目になりながら顔を上げて問いかける。手を貸してやるべきかどうか悩んだが、静かなのも悪くないので、とりあえずそのままにしておく。

「古賀明人が大学時代、演劇サークルに所属していたのは知ってるよね。実は誠人も同じサークルに所属してたんだ。しかも辞めたのが、明人が失踪した時期とぴったり一致してる。周りは、家族がそんなことになったショックからだと思っていたみたいだけど、本当のところは怪しいもんだよね」

「ちょっと待て。誠人が演劇サークルだと？　本人はそんなこと、一言も言ってなかったぞ」

「あえて言わなかったんでしょ。まあ、所属してたって言っても兄貴と違って裏方だったらしいよ。音響だとか小道具だとか、その他雑用まで、明人の命令であれこれやらされていたみたい」

好きで所属していたわけではなく、兄に頼まれて仕方なく、といった具合らしい。だとしても、浅羽が演劇サークルの話題を振った時に自分のことは何も話さなかったのが引っかかる。

「でね、そのサークルには、古賀兄弟や柳井、蛭田の他に、掛井美帆が所属していたことが分かった」

「掛井美帆って……？」

むくりと起き上がった浅羽が、まだ痛みの残る股間を押さえながら問いかけた。

「ほら、古賀明人と恋愛関係にあったっていう子だよ。その子が失踪しちゃった後で、明人もいなくなったの。ちゃんと覚えておいてよ」

「ごめんごめん、ちょっと痛みのショックで記憶が錯乱しちゃってさ」

それを言うなら混乱だ。痛みのせいで思考がはっきりしていないのは事実であるらしい。

「掛井美帆は、大学三年の夏、学園祭の定期公演の直後に姿を消してしまった。その原因は、簡単に言えば明人に新しい女ができて、フラれちゃったからしいんだけど……」

伽耶乃はそこで意味深に黙り込み、思わせぶりな表情を浮かべる。

「何か、他にも事情があるんだな？」

「そうなんだよね。実は明人はその前から何度も美帆に別れを切り出していたんだけど、美帆が頑として受け入れようとしなかったんだって。それどころかどんどん明人に執着していって、サークルの練習なんかも平気で休んじゃうようになっていった。その頃美帆は、いくつかの芸能事務所にスカウトされていて、芸能界へ進むんじゃないかって話もあったし、名の通った劇団に来ないかと誘われてもいたらしい。大学内でもとにかく美人で有名だったからね」

「その美人が、そういったものを全部投げ出してまで、明人に付きまとっていたってことなのか」

伽耶乃は深々と頷いて、

「ボクには到底理解できない心理状態だけどね。大学生の青臭い恋愛ごっこなんかより、将来を見据えたキャリアを優先した方が絶対いいのにさ」

彼女らしい物言いでこれ見よがしに溜息をついた。

「でも、彼女はそうはしなかった？」と浅羽。

「そう、そして悲劇は起きたんだ」

伽耶乃の表情に、わずかな影が差す。その先を語る声も、一転して重々しく沈んだものであった。

「毎年、夏に大学の学園祭があって、演劇サークルはそこで公演をするのが恒例だった。その年の主演女優はもちろん美帆だった。幕が上がって芝居が始まる。しかし前評判に反して、美帆の演技は明らかに身が入っていない。明人とのシーンでだけは迫真の演技——いや、もはや演技ではない一方的な愛情表現——を見せる美帆だったんだけど、二人が抱きしめ合い、愛をささやくシーンになって突然、予期せぬ事態が起きた。なんと、台本にはないはずのセリフを明人が語り始め、舞台上で美帆を突き放し、恋敵役の女性に愛の告白をするんだ」

驚き、戸惑って説明を求める美帆。しかしサークルのメンバーは誰一人として美帆に状況を説明することなく、彼女を置いてけぼりにして芝居を継続し、そのままクライマックスシーン。明人と恋敵役の女性が結ばれるという大団円を演じたという。

「自分が演じるはずのヒロインの見せ場を奪われ、あろうことか大勢が見ている舞台上で明人に袖にされた。しかも恋敵役を演じたのは、明人が新しく付き合うことにした女性だった。もう舞台なんてどうでもよくなった美帆は、怒りをあらわにして恋敵役の女性に詰め寄った。当然、周りの連中に引きはがされた彼女は、口汚くその女性をののしった。でも観客から見れば、美帆は芝居と現実との区別のつかないヤバい奴ってことになっちゃうよね」

伽耶乃は下唇を突き出し、渋い顔をする。

明人の陰険なやり口に言葉もないといった様子である。

「そんなこんなで美帆は大勢の前で明人に手ひどくフラれて、笑いものにされてしまった。これはさすがにこたえたみたいで、彼女は大学に姿を現さなくなり、友人や両親からの連絡にも返事をしなくなって、行方不明になっちゃったらしいんだ」

「なんか、後味の悪い話っすね。いくら美帆さんがしつこかったからって、みんなで寄ってたかって陥れるような真似するなんて」

浅羽は想像通りに美帆の肩を持つような発言をして鼻息を荒くする。さすがは自称日本一女性に優しい刑事である。

だが、今回ばかりは浅羽の言う通りだと加地谷は思った。いくらしつこくされたとはいえ、女と別れるためにそこまで手の込んだことをするのは、陰険にもほどがある。

加地谷と浅羽が感じた後味の悪さに同調して首を縦に振り、伽耶乃は神妙な顔を作る。

「実はね、この計画を考えたのは、当時明人と親しかった柳井と蛭田だったそうだよ」

「あの二人が？」

驚いたように声を上げる浅羽。普通に立って話をしているところを見ると、もう股間の痛みは引いたらしい。

「そう。噂によると、このことが原因で、明人と誠人がかなり強烈な兄弟喧嘩をしているところを、大勢が目撃している」

「それってもしかして……」

浅羽に意見を求められ、加地谷は「ああ」と小さく頷く。

「誠人は美帆に好意を持っていたってことだな。大衆の面前で美帆を晒し者にした明人に怒りを抱いていたとなると、明人の失踪にも関わっている可能性がある」

掛井美帆について訊ねても知らぬフリを決め込み、詳しい話をしようとしなかったのはそういう事情があったからかと、加地谷は内心で独り言ちた。

「明人だけじゃないよ。誠人は、柳井や蛭田に対して長い年月をかけても消化しきれなかった憎しみを、幾嶋という道具を使って発散したと考えられる。つまり幾嶋を利用して代理殺人を行わせたんだね」

伽耶乃はどことなくつまらなそうに言った。まるで、難解なパズルを解いてしまった時の、思いがけず落胆を味わったような顔をして。

「どういう経緯で美帆に好意を抱いたのかは知らないけど、愛する人が兄貴に無下に扱われて、捨てられる様子を間近で見てしまった。それなら動機は十分すよね。そんな兄貴、俺でも憎くなると思うし。カジさんもそう思いますよね？」

こともなげに言って、浅羽は再び怒りのまなざしで同意を求めてくる。

「まあな。今の話はかなり的を射てると思うぜ。犯行の動機は長い長い復讐。シンプルでいいじゃあねえか」

被疑者は幾嶋、並びに古賀誠人。その認識は、三人の間で盤石なものになりつつあった。

「それでその掛井美帆さんは、今も行方不明なんだよね？」

「うん、わかる範囲で調べてみたけど、両親は離婚して道外に引っ越してしまったみたいで話は聞けていない。和弥って名前の弟が札幌にいるらしいんだけど、少し前から仕事を無断で休んでいるみたいで、そっちともコンタクトは取れなかったよ。一応、失踪する少し前の掛井美帆の写真をもらってきたけど……」

伽耶乃はバッグから取り出した写真を二人に見せる。サークルの集合写真らしく、舞台を背にして二十人ほどの男女が寄り集まって撮影されていた。

伽耶乃が写真を指さして、明人や柳井、蛭田などを順に示していく。掛井美帆は、明人からやや離れた位置でVサインを作り、控えめに微笑んでいた。

「確かに美人っすね。なんかこう、ちょっと男に執着しがちなところも含めてタイプかもしれないっす」

「てめえはタイプじゃねえほうが少ねえだろうが。それより誠人はどこだ？　この時は所属してたんだろ」

「ああ、誠人ならここに……」

伽耶乃は写真を見て、端の方に所在なげに立つ長身の青年を指さした。

「二十年も前の写真だから、少し様子は違ってるかもしれないけどね」

「え、どれ？」

「これだってば。ほら、端に立ってる白いシャツの……」

伽耶乃が不意に言葉を切った。対する浅羽の顔に、異様な表情が浮かんでいることに気づいたからだろう。

そして、浅羽の浮かべる表情の意味は、加地谷にもすぐに理解できた。

「おい、本当にこれが誠人か？」

「そうだって言ってるじゃん。確かめたから間違いないよ。ほら、一課が調べ直した古賀兄弟の捜査資料にも……」

そう言って、バッグの中からファイルを取り出す。A4の用紙に印刷された男性のバストアップ写真。こちらはここ数年のものだろう。年齢を重ね、大学時代とはだいぶ雰囲気も違っているが、確かに写真の中の人物と人相が一致する。

だが……。

「──違う」

浅羽が、弱々しくかぶりを振った。

「はぁ？　何言ってんの。違わないってば」

「そうじゃないよ。違うんだ。俺たちが昼間会った『古賀誠人』はこの人じゃない」

「……え、うそ……」

今度は、伽耶乃が異様なものでも見たような顔で押し黙った。半開きの口からは、張り詰めた吐息が漏れる。

「ねえカジー、今のホント……？」

おずおずと尋ねられ、加地谷は慎重にうなずいて見せる。

「ああ、本当だ。俺たちが話をした古賀誠人は、こいつとは似ても似つかねえ別人だ。一課の情報が間違えてるなんてことはないだろうから、こっちが本物だろうよ。つまり俺たちは、とんだ偽物をつかまされたってわけだ。なあ浅羽」

皮肉を込めて言うと、浅羽はひどく狼狽した様子で首を縦に振り、言葉にならないといった様子で、口元を手でぬぐう仕草をする。

「それじゃあ、あんたらが会ったのは誰なの？」

「知るかよ。そんなもんは本人を捕まえて訊くしかねえだろ。ここでウダウダしていても、答えなんざ見えてこねえよ。ただこうなってくると、天野についていろいろと話していたことも怪しくなってくるぞ」

加地谷の言葉に、浅羽も伽耶乃も揃って頷く。

「用意周到で慎重な手口。レイちゃんやあんたらの前に堂々と現れて古賀誠人のふりをする大胆さ。この男が黒幕で、レイちゃんの失踪にも関わっているとしたら、まだ遠くには逃げていないはず。少なくとも市内か近郊に潜伏してる。そこで誠人の所有する不動産を調べてみたら、一つ気になるのがあったんだよね」

伽耶乃はスマホを操作して、地図アプリを開く。

「ここから十キロくらい離れた郊外に、バブルの頃に地元の企業が保養所として使っていた施設がある。今は使われていないから、近づく人はいない。人に見られたくないものを隠すには、もってこいの物件だよ」

「すごいよ。それ、絶対ビンゴだ」

ぐっとこぶしを握り締めた浅羽が、強い口調で言う。

「さっきまでは、ボクもしてやったりと思ってた。でも、肝心のその男が何者かがわからないんじゃあ、もろ手を挙げて喜ぶのは少し早い気がするんだよね」

何かが引っかかるのか、伽耶乃は顎に手をやって考え込む。だが、これ以上ここで頭を悩ませていてもどうしようもない。

「考えても仕方ねえだろ。何が本物で何が嘘かなんて、そもそも最初から曖昧なものなんだからよ」

「おお、なんか哲学的っすね。俺もカジさんの意見に賛成っす。とりあえずとっ捕まえて、吐かせる。それが一番手っ取り早いでしょ」

浅羽はあっけらかんとした様子で言い、伽耶乃の肩を気安く叩く。その能天気さが伝わったのか、難しい顔をしていた伽耶乃もいくばくか表情を和らげた。

「よし、すぐに向かうぞ。浅羽は後ろだ。小娘の方がナビはうまいだろうからな」

「誰が小娘だよおっさんゴリラ。ボクに隣に座ってほしいなら、素直にそう言えばいいじゃん」

「誰も座ってほしいなんて思ってねえよ。つーかてめえはいちいち生意気なんだよクソガキが」

至近距離でにらみ合い、言い合いを始めた二人に割って入り、浅羽は加地谷の手から車のキーを奪い取る。

「とにかく急ぎましょうよ。一刻も早く伶佳ちゃんを救い出さないと。ニセ誠人が誘拐犯だとしたら、あの奥さんだって共犯者の可能性が高いですよ」

　浅羽に言われて初めて、加地谷はあの女性のことを思い出した。確かに、あの男が偽者ならば、妻と呼んでいた女性の身元も信頼できるものではない。速やかに一課にこのことを進言し、応援をよこしてもらう必要があるだろう。

　浅羽がいち早くドアに向かいかけた時、「ちょっと待って」と伽耶乃が声を上げた。

「ねえ、奥さんって？」

「いや、昼間俺たちが話した男と一緒に、この家にいた女の人だよ」

　ねえ、と同意を求められ、加地谷はうなずく。そんな二人を見つめる伽耶乃の表情には、戦慄めいた感情が見え隠れしていた。

「その女の人って、どんな人だった？　特徴は？」

　伽耶乃はスマホを取り出し、何やら操作し始める。

「えっと、中肉中背で、年齢は二十代半ばか、後半くらいで……」

「髪はセミロングで黒だ。左目の下に泣きボクロがある」

「――そうか、そんなこと……クソ、クソ！　ふざけんな……！」

　伽耶乃は何かに思い当たった様子で呻くように言いながら、いきなり地団太を踏む。

「おい、なんだってんだよ。一人で納得するんじゃあねえよ。どういうことだ？」

「どうもこうもないよ。くっそ……！　こんなのってありかよ……！」

　加地谷が焦れた口調で問いただすと、伽耶乃は更に動揺して頭をかきむしり、「ああ、もう！」と感情的に声を上げた。

「その女だったんだよ。レイちゃんをさらうように仕向けた張本人は！」

そして、手元のスマホを二人に向かって掲げる。

そこに映し出されていたのは――

3

「伶佳ちゃん……起きて。伶佳ちゃん」

何処からともなく呼びかける声に、伶佳は暗闇の中で意識を覚醒させた。

視線を動かして確認すると、もはや見慣れた地下室にいるとわかる。どうやら逃走は失敗し、またこの部屋に戻されてしまったらしい。

「……もう」

何をやっているのかと自分を罵りながら、伶佳は体を起こす。

「伶佳ちゃん、無事なの？」

「美帆さん。はい、大丈夫です」

咄嗟にそう言ったものの、指先はしびれ、右の鎖骨の辺りがひりひりと火傷をした時のように痛む。何者かに襲われ、全身を貫くような衝撃と痛みを感じたことを思い返して、伶佳は顔をしかめた。

「すみません。あと少しで逃げられたのに、うまくいきませんでした」

「何言ってるの。謝る必要なんてないわ。とにかく無事でよかった。どこもケガしてない？」

身体の節々にしびれを感じはするけれど、動けないほどの痛みはない。幸いにも、強く打ったり骨を折ったりはしていないようで、その点に関しては伶佳自身、ほっと胸をなでおろす。水分不足のせいか頭が割れるように痛むけれど、それはこの際仕方がない。

それよりも、せっかく脱出できそうなチャンスをふいにしてしまったことの方が、伶佳にとっては大きな痛手だった。相手はきっと、伶佳を精神的に追い詰めていたつもりだった。いや、実際追い詰められていた部分はある。だからこそ油断が生じ、隙をついて逃げ出すことができたのだ。けれど、まさかもう一人いるとは予想もしていなかった。これは、その可能性を考えもしなかった自分の甘さが招いた失敗だ。

伶佳は握った拳で床を叩き「……役立たず」と再度自分を罵った。心配して声をかけてくれた美帆に対しても、申し訳なくてならない。口ではああいっていたけれど、伶佳が脱出に成功して救助に戻って来ることを、きっと期待していたはずだ。伶佳とは比べ物にならないほど長く監禁されている彼女にとって、垂らされた蜘蛛の糸を目の前で切断されるに等しい、残酷ともいえる結果である。

普通なら、何をやっているのかと伶佳を口汚く罵ってもおかしくないはずなのに、美帆はそうするどころか、これまでと変わらず穏やかな口調で優しくいたわるような声をかけてくれる。そんな彼女に対し、申し訳ない気持ちと感謝の気持ちで感情が渋滞し、心が落ち着かなかった。

「またチャンスはあるわ」

「いえ、次はきっと警戒されてしまう。私に危害を加える気なら、今度は容赦なく襲い掛かってくるはずです。抵抗する暇なんて、絶対に与えてもらえない」

自分が犯人でも、きっとそうするだろうと予測しながら、伶佳は言った。迷いのないその口調に気圧(けお)されてか、美帆は困ったように押し黙る。

「どうしたらいいの……」

もうだめなのかと敗北を受け入れようとする、弱気な自分を否定することができない。何か手がある。あきらめなければきっと。そう思いたいのに、気力がわいてこない。頭が痛い。指先がしびれる。吐き気が止まらない。やがて強烈な眩暈(めまい)に見舞われ、伶佳は壁に背を預けてがっくりと肩を落とす。

「……ふふ、なんだか似てる」

ふいに、美帆の声が耳朶(じだ)を打った。どこか遠くの世界に片足を突っ込みかけていた伶佳の意識は、その声によって現実へと引き戻される。

「なんですか？」

問い返すと、美帆はもう一度、どこか自嘲(じちょう)気味に笑って、この場に似つかわしくない、昔を懐かしむような優しい声音で続けた。

「あたしには弟がいるのよ。生意気でいつもケンカしてばかりだったけど、つらいことがあって泣いていたりすると、『どうした、元気出せよ』なんて言って、仏頂面で慰めてくれる子だった。すごく不器用で、少しだけ思い込みが激しくてね。そのくせネガティブだから、何か失敗するたびに自分を責めてばっかり。ちょうど、今の伶佳ちゃんみたいに」

「私と弟さんが、似ているんですか？」

「少しだけね。でも弟の方がカッとしやすくて、見ていて危なっかしいかも」

　ふふ、と小さく笑った後で、美帆は不自然に黙り込む。

「美帆さん？」

「……ごめんなさい。今頃あの子がどうしてるかなって思ったら、つい……。もうずっと会ってないから、あたしのことなんて忘れてるかもしれないけど」

「そんなはずありません。美帆さんのこと、今でもちゃんと捜しているはずですよ」

「そうかな？」

　問い返してくる美帆の声は、なんだか弱々しかった。

「そうに決まっています。私だって、どれだけ時間がかかっても、親友を捜すことを諦めません。この目で無事な姿を見るまでは、絶対に」

　そう口にすればするほど、伶佳は不思議と身体に力がみなぎってくるような感覚を覚えていた。美帆を励まそうと声をかける一方で、その言葉は自分自身を鼓舞する形になっていた。こんなところで弱音を吐いていては、見つけられるものも見つけられない。だったら、次のチャンスにかけて、今度こそここを脱出しなければ。そう、自分自身に言い聞かせた。

怜佳は立ち上がり、改めて部屋の中を見回した。自身の指先さえもかろうじて認識できる程度の薄明かりの中、何か使えるものがないかを改めて探す。

あの男がやってきたとき、反撃に転じられる何か……。祈るように念じながら薄明かりの中で床に目を走らせていた怜佳は、ふと、見覚えのない物体がマットレスのそばに落ちていることに気づく。

「これは……」

しゃがみこんで手に取ると、見慣れぬスマートフォンだった。もちろん、怜佳のものではない。もしかすると、さっき怜佳が突き飛ばした時に男が落としたものかもしれない。慌てていたせいで落としたことに気づいていないのか……。

何にせよ、電波が入れば助けを呼べる。ロックが外れなくても、緊急通報はできるようになっているはずだ。

そう思い、タップして画面を点灯させた怜佳は、そこで、はっと息をのむ。

「怜佳ちゃん、どうしたの？　何かあった？」

「……真理子」

「え……？」

「真理子のスマホです。これ……」

　聞き返してきた美帆にそう答えると、伶佳は改めて画面を凝視する。そこに映し出されているのは、制服姿の二人の少女が、卒業証書を手に記念撮影している姿だった。高校の卒業式の日に、あの河川敷で二人で撮影した古い写真。これを待ち受けにしているのは、伶佳を除けば真理子以外に考えられない。

「やっぱり、あの男が真理子を……真理子はここに……！」

　すぐに緊急通報しようとしたが、圏外であることに気づき、伶佳はもどかしさから「もう」と忌々(いまいま)しげに声を漏らす。

　それから立ち上がり、ドアノブを摑(つか)むと、強引に押したり引いたりを繰り返した。ぎしぎしときしむ金属音が空虚に響く。

「伶佳ちゃん、落ち着いて。どういうこと？」

「真理子はやっぱりここに来ていたんです。あの男がスマホを持っていた。真理子は、真理子は……」

　いてもたってもいられなくて、半ば叫ぶように親友の名を繰り返しながら、伶佳は更にドアを揺さぶった。それでここから脱出できるわけではないことくらい百も承知だったが、じっとなんてしていられなかった。

「伶佳ちゃん……」

「私が見つけなきゃ……私が助けなきゃいけないんです。もうこれ以上、大事な人を失うのは……」

——絶対に嫌だ。

内心で強く叫ぶ。そして無駄と知りながらも、伶佳はドアノブが外れそうになるほど執拗に押したり引いたりを繰り返す。すると、廊下の先にある重い鉄扉が唐突に開かれ、まばゆいライトの光が廊下に差し込んできた。

「——クソ、あの馬鹿何やってんだよ。ちくしょう！　あれほど慎重にやれって言ったのによ」

男の声。聞き間違いでなければ、伶佳をここに監禁した男の声だ。しかし、何やら焦っているせいか、口調はまるで別人だった。異様なほどに興奮し、気が立っているらしく、伶佳がドアを破壊しようとしていたことにも気づかない様子。

「仕方ないわ。すっかりトランス状態に入ってるんだもの。まともな人間みたいに注意深く振舞えって方が無茶な話よ」

諭すような口調。どこか気だるげなその声は女性のものである。ドアに背中をぴたりと密着させ、伶佳は真理子のスマホを両手で握りしめて、二人の会話に耳を澄ませた。

「でも正体が知れたら、すぐに俺たちのところに警察が来るだろ！　ここだって安全とは言えねえ」

「落ち着いて。ねえったら。大丈夫だよ」

切羽詰まったように所々で声を裏返しながら、男がわめく。一方、女性は極めて冷静で、嫌みなくらい落ち着いている。伶佳をスタンガンで襲ったのも、この女性なのだろうと、伶佳はぼんやりと考えていた。

「大丈夫なもんか。柳井や蛭田に復讐ができても、警察に捕まったら何もかもおしまいだろ。そうならないようにあいつをこの計画に引き込んだっていうのに、これじゃあ台無しじゃねえか」

「だったらどうするの？　彼を見捨てて逃げる？」

「……ああ、そうだな。それがいい。全部あいつのせいにして俺たちは逃げるんだよ」

「冗談やめてよ。逃げるってどこへ？　彼女のことはどうなるの？　私のお願い聞いてくれるって約束してくれたじゃない」

女性の声にわずかながら険が混じる。男はほんの一瞬ためらった後、半ば自棄になって「うるせえな。だったら今すぐ吐かせりゃいいだろ」などと声を荒らげながらこっちにやってきた。

床に手を突き、可能な限り後ろに下がった伶佳の視線の先で、解錠されたドアがきしむ音を響かせながらゆっくりと開く。逆光の中に立つ男は、荒い呼吸を繰り返しながら、肩を上下させていた。

「伶佳ちゃん、大丈夫？　伶佳ちゃん！」

異常を察知したらしく、美帆の緊迫した声が響いた。同時に、それまで静かだった隣と斜め向かいの部屋の女性たちが、それぞれ意味の分からない言葉を叫んだり、奇声じみた悲鳴を上げたりし始める。

だが男はそれらの声をものともせず、一歩、また一歩と伶佳の方に迫ってくる。抵抗しなくては。声を上げて相手に敵意を見せつけなければ。そう思うのに、うまく声が出てこない。極限まで水分を失い、からからに渇いた喉からは、申し訳程度にかすれた声が漏れてくるばかりで、意味を成す言葉など発せられなかった。

「ちくしょう、いい加減にしろよ……。なんだって危険を冒してまでこんな女にこだわって……」

男は何事か呟きながら、ゆっくりと持ち上げた腕を伸ばし、伶佳に触れようとする。話の流れから察するに、この男は柳井の事件に深くかかわっていたのだろう。実行犯ではないにしろ、殺人を指示していた可能性が高い。そしておそらくは、蛭田のことも殺させたのだろう。捜査の手はまもなくこの男に伸びつつあるようだ。だが、仲間がここにたどり着くまで、自分は生きてはいられないのではないか。

そんな恐怖にさいなまれ、伶佳は背筋が凍り付くような寒気を感じた。全身からあっという間に体温が奪われ、がたがたと震えが止まらない。

「伶佳ちゃん！　逃げて！」

再び美帆の声。その通りにしたいのに、まるで気力がわいてこない。逃げ出したいのに、身体が動かない。ぐるぐると視界が渦を巻き、呼吸すらもままならないような状況で、伶佳は迫り来る男の姿に、かつて父を殺害した「あの男」の姿を重ね合わせ、絶望した。

その時だった。部屋の外——廊下の先から、何かがぶつかり、陶器のようなものが砕ける音と、喚くような男の声がした。目の前の男は、はっと我に返ったように動きを止めてドアの向こうを振り返る。そして数秒の間、外の気配を探るように沈黙したのち、「あの野郎!」などと喚きながら、大慌てで部屋から飛び出していった。

一人残された伶佳は、乱れた呼吸を整えるように深呼吸を繰り返し、早鐘を打つ心臓に手を当てながら、慎重な動作で立ち上がる。壁に手をついて入口へ近づき、そっと外の様子を窺った。

「おい、どこだ! どこに行ったんだよ!」

廊下の先の扉は開いたままで、依然としてまばゆい光が差し込んでいる。扉の先で男が他の誰かに対し、なにやら喚いていたが、応じる声がないことに業を煮やしたらしく、どたどたと足音を響かせながら走り去っていった。

何がどうなったのか、さっぱりわからないが、男にとって何か不都合が生じたであろうことは明らかである。

とにかくチャンスだと思った。部屋のドアはあけ放たれ、廊下の先の扉も開いたままだ。男の声はすっかり聞こえなくなり、水を打ったような静寂が辺りを包み込んでいた。

伶佳は慎重な足取りで一歩、部屋の外に踏み出す。

「伶佳ちゃん、どこへ行くの?」

美帆の声がして、伶佳は向かいの部屋ののぞき窓に視線を向ける。

「今度こそ助けを呼びに行きます。必ず戻ってきますから」

「いいえ、そんなことは考えないで。それよりも、あなたが生き残ることを優先するの。たとえ一人でも、生きてここを出てほしいの」

「そんなことできません。だって私は……」

突然、足から力が抜けて床に膝をつく。ほんの数歩歩いただけなのに、十キロ以上ランニングした時のように息が上がって、噴き出す汗が止まらない。

あの男が、今にも開かれた扉の向こうからやってくる。また逃げようとしたと知られたら、今度こそひどい目にあわされるだろう。そんな風に考えれば考えるほど、怖くて身体が震えた。だがそれでも、男が戻ってくるのを大人しく待つつもりはなかった。

「私は刑事だから……誰も見捨てたりなんてしません……絶対に……」

口にした瞬間、伽耶乃の顔が頭に浮かんだ。浅羽の底抜けに明るい笑顔が懐かしく感じられる。力強く呼びかけてくる加地谷の声が、その真剣な表情が、頭の中を埋めつくすように広がっていく。

気づけば、涙が頬を伝っていた。

死にたくない。生きたい。みんなに会いたい。十一年前のあの日、かろうじて拾ったこの命を、こんなところで失くしたくない。そんな思いに心が震えた。

「伶佳ちゃん……」

美帆の苦しそうな声が耳朶を打つ。またいつ、あの男がやってくるかもしれない状況で、危険な行動に出ようとする伶佳を心配してくれているのだろう。

それでも、ここでじっとしているわけにはいかない。一刻も早く応援を呼んであの男を捕まえないと。

——そして……真理子を……。

廊下の先、永遠に思える数メートルの石段をカメのような歩みで進み、伶佳は開かれた扉にもたれかかるようにして地下室の外に出る。その拍子に、わずかな段差に足を取られ、伶佳はフローリングの床の上に倒れ込んだ。

「痛……」

呻きながら顔を上げると、煌々と光る照明に照らされたそこは、十畳ほどの空間で、正面と右の壁に扉のない通路が続いている。天井が高く、何かの保養所のような施設であるらしいことは察しが付くが、それ以上のことはわからない。あちこち埃だらけで、床には男のものらしき足跡が残されていた。

たった今抜け出してきた扉を振り返ると、もともとは倉庫か何かに使われていた場所であるらしいことがわかる。

「外へ出ないと……」

伶佳は奥歯を強くかみしめて立ち上がり、正面の通路を進む。その先の突き当りにはガラス張りのドアがあり、そこを開くと、広々としたホールのような場所にたどり着いた。タイル敷きの床はあちこちひび割れていて、長いこと使われていない様子。伶佳から見て右の壁際には色あせた観音様の石像があり、その対面となる左側の壁には、いくつかドア枠が並んでいて、小部屋のようなものがあった。そこを横切り、正面奥の出入口と思しき場所へ向かおうとした伶佳は、突然、柱の陰から飛び出してきた何者かに激しく摑みかかられた。そのまま床に押し倒された衝撃で手にしていたスマホが床を転がっていく。

「うぅあああ！　ちくしょう！　ちくしょう！」

怒号と共に圧し掛かってきた男が伶佳に馬乗りになった。姿を消したかに思われたあの男だった。胸倉を摑まれ、身体を床に叩きつけられる。

「おしまいだ！　何もかも終わりだ！　せっかくあいつを殺して姉さんを取り戻したっていうのに。全部、お前のせいだ！」

男は身勝手に喚きながら、伶佳の首に手をかけ、力任せに絞め上げてくる。半ば錯乱した様子のその表情には、激しい焦りと怒りの色がありありと浮かんでいた。怒りのままに伶佳を押さえつけ、男は握りしめたこぶしを振り上げる。

「……殺した？」

こぶしが振り下ろされる直前、伶佳がかろうじて発したその一言に反応し、男はぴたりと動きを止めた。こちらを見下ろす血走った眼には、激しい動揺の色が見て取れる。

そして、伶佳は気が付いた。自分に馬乗りになってこぶしを振り上げているこの男が、行方不明となった古賀明人の弟、古賀誠人であることに。

声に聞き覚えがあるのも当然だ。二日前に、面と向かって話をしていたのだから。

「あなたは……いったい誰を殺したの？」

「う、うるさい！」

男は興奮に声を裏返し、悲痛に叫んだ。胸元の力が和らぎ、締め付けられていた気道が解放されると、伶佳は激しくせきこみながら、必死に酸素を取り込んだ。

身体を起こし、床に手をついて後ずさりしながら、まっすぐに男を見据える。半ばパニックを起こし、指の爪をがりがり噛みながら訳の分からないことを呟いていた男は、伶佳から向けられた鋭い視線に気圧され、息を詰まらせた。

ホールの明かりによってあらわとなったその顔を改めて見据える。やはり二日前に聞き込みをした古賀誠人に間違いない。だが、あの時とは様子も雰囲気もまるで違っていた。落ち着きがなく、絶えず興奮し、血走った眼がしきりに周囲を警戒している。

「あなたは、なぜ私をここに連れてきたの。どうして美帆さんや他の人たちを……」

「黙れ黙れぇ！　お前、うるせぇんだよ。一度にあれこれ質問してんじゃあねえぞこのクソ女ぁ！」

男は唾を飛ばしながら伶佳を罵倒する。あの地下倉庫で伶佳を貶め、過去のトラウマに土足で踏み込んできた時のような冷徹さはかけらも感じられなかった。自身の身に警察の手が迫っていると知り、激しく取り乱しているせいで、本来の人間性が露呈しているのだろうか。

「あれをやったのは俺じゃあねえ。古賀誠人……あの変態野郎が女を捕まえて監禁してたんだ。俺が奴に制裁を加えた時には、みんな死んじまってたよ。でも俺は、姉さんのために奴を殺して……」

がりがりと指の爪を噛みながら、男はうわごとのように言った。

「どういうこと……？　それじゃああなたは……」

言いかけてすぐに言葉を切り、伶佳は改めてはっとする。

「そう、違うのね。あなたは古賀誠人じゃない……彼女たちを監禁したのは、あなたじゃなくて、あなたに殺された古賀誠人だった」

「だからそう言ってんだろうが！　いちいち人の言うことを繰り返すんじゃあねえよテメエ！」

大声で怒鳴られ、伶佳は肩をびくつかせた。あまりの剣幕に、また襲い掛かってくるかと警戒したが、幸いにもそうはならなかった。

男は伶佳の受け答えが気に入らないらしく、しきりに苛立っている様子だが、その一方で手を出そうとはしなかった。それどころか、虚勢を張っている彼の方が何かに怯えているかのようである。

男は追い込まれている。いつ警察が来るともしれないこの状況に心が落ち着かず、共犯らしき女性が姿を消してしまったこともあって、激しく動揺しているのだろう。

すぐに襲い掛かってこないのは、こうして会話をすることで冷静さを取り戻そうとしているからか。その点に限っては、伶佳には好都合と言えた。

「さっき、お姉さんって言ったわよね。もしかしてあなたのお姉さんも古賀誠人の犠牲になったの？」

男は答えない。だが否定もしなかった。伶佳は先を続ける。

「その復讐のために、あなたは彼を殺した。さっき一緒にいた女性は、その共犯者ということ？」

「……ああ、そうだよ。あいつが教えてくれたんだ。古賀誠人が二十年前に姉さんをさらって監禁したってな。幾嶋の馬鹿を利用して柳井と蛭田を殺す計画を持ち掛けてきたのもあいつさ。そういう意味じゃあ、あいつは恩人だ」

二十年前。その数字に、伶佳は何か違和感のようなものを覚える。だがその正体はすぐには見いだせず、伶佳自身、極限の焦りと緊張で思考がうまくまとまらなかった。

「恋人、というわけではないのね」

あえて確認すると、男は噴き出すようにして笑いながら、盛大に鼻を鳴らす。

「そんなわけあるか。一方的に俺に惚れ込んで、しつこく協力したいなんて言ってくるから相手してやっただけだ。あんな女、最初から興味なんてない」

好意をもって近づいてきた女性を利用しておいて、挙句の果てにこの言いぐさとは。

伶佳は目の前の男にさっきまでとは別種の、嫌悪に近い苛立ちを覚える。今すぐ投げ飛ばしてやりたい気持ちをぐっとこらえつつ、伶佳はさらなる質問を投げかける。男が馬鹿な行動をとる前に、少しでも情報を引き出しつつ、時間を稼ぐためだ。

「あなたとその女性は、どうやって古賀誠人の犯行を確かめたの。お酒でも飲ませて油断させた？」

「そんな回りくどいことはしねぇよ。野郎はとっ捕まえて何発か殴ってやったら、この場所に捕まえた女を監禁していることを簡単に白状した。そういう、弱いやつにしか強く出られないところも陰険でムカつくんだよ。奴の兄貴だってそうだ。ちょっと顔がいいからって女をとっかえひっかえ。挙句に姉さんにあんな仕打ちをするなんて、許せなかった。柳井と蛭田もだ。だから、あの女にもらった本で幾嶋を操って殺させたんだ。奴らの死に顔をキャンバスに描いている時は、終始興奮しっぱなしだったよ」

　くはは、という空虚な笑い声がホールにこだまする。

「幾嶋というのは誰？」

　再び問いかける伶佳に、男は不思議そうに首をひねった。

「そうか。あんた知らねえんだな。幾嶋は古賀明人の息子だよ。大学の演劇サークルで姉さんに隠れて明人が手を出した女が産んだ子供さ。明人の失踪（しっそう）後に妊娠が発覚して、大学をやめて地元に帰って幾嶋を産み、両親に支えてもらいながら女手一つで育てていたらしいが、少し前に死んじまった。もともと精神的に不安定なところがあった幾嶋は、札幌の病院に転院するためこっちに出てきたんだ。そして明人について知るために、叔（お）

父の誠人を頼って古賀の屋敷にやってきた。だがその時、誠人はすでに俺が始末していた。幾嶋はたまたま鉢合わせした俺を叔父だと思い込んだってわけさ」

「息子が……？　でも、殺人を実行させるなんて……いったいどんな手を使ったの」

男はさらなる質問に辟易したように顔をしかめたが、すぐに狡猾な笑みを浮かべて、これも一興とばかりに説明し始めた。

「古書だよ。さっきも言っただろ。あの女が俺に『ドリアン・グレイの肖像』をくれたんだ。これを使えば、幾嶋をコントロールできるってな。最初は半信半疑だったが、あの本を読ませて、『明人が行方不明になったのは罪を抱えていたからだ。その証拠に、肖像画は醜くゆがんでいる』なんて吹き込んでやった後に、部屋に掲げた肖像画を俺が描いた死に顔の肖像画とすり替えたんだよ。そしたらあいつ、ガキみたいに怯えてた。どうすれば絵を元に戻せるのか教えてくれっていうから、こう言ったんだよ。『同じように罪を抱える人間を救済すれば、君の罪はあがなわれる』ってな」

男は蔑むような表情を浮かべ、唾を飛ばしながらまくしたてた。

「そして、用意した柳井と蛭田の肖像画を渡した。奴は『救済』のために二人を殺し、死体を絵と同じ状態に飾り立てた。どうだ刑事さん。これが事件の全貌だよ。型にはまった警察の連中には、想像もつかないような展開だろ？」

下卑た笑い声がホールに響く。愉快でたまらないといった調子で手を叩く男を前に、伶佳は心底から軽蔑の念を抱く。

「計画がうまくいって嬉しそうね」

「当たり前だろ。あんたも、あの二人の刑事も、俺を本気で古賀誠人だと信じて疑いもしなかった。奴が人間嫌いで近所の人間とも付き合いがなかったおかげで、まんまとあんたらを騙すことができた。警察ってのは、つくづく無能だよ。そんなんだから、姉さんが誠人に監禁された時も何もできなかった。今回だって俺を捕まえることができなかった！　この俺が奴にこの場所を案内させて、気分が悪くなるような犯行を全部白状させたんだ。ざまあみろ！」

半ば絶叫するように喉を震わせて、男は勝ち誇ったように笑う。

「――それじゃあどうして今、あなたはそんなに焦っているの？」

伶佳は、きわめて冷静に男に問いかけた。男の顔が、瞬間的に凍り付く。

「……何ぃ？」

「馬鹿にしている割に警察におびえているのは、自分の身に危険が迫っていると理解しているからでしょう。共犯者の女性を駒であるかのように言っていたけど、彼女が白状すればあなたは言い逃れができない。だからいなくなって焦っているんでしょう」

「うるせぇ。あの女はなぁ、俺と一緒にいたいからって家族まで捨てて来たんだ。そんな奴が今更俺を裏切るわけがねえんだよ。それに――」

ふと言葉を切った男が、不意を突くように伶佳にとびかかった。一瞬のことに反応が遅れ、髪の毛をわしづかみにされた伶佳は、抵抗むなしく、男に引きずられてホールの端の方へと連れていかれる。

「やめて！　放して！」

「喚くんじゃねえ。いいからこっち来いよ！」

ホールの脇にある小部屋の一つに引きずり込まれた伶佳は、奥にある硬いものにぶつかって転倒する。顔を上げるとそこは、さっきまで監禁されていた部屋と同じか少し狭いくらいの部屋で、格子のついた小さな窓が一つ。壁際にはパイプベッドが置かれ、マットレスには赤黒いシミがこびりついている。また、部屋の隅には一抱えほどある木箱が無造作に置かれ、中には鉈や斧、のこぎりなどといった物騒な刃物が乱雑に詰め込まれていた。それらが何に使われるものなのかは、想像したくもない。

身体を起こそうとした伶佳に馬乗りになった男は、結束バンドで伶佳の右手首をパイプベッドの枠に繋いだ。

「何をするの！　十一年前のことなら、私は何も……」

「あぁ？　そんなのもうどうでもいいんだよ。俺はただ、あいつに言われた通りにお前に質問してただけで、お前が何を隠しているかなんて興味もねえしな」

男は吐き捨てるように言うと、ベッドから離れ、部屋の入口の脇に置かれていたプロパンガスのボンベと、ホースで繋がったコンロを用意し、つまみをひねった。

そして、先ほどの刃物が詰め込まれた箱を横に倒し、中身を床にぶちまけると、その中から鉄の棒のようなものを拾い上げた。それは取っ手の部分が細く、首を垂れるようにしてカーブした先端に円形の塊が取り付けられた焼き鏝であった。その独特の形状を目にした瞬間、伶佳は全身から血液という血液が抜き取られるかのような寒気に襲われた。

「……いや」

　気づけばそう呟いていた。その場から逃げ出したくても、右腕をベッドに繋がれているせいで身動きがとれない。ベッド自体は床にボルトで固定されているため、どうあがいたって破壊することなんて不可能だった。

　男が焼き鏝の先端をコンロの火に近づけると、赤々と燃え上がる炎にあぶられ、あっという間に赤熱し始めた。その様子を目の当たりにした伶佳の脳裏には、十一年前のあの光景がフラッシュバックする。

　父の亡骸。荒らされた室内。制服のブラウスを破り取られ、力ずくで床に押さえつけられた時の痛み。そして、赤々と焼けた鉄が、背中の皮膚を――

「やめて……」

　それはもはや懇願と呼ぶべき悲痛な訴えだった。無様に震える声は、あの頃と同じようにか細く、伶佳はもはや、自分が刑事であることすらも忘れていた。

「お前の口さえ封じちまえば、警察がここへきても俺は逃げ切れる。全部幾嶋に罪を着せちまえばいいんだからな」

「だったら、ひと思いに殺して。それは……それだけは絶対に嫌……」

伶佳は、嘆くように言うと、ぶるぶると小刻みにかぶりを振った。

だが無情にもその訴えは聞き入れられることはなく、男は赤く焼けた鏝を手に、じりじりと伶佳に迫る。

「いや——」

抵抗し、逃げ出そうとした伶佳の髪の毛を、男が摑(つか)んだ。ベッドに横たわらせられた伶佳がなおも抵抗すると、頬に激しい衝撃があった。痛烈な痛みによって半ば意識が飛びかける。

男は伶佳のブラウスに手をかけ、力任せに引っ張った。ボタンがはじけ飛び下着があらわになると、男は伶佳をうつ伏せに寝かせ、襟の部分を摑んで強く引き下げた。伶佳は抵抗しようと身をよじってみたが、男の力は強く、逃れることはできなかった。

「やめて！　いや！　あああああ！」

それは本能の抵抗だった。自分でも信じられないほどの力で四肢をばたつかせ、声の限りに絶叫する。

だが、その抵抗も長くは続かなかった。突如として顔の横に熱を感じた直後、しゅうしゅうと嫌な音が耳朶(じだ)を打った。赤々と焼けた鏝の先端が、顔のすぐ横に近づけられた瞬間、伶佳の髪の一束が一瞬で焼き切られ、タンパク質の焦げる嫌な臭いがした。

「もっと叫べ。怖いって言え。十一年前の痛みを思い出させてやるよ」

男のざらついた指が、伶佳の左の肩甲骨の辺りを撫(な)でた。そこにくっきりと残されたおぞましい火傷の痕を。

耐えがたい怖気と嫌悪感に吐き気がこみ上げる。だがそれ以上に、不可視の呪縛にとらわれたように伶佳の全身は凍り付いて動かない。

「あははは！　ざまあみろこのクソ女。背中にいくつも焼き印を押して、生きたまま皮膚を剝がしてやる。オヤジと同じ死に方をするんだ。なあ、それがいいんだろ？　これが欲しかったんだよな？　欲しかったって言えよ！　くはははっ」

もはや言葉どころか、声らしい声を発することができず、伶佳は両目を固く閉じてその身を固めた。悲鳴を上げれば上げただけ、この男は手を叩いて喜ぶだろう。嬉しそうに表情を緩め、嗜虐的な笑みを深めて、余計に残酷な手口で伶佳をいたぶろうとするだろう。

それがわかっていても、伶佳は恐怖を振り払うことができなかった。抑え込むことができなかった。父の断末魔。血にまみれて恐怖に埋めつくされた死に顔。そして、肉が焼けこげる音、臭い……。

あれがまた繰り返されることの恐怖に、もはや伶佳の精神は耐えきれず崩壊を迎え、意思とは無関係にボロボロと涙がこぼれた。

――助けて。

強い刑事でいようと思った。父の無念を晴らすために、どんな犯罪者も決して許さない強い刑事に。だが今、伶佳はそんな想いすらもかなぐり捨て、目の前に突き付けられた死の恐怖にからめとられ、ただただ生に執着していた。

——助けて……お父さん……。

顔の横から焼き鏝が離れる。そして、背中に熱が迫る気配がした。

「いやああああ！」

伶佳は叫ぶ。だが無情にも男は手を止めようとしない。ゲラゲラと汚物にまみれたようなおぞましい笑い声を響かせ、伶佳の頭を押さえつける手に力を籠める。

そして——

がらん、と重たい音を響かせて何かが床に落下した。直後、ガラスを引き裂いたような絶叫が轟く。

「……え？」

拍子抜けしたような声を上げ、伶佳は固く閉じていた目を開く。この身に訪れるはずの熱も、痛みも感じられず、頭を押さえつけていた男の手から解放された。

「あが……が……てめえ……」

ごぼごぼと、喉を鳴らしながら呻く男の声。恐る恐る視線をやると、伶佳から離れた男は、さらにその背後に立つ何者かによって身体を押さえつけられていた。そして右頬に深々と突き刺されたナイフの柄。左頬からは、その切っ先が突き出し、鮮血を滴らせている。

口腔内から噴き出した血が、口の端から溢れ、男のシャツの胸元を赤く染める。その異様な光景を、伶佳は呆然として見つめていた。

「いく……ひま……」

男が再び呻く。『幾嶋』と、そう言いたかったのだろうと伶佳が理解した直後、名を呼ばれた青年が、男の両頰を貫通していたナイフを勢いよく引き抜いた。言葉にならぬ悲鳴を上げて、男がその場に倒れのたうち回る。切り裂かれた両頰から噴き出した大量の血が、そこらじゅうを赤く染めていく。その様子を感情のこもらぬまなざしで見下ろす青年は、シャツの裾で無造作にナイフを拭ってから、改めて男に覆いかぶさっていった。

「ひゃめろ……！　おま……え……」

男がその身をよじって逃れようとするも、幾嶋は無駄のない動きでそれを封じ、綺麗に整った表情に冷徹な敵意を滲ませた。

「あんた、叔父さんじゃなかったんでしょ。彼女から全部聞いたよ」

手にしたナイフを男の顔――左の眼球すれすれにまで近づけて、幾嶋が不気味に嗤う。その様子に恐れをなしてか、男はあっさりと抵抗をやめ、その身を硬直させた。

突如として現れたこの青年が古賀明人の息子であるということに、伶佳は嫌でも気づかされた。その顔立ちや輪郭、全身のシルエットに至るまで、二十年前の明人にまさしく生き写しであったからだ。

「ちょっと待て……あいつに……何を聞い……」

痛みと出血のせいでうまく喋れないながらも、男は幾嶋に問いかける。

「全部だよ。掛井和弥さん。僕を騙して利用して、身勝手な復讐の道具にしたんだろ。その証拠に、二人を殺した後も僕と父さんの肖像画は醜いままだったんだろ？」

掛井和弥。その名を聞いて、伶佳の頭に美帆の顔が浮かんだ。おそらく彼は失踪した掛井美帆の弟なのだ。さっきから姉さん姉さんと言っているのは美帆のことに違いない。しかし、ではどうして美帆は今もあの場所に捕まっているのだろう……。

伶佳の頭の中に違和感が駆け抜けていった。

「待て、落ち着けよ。あいつらが罪を犯していたのは事実だ。お前だってそれは分かってるだろ。だからあいつらを……ひぃっ！」

幾嶋が腕を振りぬくと同時に鮮血がほとばしり、掛井は鼻を押さえてうずくまった。さらなる大量の血液が、両手の隙間からダラダラと流れ落ちる。

「彼らの罪は僕とは何の関係もなかった。そもそも、彼らは命を差し出したところで取り返せないくらいの罪と汚辱にまみれていた。だから殺しても僕の絵は変わらなかった。僕はあんたのせいで、必要のない殺しをさせられたんだ。その分、僕の罪は増えて、絵が元に戻るのも遠ざかっちゃったじゃないか」

幾嶋は忌々し気に吐き捨てた。

「待てよ。そうじゃない。あれは俺が……ああっ！」

再び悲鳴を上げ、掛井は大きくのけぞった。手首から肘にかけてシャツが切られ、腕の肉がぱっくりと裂けている。

「言い訳なんていらないよ。彼女が教えてくれたんだ。僕を騙して、罪を重ねさせたあんたを殺せば、今度こそ僕の罪はあがなわれるってさ」

「ふざけるな！　あの女、適当なことぬかしやがって。絶対に許さ――」

掛井が言い終えるのを待たず、幾嶋はナイフを振り下ろす。二度、三度と続けざまに身体を切り裂かれ、掛井はそのたびに激しくのたうちまわったが、幾嶋の凶刃から逃れることはかなわず、身体のあちこちから鮮血をほとばしらせ、腹を裂かれた芋虫のように床の上を転がった。

「やめ……やめてくれよぉ……」

皮肉にも、ついさっき伶佳が言ったのと同じような言葉を口にして、掛井は懇願する。

「あいつが俺をハメたんだ。お前を騙して利用しようって言ったのも、あの女……」

「うるさいな。言い訳はいいから、さっさと出しなよ」

「出すって、なにを……？」

幾嶋は問い返した掛井の頭を摑み、力任せに床に押しつける。そして傍らに転がっていたのこぎりを手に取り、その刃を掛井のうなじにあてがった。

「彼女、あんたのこれが欲しいんだってさ。僕、結構世話になったからさ。これくらい手伝ってやらなきゃいけないと思うんだ」

「やめろ！　何を……や、やめ……ぐあああ！」

掛井が恐怖に満ちた声で絶叫する。幾嶋は微塵も躊躇うそぶりを見せず、その整った顔に冷徹な微笑すら浮かべて、のこぎりをゆっくりと手前に引いた。

直後、霧のように噴きあがる血しぶき。掛井の悲鳴がボリュームを増した。

「ほらじっとして。動いたら切れないから」

幾嶋は引いた刃を前に押し出す。掛井は痛みに呻き、手足をばたつかせて泣き叫んでは、意味をなさない絶叫を室内に響かせる。それでもなお、幾嶋は顔色一つ変えずに刃を引いては押し出し、引いては押し出しを繰りかえしていく。

「やめ……さい……」

伶佳は信じられない思いで、現実とは思えないようなその光景を眺めていた。

かろうじて発した声は、しかし幾嶋には届かない。もう一度、腹に力を込めて呼びかける。

「やめなさい！」

「……ちょっと待ってね。次はキミの番だから」

にっこりと、柔らかな笑みを浮かべて、幾嶋は言った。

ガラス玉のように透き通ったそのまなざしに魅入られた瞬間、伶佳は全身の力が抜けていくのを感じた。彼は理性を失ってなどいない。その事実を、否応なしに突き付けられた気がした。この美しい顔を持つ青年には、殺人を悪とする最低限のモラルが――普通の人が当たり前に備えている常識的な人間性が、決定的に欠如している。

他者を傷つけ、苦しめた時に抱くはずの罪悪感を、これっぽっちも抱いていないのだ。だからこそ、自らの罪をあがなうためと称して二人を殺しても、何の痛みも感じていない。目的のために憎くもない相手を殺害することを罪と感じず、それどころか正しいことであると心から信じている。だからこそ、こんな風に濁りのない透き通った瞳(ひとみ)で、世界を睥睨(へいげい)することができるのだ。

サイコパス。ありきたりでも、その言葉が最もシンプルかつ的確に、幾嶋の本性を表していると、伶佳は強く確信した。

しかし、だとしたらどうして、あの絵が罪の産物であることに恐怖を抱くのか。それが単なる思い込みなどではないとしたら、いったい何が、彼をそこまで突き動かすのか。彼をこのような行為に走らせている根本的な動機とはいったい何なのか。そして、掛井がしきりに訴える「あの女」とは、いったい何者なのか。

あらゆる疑問が、頭に浮かんでは通り過ぎてゆく。何一つ合理的な答えを見出(みいだ)せぬまま、のこぎりで生きたまま首を切り裂かれていく掛井の絶望と苦痛をないまぜにしたような悲鳴が、伶佳の鼓膜をびりびりと震わせ、脳髄にまで響き渡っていた。

「やめ……あぎゃ……ぐぅぅぅ……」

獣の喘(あえ)ぎ声のような断末魔を最後に、掛井は沈黙した。

すでにのこぎりの刃は半分以上、彼の首に埋没していた。周囲には信じられないほどの血液が飛び散り、幾嶋はのこぎりを握る手を何度も握り直している。悲鳴が掻(か)き消え、静寂に包まれた小部屋には、幾嶋がのこぎりを前後させるたびに、ゴリゴリと骨を削るような音が繰り返され、伶佳はこみ上げる吐き気をこらえ切れず嘔吐した。

食事をとっていないせいで胃液もまともに出ないけれど、涙はたくさん出た。瞬きを繰り返しながら、伶佳は目の前の惨劇を——地獄のような光景を強く見据える。

目をそらしてはいけない。なぜかは分からないが、そう強く思った。

やがて、激しく痙攣していた掛井の全身がぐったりと弛緩していった。のこぎりの刃が一定の部分まで進むと、突然ぐちゃりと湿った音を響かせて、幾嶋は刃を引き抜いた。赤く粘着性のある血がねっとりとこびりついた刃から落ちた肉片が、赤い糸を引く。

「ふぅ。やっと切れた」

まるで、薪でも割ったみたいに軽々しい口調で幾嶋は言った。そして、興味を失くしたようにのこぎりを脇へ放り、ピクリともしなくなった男の頭を左右から挟むようにして摑む。そのまま持ち上げようとした時、わずかにつながっていた首の皮を「よっ」と力任せに引きちぎって、だらだらと血の滴る首を自身の顔の前に持っていくと、興味深そうに観察した。

「どうして……こんなこと……」

ぬらぬらと血濡れた掛井の生首と見つめ合う幾嶋に、伶佳は訊ねた。その声に反応して、幾嶋はこちらを向くと、にっこりと、まるで悪意の感じられないさわやかな表情で笑った。

「これで、僕の罪はあがなわれる。絵は元に戻るんだ」

無邪気な子供のようにはにかんで、幾嶋は手にした男の生首をこちらに向けた。白目をむき、口の端からだらりと舌をのぞかせて、穴という穴から体液を流した血まみれの生首が、世にも美しい青年の顔に並ぶ。

その光景を前にして、伶佳の絶望はいよいよ臨界に達し、意思とは無関係に何事かを叫んだ。自分でも意味の分からぬ言葉を発し、忍び寄る死の気配に恐怖しながら、しかし逃げることができずに絶望に浸る。そんな伶佳を満足げに見つめて、幾嶋は生首を掛井の背中にポンと載せ、床に置いたのこぎりに手を伸ばす。

「ああ、だめだ。刃が欠けちゃってる」

残念そうに言ってのこぎりを手放し、床に散らばったいくつかの凶器を吟味した幾嶋は、やがて刃のさび付いた鉈を手に取った。それを何度か素振りして、「よし」と納得したように声を出すと、気を取り直したようにこちらを向く。

「やめて、こないで……！」

咄嗟の叫びもむなしく、滑るような動作で迫ってきた幾嶋は、伶佳の頭をつかんでベッドに押し付けた。自らの嘔吐物に顔をうずめ、異臭と気色の悪さに伶佳はあえぐ。だが、それ以上に、差し迫った死の予感が強烈に全身を震わせた。

これという言葉もかけられることなく、雨上がりのアスファルトに残されたミミズを無意識に踏みつぶす時のようなあっけなさで、幾嶋は振り上げた鉈をいきなり伶佳の身体に叩きつけた。

「あああぁあぁぁ！」

　左肩に激痛が走り、伶佳は白目をむいて叫んだ。痛みが脊髄を通して全身を駆け巡り、びくびくと四肢が痙攣する。

「ああ、もう。動くから手元が狂っちゃった。じっとしててよ」

「……あぁ……あぁぁぁぁ……」

　もはや、命乞いの言葉も出てこない。どくどくと脈打つ左肩の傷口から、ずるりと引き抜かれた鉈が再び振り上げられ、伶佳の背中に血の雫を滴らせる。

　今度こそ終わりだと思った。掛井和弥と同じように、自分は幾嶋の淡々とした行為によって命を奪われ、首と胴体を切り離されてしまうのだろう。

「……え」

　ところが、またしても伶佳の身に訪れるはずの死は、鼻先をかすめるようにして飛び去って行った。気づけば、身体を押さえる幾嶋の腕が、不可解なほどに震えている。

「どうして……あんたが……」

　問いかけるような声もまた、無様に震えていた。先ほどまでの平然とした様子が嘘のように掻き消え、明らかな恐怖にさらされている。何が起きたのかと、ひりつくような脳で必死に考えるが、伶佳自身にも訳が分からない。

　左肩の痛みは依然として襲い掛かり、熱をもって脈打つ傷口から溢れ出した血がマットレスを赤く染めていくなか、伶佳は幾嶋の様子を窺っていた。うつぶせになった伶佳のあらわになった背中を見つめ、言葉を失った幾嶋は、怯えた様子で後ずさり、鉈を手放した。金属のぶつかる音を遠くに聞きながら、伶佳は困惑と安堵の混在した意識を幾嶋に向ける。

「あんた……なんなんだ……」

幾嶋の顔は、これ以上ないほどに恐怖の色に染まっていた。何か、信じられないものを目にしたときのように目を見開き、端整な顔を凍り付かせている。その質問の意味を伶佳は問いかけようとしたが、身じろぎ一つするだけで意識が吹き飛びそうになるような痛みのせいで、それはかなわなかった。

「――もう、行った方がいいわ」

突然、どこからともなく響いてきた声。半ば朦朧とする意識の中、戸口の方に視線をやると、幾嶋の背後に何者かの姿があった。かすむ視界のせいで顔ははっきり見えないが、女のようだった。

「でも、この女……」

幾嶋が食い下がろうとするが、その女は意に介さない様子でかぶりを振り、溜息交じりに腰に手を当て、

「もう十分よ。あなたも、欲しいものは手に入ったはず」

「……あ、ああ。そうだな……」

「肖像画はあなたの父親の部屋にある。急がないと、警察に押収されるかもしれないわよ」

そう言われ、幾嶋は慌てた様子でうなずくと、小走りに戸口へ向かい、中に入ってきた女と入れ違いに、小部屋を後にした。その姿を見送った女は、くるりとこちらを向いて、ゆっくりと近づいてくる。

「――わたしに、ヨカナーンの首をくださいまし……」

部屋の中央辺りで立ち止まった女は身をかがめ、その白くしなやかな指先で、切り落とされた掛井の首を、そっと持ち上げた。

「やっと、二人きりになれたね。和弥」

愛(いと)しさと、喜びをたっぷりと込めた穏やかな口調で、女は囁(ささや)いた。それから物言わぬ掛井の頬を優しく撫(な)で、おもむろに唇を重ねると、大事そうに胸に抱えた。

「――ああ、ついにあなたの唇にキスをした。ヨカナーン、わたし、あなたの唇にキスをしたのよ……」

女の声は陶然としていて、どこか蠱惑(こわく)的に響いた。

耳馴染(なじ)みの良い、聞き覚えのあるその声に何かを感じ、伶佳は朦朧とする意識の中で記憶を辿(たど)ろうとする。

だめだ。出血のせいか、あるいは意識を保つことが難しくなってきたのか、考えがまとまらない。伶佳は薄れゆく意識を奮い立たせ、生首を抱える女を見上げた。正体を見極めんとする視線に気づいてか、女はゆっくりとこちらを向き、緩やかな足取りで近づいてくる。

そして、伶佳の耳元にそっと口を添えて、小さく囁いた。

「もうすぐだよ。あなたにもいずれ分かるから」

──分かる？　何が？

『あの人』に言われたことの意味が理解できた時、あなたもきっと目が開けるはず。

その時に、また会おうね」

耳元で囁かれた女の声が、伶佳の意識を瞬間的に活性化させた。

かっと目を見開いた伶佳は至近距離で女の顔を見上げ、改めて息をのむ。

「──なんで……」

その一言を発するだけで、精一杯だった。

目の前にいる女の顔が、記憶の中のものと鮮明に一致する。傷の痛みも忘れて、伶佳は驚愕した。全身が得体の知れない戦慄にからめとられ、今の今まで抱えていた恐怖も、怯えも、一緒くたにして彼方へと吹き飛んでいった。頭の中は真っ白で、まともな言葉など何一つ浮かんでこない。

「大丈夫だよ。ずっと、そばにいるからね」

女はただ、その一言だけを口にして、唇の端についた掛井の血を指先でそっとぬぐう。

それから上体を起こし、くるりと踵を返した。

「……待って……」

呼びかける声もむなしく、女の姿は遠ざかっていく。それと同時に、伶佳の意識もまた、暗闇の淵へと滑るように落下していった。

「真理子……」

場違いなところに予期せず現れた親友の名を口にする。それを最後に、伶佳の意識は今度こそぷっつりと途切れてしまった。

4

現場に駆け込んだ瞬間、鼻を突く濃厚な血の臭いに、加地谷は反射的に鼻と口を腕で覆った。

バブルがはじけて倒産した地元企業が所有し、保養所として利用されていたその施設は、コンクリートの外観のあちこちが黒く変色し、もはや原形がわからないくらいにツタがからんでいた。敷地内は雑草でほとんどおおわれており、打ち捨てられた廃墟と呼ぶにふさわしい佇まいをしていた。

伽耶乃がこれまでの経緯をまとめて上に報告し、古賀誠人を名乗っていた人物の潜伏場所を伝えると、すぐさま現場周辺を押さえるようには言われたが、最初に踏み込むのは一課の仕事だと釘を刺されたらしい。つまり、中には踏み込まず指をくわえて待機していろということだ。

もちろん、そんなふざけた指示に従えるはずもなく、三人は現場に到着すると同時に建物への侵入を試みた。敷地入口から建物玄関に向けて、ある程度雑草が踏みならされた痕があったため、人の出入りがあるのは間違いなさそうだった。

入口のドアは施錠されておらず、金具のさび付いたドアを開けると、耳障りな音と共に建物内に充満する異様な空気が押し寄せてきた。それはたとえるなら、質量をもった暗黒とでも言うべきか。服の上からでもわかるそのざらついた感触に身震いしながら、加地谷は廊下に点々と残された血痕と血の付いた靴跡を見つけ、その先にあるホールへと踏み込んだ。すると、さらにくっきりと形を成した靴跡が、ホール右手の小部屋のような場所から建物の入口へ向かっていたことがわかる。

たとえようのない嫌な予感と、徐々に濃くなっていく血の臭いに誘われるようにして小部屋に向かうと、そこはペンキをぶちまけたみたいに一面が赤く染め上げられていた。部屋の中央では首を切断された男の死体が大量の血だまりに沈んでおり、周囲にはたくさんの刃物が散乱している。遺体のそばに投げ出された刃の欠けたのこぎりは、肉片と思しき物体がこびりつき、赤く濡れ光っていた。

それらの光景に息をのみつつ、部屋の奥に視線をやると、壁際に固定されたパイプベッドにはぐったりと横たわる伶佳の姿があった。

「おい、天野！」

「レイちゃん！」

加地谷と伽耶乃が同時に叫ぶ。粘度のある大量の血によって靴底がぬめり、危うく足を取られそうになりながらベッドに駆け寄って、もう一度呼びかける。伶佳は気を失っているらしく、反応は返ってこなかった。左の肩から大量に出血しており、ぱっくりと開いた傷口が、彼女の身に起きた出来事の凄惨さを物語るかのようだった。

「大丈夫だ。生きてるぞ。浅羽、すぐに救急車だ」

「はい、すぐ呼びます！」

叫ぶように言い、浅羽はスマホを取り出し、小部屋から出ていった。この部屋はあまりにも臭いが強く、息苦しさから逃れたかったのだろう。

「出血が多い。下手に動かすと危険だな」

「ああ……レイちゃん……よかった。生きててくれて」

伽耶乃が今にも泣きだしそうな声で言った。伶佳が生きていたことが確認できて、張りつめていた糸が切れたのだろう。だが、伶佳の怪我の具合は決して軽くはない。ベッドの脇に落ちていた血濡れた鉈を見て、加地谷はさっと血の気が引く思いがした。

「……や……さ……」

ツールナイフで手首の拘束を解くと、伶佳はうっすらと目を開け、かすかに呟く声と共に加地谷の手首を摑んだ。氷のように冷たいその感触にひやりとしながら、加地谷はうつろに開かれた伶佳の瞳を凝視する。

「おい、大丈夫か。しっかりしろ天野」

「レイちゃん！　大丈夫？」

ベッドの縁に取りすがり、悲痛に呼びかけた伽耶乃が、ポケットから取り出したハンカチで傷口を押さえ止血を試みる。痛みに表情をゆがめた伶佳は、伽耶乃に視線を向け、小さく頷（うなず）いた後で、再び加地谷に視線を戻す。

「幾嶋が……逃げ……」

「わかってる。すでに一課が捜索してるよ。連中だって簡単に取り逃がすほど間抜けじゃあねえさ」

冗談めかして言うと、伶佳は安堵（あんど）の表情を見せる。それから傷の痛みに顔をしかめながら、「地下の……倉庫……」とかすれた声で言った。

「倉庫？　そこに誰かいるのか？」

「美帆さんと……ほかにも……つかまっている人が……」

加地谷は伽耶乃に目配せをする。そして、立ち上がろうとしたが、伶佳の手が加地谷の手首を摑んで放さない。言外に、そばにいてほしいと訴えるかのように。

「おい、天野……」

加地谷は戸惑いがちに目を瞬（しばたた）く。なにやら口を開閉させた伶佳の目には涙が浮かび、身体は小刻みに震えていた。『怖かった』と、その顔が全力で訴えている。

「……カジー、レイちゃんをお願い。ボクと浅羽ちゃんで建物の中を見てくるから、応援が来るまでそばにいてあげて」

「あ、おい……」

引き止める間もなく立ち上がった伽耶乃は、ほんの一瞬、複雑そうな表情で加地谷を一瞥すると、すぐに歩き出し、血の海を可能な限り回避して小部屋を出ていった。普段ならきっと、駄々をこねてでも自分が伶佳といることを譲らないはずなのに、どういう風の吹き回しかと加地谷は怪訝に感じたが、今は疑問のままで終わらせておく。

ホールに出た伽耶乃は浅羽と合流し、短いやり取りの後で二人の足音が遠ざかっていく。やがて、しんと静まり返った室内で、加地谷は浮かしかけた腰を再び下ろし、伶佳のそばにかがみこむ。

「天野、これをやったのは幾嶋か？　それとも……」

「幾嶋……です……」

「てことは、あれも幾嶋の仕業だな？」

伶佳がうなずくのを確認し、加地谷は肩越しに振り返る。見るに堪えない状態の凄惨な遺体は、まるで趣味の悪いオブジェのように血の海に沈んでいた。その様子を見るだけで、掛井がどれほどおぞましい死に方をしたか、容易に想像がついた。

「よく無事だった。でかしたぞ天野」

励ましというより、本心から飛び出した言葉だった。こんな状況で、もし伶佳が無残な遺体となっていたら、加地谷はもちろん、浅羽も伽耶乃も二度と立ち直れないほどのダメージを負っていたに違いない。自らの命をしっかりと守り抜いてくれた伶佳を、加地谷は心から称賛した。

「——おい、コイツの首はどこいった。幾嶋が持ち去ったのか？」

ふと気づいて問いかけると、伶佳はつらそうに顔をしかめ、ぎこちなくかぶりを振った。それから何か言おうと口を開閉するのだが、まともに声にならず、代わりに彼女の瞳から涙の雫が零れ落ちる。

「……まさか、楠真理子なのか？」

加地谷がその名を口にした瞬間、伶佳は、はっと目を見開き、再び口元を震わせた。

「やっぱり、そうなんだな」と念押しすると、伶佳ははっきりとうなずいて、両目を強く閉じた。その表情には、彼女自身の強い困惑と葛藤、そして絶望めいた落胆の色がありありと浮かんでいた。

「楠真理子の写真を確認してわかったんだよ。俺たちが聞き込みに行ったとき、偽者の古賀誠人と一緒にいた女が、楠真理子だったことが」

苦々しい口調で言い、加地谷は舌打ちをした。掛井にも、真理子にもまんまと騙されてしまった事実を認めるのが、ひどく癪に障った。

楠真理子が加地谷と浅羽の前に堂々と姿を現し、古書の存在をアピールしていたこと。親友である伶佳に危害を加え、掛井の首を持ち去ったこと。これらについては、しっかりとその真相を解き明かす必要がある。加地谷はまだ混乱の残る頭で強く思った。

　怜佳は依然として恐怖に怯えた表情を浮かべ、その身体を哀れなほどに震わせていた。命に別状はなさそうだが、生々しい傷口を見ると、彼女がどれほど恐ろしい目に遭い、必死に助けを求めたのかが目に浮かぶようだった。むき出しにされ、自身の血に濡れ光る彼女の背中を見ていられず、加地谷は怜佳の手を自身の手首から外し、脱いだ上着をかけてやろうとする。

　その拍子に、怜佳の左の肩甲骨辺りに刻まれた赤黒い火傷の痕を目にした加地谷は、驚愕に息をのんだ。

「これは……」

　思わず声が漏れる。何か問いかけたくても、怜佳は手をだらりと垂らし、両目を閉じて、再び意識を失いつつあった。

　正直、彼女がはっきりと意識を保っていたとしても、目の前にある強烈な疑問をうまく言葉にする自信を、この時の加地谷は持ち合わせていなかった。

「なんで、こんなもんが……」

　誰に向けるでもない嘆きのような口調で、加地谷が呻くように言った時、遠くの方からサイレンの音が響いてきた。そのことに安堵しつつ、加地谷は自身の上着をつかみ、今度こそ怜佳の背中にかぶせた。

　彼女の背中に赤黒くくっきりと残された焼き印の痕――『ＢＡＢＥＬ』の古書にあった印章と同じ形をした火傷の痕を、覆い隠すようにして。

エピローグ

捜査一課の捜査員が現場に駆け付け、建物内外の現場検証が行われた結果、いくつかの事実が明らかになった。

まず、現場となった元保養所の中庭の地中から成人男性の遺体が発見された。持ち物や服装などからこの人物は古賀誠人に間違いないとされ、腐敗の状況から見て、死後三週間ほど経過していた。

首を切断されて殺された掛井和弥は同時期に職場を無断欠勤し、そのまま行方をくらましていた。彼は古賀誠人を殺害後、この場所に遺体を埋め、家主に成りすまして古賀邸に潜伏していたということになる。

そんな中、札幌にやってきた幾嶋は古賀邸を訪れ、掛井を叔父の誠人と勘違いしたまま、柳井と蛭田の殺人計画に参加することになる。彼がなぜ殺人を実行するに至ったのか。その経緯については、のちに伶佳の口から語られることになったが、一課をはじめとする捜査本部の者たちは、言葉そのままに理解を示そうとはしなかった。掛井が幾嶋を殺人行為へと誘導するために用いたという『ドリアン・グレイの肖像』についても、古書自体に何かしら作用するものがあったわけではなく、あくまで幾嶋の不安定な精神状態を利用して、掛井が幾嶋をマインドコントロールし、殺人事件の実行犯に仕立て上げたという見解に至った。ある程度予想はしていたことだが、『ＢＡＢＥＬ』の古書についての加地谷の見解は、管理官をはじめとする捜査本部の誰にも聞き入れられることはなく、捜査に直接的な関係があるとも認められなかった。

　また、伶佳が監禁されていた倉庫を確かめたのは浅羽と伽耶乃だが、そこに残されていたのは手枷のようなもので壁に繋がれた三人の女性の亡骸だった。うち二人分の遺体は死後三か月程度で、身元の確認が可能だった。道警のデータベースと照合した結果、この数年間のうちに市内で行方不明になっていた女性であることが判明した。

　残る遺体――伶佳が監禁されていた部屋の向かいの部屋にあった女性の遺体に関しては、死後かなりの時間が経過しており、すでに白骨化していた。室内に残されていた持ち物から、この人物は失踪した掛井美帆であることがわかった。掛井美帆は行方不明になった二十年前にこの場所に監禁され、死後も移動させられることなくあの部屋に放置されていたことになる。

　この事実を知ったとき、加地谷は伶佳の話との間に明らかな矛盾を感じた。そして、そのことを含めた事件の経緯を、病院に搬送され治療を受けた伶佳に確かめることにしたのだった。

「……そうだったんですか」

　事件の翌日。入院先の病院で、加地谷と浅羽、そして伽耶乃から女性たちの遺体の件について聞かされた伶佳は、肩の傷の痛みに眉を寄せながら、静かにそう答えた。

「驚かねえのか」

「もちろん驚いています。しかし、冷静に考えてみれば、掛井美帆さんがあんな環境で生きているということ自体おかしな話でした。彼女がずっと監禁されていたとして、二十年間あの地下室で生き続けるというのは現実的じゃありません。逆に、古賀誠人に捕まったのが最近だったとしたら、この二十年間の彼女の足取りは何らかの形で警察が追跡できていたはずです。それがなかったということは、彼女はもうずっと昔に、あの場所で命を落としていたと考えるのが、合理的な見解かと」

それが多くの捜査員が納得できる現実的な答えであった。だが、そうなると、掛井に監禁された伶佳があの地下室で会話をした相手は誰だったのかという疑問が残る。それについて、伶佳は曖昧にかぶりを振るばかりだった。

「極限状態に追い込まれたために、あの時の私には聞こえるはずのない声が聞こえていた、あるいは誰かと会話をした。その経験は、厳しい状況から逃避するための妄想の中の出来事ととらえるのが自然かと思います」

「まあ確かに、そう言ってしまえば一応の説明はつくだろうけど……」

ベッドで上半身を起こした状態の伶佳にぴたりと密着し、しゅるしゅると器用にリンゴの皮を剝いていた伽耶乃が、複雑そうな顔で首をひねった。

「レイちゃんは、その解釈で納得できるの？」

「それは……」

　今度は伶佳が口ごもる。彼女自身、本心では妄想で片づけることに納得のいかない様子である。

「――俺も、妄想なんかじゃあなかったと思うけどな」

　驚かれるのを承知で、加地谷は自らの考えを口にした。

「天野が聞いたのは本物の悲鳴だった。話をしたのも、本物の掛井美帆だったんじゃあねえのか」

「ちょっとカジさん、何言ってんすか、そんなスピリチュアルな話……」

　困惑気味に話を遮った浅羽を一瞥し、加地谷は片方の眉を持ち上げる。

「ないとは言い切れねえだろ。これまでだって、常識じゃあ説明のつかないもんはいくつか見てきたし、そういう『力』のある奴にも会ったことがある」

「あっ……」

　浅羽は何かに思い当たったように声を上げ、「まあ、そうっすね」とうなずく。

「もちろん、魂の存在がどうとか、死んだ人間とのコンタクトがどうとか、そういう話をするつもりはねえ。だが、あの場所で非業の死を遂げた掛井美帆が、自分と同じような目に遭う女性たちに同情し、励ましてやりたいと強く願うことで、同じ状況にいる天野に彼女の声が届いた。そんな可能性だって、あるんじゃあねえかと思ってな」

「でも、そんなことが……」

戸惑う伶佳に、加地谷は更に続ける。

「それに、だ。お前がさっき言ったように、掛井美帆が失踪したのは二十年も前だ。彼女が二十年間もあそこで生きていられたはずはない。生きていても、まともに会話ができる精神状態ではいられないはずだし、何より掛井が姉を監禁する理由がねえ。そういう可能性に、お前が真っ先に気づかなかったのも、俺としては疑問なんだよ」

「それは……そうかもしれません……」

うつむき、さらに困惑を極める伶佳に代わって、浅羽が「もしかして」と口を挟む。

「掛井美帆の霊が、伶佳ちゃんにそういう意識から目をそらさせて、自分の存在が現実のものであると信じ込ませていたとか？　余計なことは考えず、伶佳ちゃんが生き残ることに集中できるよう、幽霊が気を遣ってくれたんすかね」

「お前の大好きなタイプの話だろ」

のんきな物言いは引っかかるものの、浅羽は概ね加地谷の言いたいことを理解しているらしい。伶佳はというと、反応に困るような表情をしていたが、その顔に疑惑の色は見られなかった。半信半疑ながらも、加地谷の唱える説に共感を抱いているのだろうか。

生きているか死んでいるかなど関係なく、絶望に沈み、死を覚悟していた時にかけられた美帆の言葉に伶佳は救われた。それは紛れもない事実だ。

「一連の流れを整理すると、伶佳ちゃんを監禁していたのは掛井和弥で、それ以前にあの場所に女性を監禁していたのは、古賀誠人だったってことで間違いないんすよね」

あえて確認するように、浅羽が言った。

「そうだね。一課の見解もそれで一致してる。古賀邸の裏庭の花壇の下からは古賀明人のものと思しき白骨死体が出てきているし、二十年前の明人と掛井美帆の失踪は、古賀誠人による犯行と考えて間違いないだろうね」

顔をしかめ、嫌悪感をあらわにした伽耶乃が、さらに続ける。

「最初に掛井美帆を監禁したのは、勢いだったのかもしれない。もともと彼女に好意を抱いていた誠人は、兄の明人が柳井や蛭田と一緒に美帆を貶め、傷つける様子を目の当たりにした。そこでショックを受けた美帆を励まそうとしたけれど、美帆に手ひどく拒絶され、逆上して凶行に及ぶ。そして、美帆を監禁したことを明人に知られ、彼のことも殺害した」

「私もその見解で間違いないと思います。そして、その事実を掛井に伝え、誠人、柳井、蛭田の殺害計画を持ち掛けたのが楠真理子だと思われます」

失踪した親友の名を口にして、伶佳は更にこう続けた。

「彼女は『ドリアン・グレイの肖像』を使って幾嶋に暗示をかけるという方法を掛井に持ち掛けた。その目論見通りに、幾嶋は明人の肖像画に強く執着するようになり、いいように操られて殺人を犯してしまった」

「今回の殺人事件の発端ともいえる存在が、その楠真理子だったわけだな」

総括するように言って、加地谷はがりがりと頭をかいた。

「お前に何も言わず姿を消したのも、犯罪行為に手を染めていたからと考えれば、一応の筋は通る」

「はい。でも、それですべての疑問が解決するわけではありません」

伶佳はシーツを強く握りしめ、その手を震わせた。

親友に裏切られたという悔しさだけではないのだろう。楠真理子がなぜそのような行為に走ったのか。納得のいく答えが見いだせないことが、もどかしくてたまらないのだ。

「一課の調べじゃあ、楠真理子と掛井和弥が男女の関係にあったことはわかってるんすよね。掛井は三週間前まで文具メーカーの営業をしていて、楠真理子の職場に出入りしていた。親しげに話す二人の姿を、何人かの同僚が目撃していたそうです。二人は付き合っていたはずなのに、真理子が幾嶋に事実を伝えたせいで掛井は殺されてしまった。あんな風に、生きたまま首を切断されて……」

凄惨な現場を思い出したのか、浅羽は「うっぷ」と口元を押さえる。

「恋人をわざわざ危険にさらしたり、親友のレイちゃんをこんな目に遭わせたり。ボクにはその女の行動目的がさっぱりわからないよ」

伽耶乃は忌々しげに吐き捨てる。親友に裏切られた伶佳に対する同情というよりも、己の理解の及ばぬ存在に対する嫌悪感をむき出しにして。

「何か、思い当たるようなことはねえのか？」

加地谷が問うと、伶佳はわずかに表情を曇らせて言った。

『あなたにもいずれ分かるから』と、真理子はそう言っていました」

「どういう意味だ、そりゃあ？」

重ねて問いかける加地谷に、伶佳はかぶりを振った。

「わかりません。ただ私は、十一年前の父が殺された事件のことで、警察に話さなかったことがあるんです。真理子は、その内容を聞き出したかったようです」

「話さなかったこと？」

思わずといった調子で浅羽が繰り返す。それに対し伶佳はそっと呼吸を整えて、意を決したように口を開いた。

「あの日、家に帰った私は父の死体を発見したと警察に話しました。でも実際は違いました。父はその時点で生きていたんです。リビングで手錠をされ、床に倒れている父に駆け寄った私は、物陰から現れた人物に捕まってしまった」

「犯人の顔、見たの？」

浅羽が身を乗り出して尋ねる。だが伶佳はかぶりを振った。

「体格や腕の感触から男であることは明らかでした。しかし、目出し帽をかぶっていたため顔は見えませんでした。男は一言、『目をそらすな』と言って、私の目の前で父の背中に赤熱する金属の塊を押し付けました。皮膚の焦げる嫌な臭いがして、父は痛みに叫び、のたうち回った。その時点で、父の背中は焼き印だらけだった。その後、男は長い時間をかけて父を苦しめた挙句、背中の皮膚を切り取ったんです」

うぅ、と呻くような声を漏らし、浅羽が口元を押さえる。たしなめるように目を細めた伽耶乃の顔にも、強い緊張の色が浮かんでいた。

「結局父は痛みに苦しんだ挙句亡くなりました。私の目の前で、ゆっくりとその瞳から命の光が失われていくのを、私は瞬き一つすることなく見ていました。でも苦しくなって目をそらしたら、あの男は私の背中にも焼き印を押したんです」

伶佳にとってその傷は過去のものではなく、現在進行形でその身を苛む悪魔の爪痕なのだろう。長らく一人で抱え続けたその苦しみの記憶は、この先、この場にいる全員で抱えていかなくてはならない。いつの日か、彼女の苦しみを生み出した犯人を白日の下に引きずり出すまでは。

「男は去り際にあることを私に言いました。たぶん、真理子が聞き出したかったのはその一言だと思います。正直、私にも意味が分かりませんし、彼女がなぜそんなことを聞き出そうとしたのかも不明ですが……」

伶佳はおずおずと、窺うような視線で三人を順繰りに見た。

「そいつは、なんて言ったんだ？」

「ただ一言、**『――その本は、永遠を超えて存在する』**と」

「本は……永遠を……？」

繰り返した加地谷を見て、伶佳はうなずく。

「何かの引用か、謎かけのつもりだったのかもしれない。男はその後、人差し指を口元に当てるジェスチャーをして出ていきました。口外したら、あの男は私のところにやってくる。そう思ったら怖くて、ずっと誰にも言えませんでした」

「伶佳ちゃん……」

伶佳の苦しみを慮るように、浅羽は苦しげに声を震わせた。

そのまま重苦しい沈黙が病室を支配するかに思われたが、剝き終えたリンゴの皿を簡易テーブルに置いた伽耶乃が低く唸った。

「楠真理子が掛井和弥を利用して、レイちゃんを監禁してまで聞き出したかったことの割には全然意味がわからないけど、何かが始まる予兆であるかのような言い回しって感じがするよね」

「ちょっと待て。十一年前の殺しと、楠真理子との間に何かしらの関連があるとでもいうつもりかよ」

加地谷が口を挟むも、伽耶乃は抱えた疑念を引っ込めるつもりはないらしい。

「無関係かどうかなんて、調べてみなけりゃわからないでしょ。もしかしたら、楠真理子は、以前からその犯人とかかわりがあったって可能性も……」

「伽耶乃ちゃん、それはちょっと……」

言いかけた伽耶乃を、浅羽が遮った。そこで初めて、伽耶乃は自身の失言に気づき、口元を手で覆った。

もしそんな疑いを持ってしまったら、苦しむのはほかでもない伶佳である。父親を失った事件から立ち直ることができたのは、紛れもなく楠真理子の存在のおかげだった。だがその行いが全て、今回のような目的が裏にあったからだとしたら、これまでの友情がすべて、まがい物となってしまう。それはあまりにも酷というものだろう。

「ごめんレイちゃん……でも、ボク……」

「いいんです。謝る必要はありません。いつも通りに、思ったことを言ってください」

それが強がりでも何でもなく、伶佳の本心からの言葉であると確信した様子で、伽耶乃は加地谷と浅羽に向き直る。

「とにかく、疑いがあれば調べなきゃでしょ。あんたたちが気にしてる『BABEL』の古書にも関連があるかもしれないわけだし」

「バベルの……古書……？」

伶佳が不思議そうに首をひねる。

「そっか、レイちゃんにはまだ、このこと話してないんだっけ」

伽耶乃が確認するように言う。

「浅羽、あれ持ってきたんだろ。出せよ」

加地谷が目配せをすると、浅羽はどこか気後れするようにうなずいて、バッグから取り出した一冊の本を簡易テーブルに置いた。タイトルは言わずもがな『ドリアン・グレイの肖像』。明人の部屋に残されていたものだ。

浅羽は血の気を失った皮膚を思わせる表紙に手を触れて開き、見返しの部分に印字された『ＢＡＢＥＬ』の印章を示して、これまでに加地谷たちが見聞きしてきたことについて説明をした。

浅羽がひとしきりの説明をする間、伶佳はじっと押し黙ったまま話に聞き入っていた。時折、加地谷も言葉を挟みながら、説明を終えると、伶佳は神妙な顔をして深々と詰めていた息を吐きだした。

「――つまり、真理子がその『ＢＡＢＥＬ』のマークを持つ組織――あるいは人物に関係がある可能性が考えられると？」

「あくまで憶測だ。実際、『ＢＡＢＥＬ』が何なのかは、俺たちにもわからねえ。可能性として考えられるのが組織や特定の個人を示す記号じゃあねえかと思っているだけだ」

加地谷はそう告げてから、事件現場で目にしたあるものについての疑問を、伶佳にぶつけることにした。

「そして、その『ＢＡＢＥＬ』の印章は、お前の背中にある焼き印と同じ形をしているんだ」

伶佳は一瞬沈黙した後、神妙な面持ちでそっとうなずいた。その表情から読み取れる感情は『驚き』ではなく、『覚悟』であった。

「確かに私の身体に残された焼き印の痕は、この印章と同じです。しかし、そのことが何を意味するのかはわかりません。私はこのマークの意味を知りませんし、加地谷さんや浅羽さんが疑惑を向ける組織や人物の存在も知らないということです」

ただ、と続けて、わずかに顔をうつむける。

「父は知っていたのかもしれない。父が追っていた事件の中に、このマークに関係する組織や人物がからんでいた可能性は大いにあると思います。十一年前の事件の犯人は、何かしらの理由で『BABEL』について調べていた父を殺害し、私にこの焼き印を残した。それが『見せしめ』だったと考えれば、辻褄は合うと思うんです」

「ちょ、ちょっと待ってよ。なんか話が壮大になってきてないかな。悪の秘密結社じゃあるまいし」

「いや、案外そういうのって普通に存在してるのかもしれないよ。実際に、いくつかの事件に『BABEL』マークのついた古書がかかわっているんだから、それが全くの偶然ですって言われるより、よっぽど信憑性が高いと思うけどな」

伽耶乃がそう主張すると、否定しようとしていた浅羽はわずかに言いよどむ。

「今更、古書が人に影響を及ぼすってことに異を唱えるつもりはないんでしょ？」

「もちろんだよ。そこはもう、曲げようのない真実っていうか……ねえカジさん？」

「ああ、本部の連中には笑われちまうだろうが、ここまでくりゃあ疑うわけにもいかねえ。古書が人に影響を与えているのは、紛れもない事実だ」

意見が一致したところで、伽耶乃が「とにかく」と膝を打って立ち上がった。

「そういう疑問を解消するためにも、突き止めなくちゃならないのは楠真理子の行方だよ。まだ一課も足取りを摑めないでいるみたいだし」

伽耶乃はキャップを脱ぎ、額に張り付いた前髪をかきまわして顔をしかめた。こんな風に、答えの見えてこない状況でああだこうだと押し問答をしていることに、強いストレスを感じているようだ。

「本当にそうなのか？　実はとっくに見つかってるのに、一課から情報が下りてこないだけじゃあねえのか？」

「――いえ、その点に関して情報規制は敷かれていませんよ」

突然、会話に割り込んできた声。全員が黙り込み、病室の入口を振り返る。

「どうも。お取込み中申し訳ない」

長い身体を折り曲げるように会釈したのは、公安の織間だった。

「何しに来たんだてめえ。公安が堂々と見舞いになんて来てんじゃあねえよ」

「そうっすよ！　伶佳ちゃんを見失って危ない目に遭わせたくせに、どの面下げて来たんすか！」

「今すぐ出ていけ！　このポンコツストーカー野郎！」

口をそろえてヤジを飛ばす三人に対し、織間は頭痛に耐えるようにしてこめかみのあたりを押さえる。

「あの、こちらは？」

一人、事情を知らぬ伶佳だけが、キツネにつままれたような顔で首をひねっていた。

「公安の織間といいます。初めまして、天野警部補」

「はぁ……」

挨拶（あいさつ）もそこそこに、織間は病室に入ってきて、おもむろに浅羽を押しのけると、ベッドの脇に立つ。

「ここへ来れば皆さんに会えると思ったので、療養中に失礼かと思いましたが、押しかけてしまいました」

悪びれもせず言いながら、織間は懐から取り出したスマホの画面を伶佳に向ける。

「確認してください。この男は、あなたを襲った幾嶋奏汰に間違いありませんか？」

「ええ……たぶん、そうです……」

伶佳ははっと目を見開き、驚いたような顔をしてうなずく。その反応に違和感を覚えた加地谷は、割り込むようにしてスマホの画面を確認した。するとそこには、喉元（のどもと）にナイフを突き立てられた一人の男が、ひざまずくような体勢でがっくりとうなだれ、こと切れている様子が映し出されている。

「これは……」

「つい先ほど、潜伏先の廃墟（はいきょ）の一室で発見されました。今は一課が現場検証を行っているはずです。あなた方が呼ばれないのは、今回のことで単独行動をとったため、管理官に睨（にら）まれてしまったからでしょう」

加地谷をはじめとする三人が同時に「うぐ」とたじろいだ。命令違反は事実だし、そのことでこの先、どのような処分をくらわされるか。そのことを考えると、胃がすくみ上がるような気がした。

「でもどうして幾嶋が？」

「詳しくは検視報告でわかることですが、おそらく自殺でしょう」

「自殺？」

声を上げたのは伶佳だった。

「なぜ彼が自殺を？」

「さあ。遺書の類はありませんでした。ただ、凶器についた指紋や、突き立てられたナイフの角度、力の入り具合などを考慮すると、彼が自分で刺した可能性が高いとのことです。事件が発覚し、警察に逮捕されることを恐れての自殺、でしょうね」

それから、と織間は続ける。

「彼は自分にナイフを突き立てる前に、古賀邸から奪い去った古賀明人の肖像画にナイフを突き立てている。なんの呪いかはわかりませんが、柳井と蛭田を殺害した事件に対する、何かしらの意思の表れではないかと思われます」

織間は更にスマホを操作して、別の角度からの写真を表示する。

そこには、幾嶋がナイフを突き立てたとされる絵画が残されていた。

「……おい、ちょっとよく見せろ」

「わ、ちょっと加地谷刑事。乱暴に扱わないでくださいよ……」

不満そうにする織間からスマホを奪い取り、じっと目を凝らす。脇からのぞき込む浅羽も「あれ……？」と声を上げ、伽耶乃にいたっては「うっそ、なにこれ」と明確に疑問を口にした。

「本当にこれは、古賀邸から奪われた絵画なのか？」

「そうです。事件発覚後、古賀邸を調査した捜査員から報告を受けていたはずです」

「違うよ。これは古賀明人の部屋にあったものじゃない」

伽耶乃が当然のように言った。

「なぜです？」

「だってこれ……首から上が描かれてないじゃない」

彼女の言う通り、額の中には首から上が黒く塗りつぶされたように消失している人物の姿があるだけだった。

「それだけじゃあねえ。よく見ろよ。この幾嶋の顔……」

加地谷はスマホの画面を拡大させた。画面いっぱいに映し出されたのは、二十歳そことは思えぬほど顔に深い皺を刻み、頬がこけて豊かな髪にも白髪の目立つ男の死に顔だった。肌の質感やくたびれた様相から察するに、五十歳といわれてもうなずいてしまうくらいである。

「そんな……私が見た時は、彼はもっと若くて……」

伶佳はその先の言葉を失い啞然としている。それこそが、加地谷の抱えた疑問を後押しするかのような反応である。

「とにかく、幾嶋は死亡。捜査一課は依然として行方のつかめぬ楠真理子を事件の重要参考人として捜索し、殺人の実行犯である幾嶋と、彼を利用して殺害計画を実行した掛井和弥を被疑者死亡のまま書類送検する方針です」

「真理子はまだ見つからないんですか？」

伶佳が身を乗り出した拍子に、うっとうめき声をあげて体を丸めた。左肩の傷が痛むらしく、額に脂汗を浮かべている。

「見つかっていません。彼女が持ち去った掛井の首も同様にね」

その一言に、加地谷は言い知れぬ悪寒を感じ、ごくりと喉を鳴らした。

「なあ、そろそろ教えてくれよ。なぜ公安は楠真理子を追っていた？　今回の事件の犯人だと疑っていたわけじゃあねえんだろ」

「ええ、残念ながらね……」

素直に認めたうえで、織間は誰に向けるわけでもない溜息（ためいき）を深々と吐いた。

「あなた方を信頼するわけではありませんが、今回天野警部補が命を狙われ、大怪我を負ったことを考慮すると、楠真理子とのつながりを疑う必要はない。そう判断したことを前置きしたうえで話します」

「回りくどいなぁ。こう見えてボクたち口は堅いから、遠慮せず言いなよ」

伽耶乃がちくりと言い放ち、先を促す。やれやれとでも言いたげに苦笑した織間は、加地谷からスマホを取り返し、新たな画面を表示した。

「楠真理子の自宅を徹底的に調べたところ、庭の地面の一部に掘り返されて間もない箇所が発見されました。捜査員が掘り返してみたところ、ビニール袋に入れられた一冊の本が見つかっています」

表示されたのは、土気色の革装丁をした一冊の古書だった。もはや見慣れてしまったその気味の悪い材質の革装丁を目にしても、加地谷は驚く気分にもならなかった。

「『サロメ』だ。これ、オスカー・ワイルドの戯曲だよ」

タイトルを確認した伽耶乃が、合点がいった様子で何度もうなずく。

「そうか。そういうことだったんだ……」

「おいおい、何一人で納得してんだよ。説明しろ」

加地谷が説明を求めると、伽耶乃は「なんでわからないのさ」と愚痴りながら織間のスマホを指さした。

「『サロメ』っていうのは、愛する男の首を王に頼んで切り落とさせて、その唇にキスをする女の話。これってつまり、楠真理子の行動と同じでしょ」

「そうか。それじゃあ楠真理子も、その『サロメ』に影響を受けて……？」

浅羽がポンと手を叩く。すると意外にも、織間が浅羽の発言に強い反応を示した。

「やはりあなた方は、『これ』の存在に気付いているのですね」

「気付いてるって……？」

伽耶乃の問いに、織間はゆっくりと首を縦に振った。そして、スマホには次の画像が映し出される。『サロメ』の見返し部分に青く印字されていたのは、紛れもなく、『BABEL』の印章だった。

「実は、我々はこのマークの印字された古書を作成する『BABEL』なる存在を追っています。とはいっても現状では『BABEL』の正体は把握できていませんが」

「なんだ。それじゃあうちらとそんなに変わらないってこと？」

「むしろ、三冊見つけてる点で言えば、俺たちの方が上じゃないすか？」

伽耶乃と浅羽の口さがない物言いに、織間は額を押さえて再び苦笑する。

「それじゃあ、楠真理子が今回の事件を起こすことを、公安は予測していたってのか？」

加地谷の問いに、織間はかぶりを振った。

「いえ、彼女の場合は少し状況が違いました。『サロメ』が発見されるまでは、彼女が古書を所持していたことすらも不確かだった。『ドリアン・グレイの肖像』を掛井和弥に渡したのが彼女だということも知りませんでした」

「だったらどうして真理子を？」と伶佳。

織間は、質問に応じる代わりに、スマホを操作して画面をこちらに向けた。

「最後の写真です」

表示されたのは、異国のものと思しき大きな建物――おそらくは大学か何かだろう――の前で、笑みを浮かべる二人の人物。

一人は楠真理子だった。眼鏡をかけていて、服装も若々しい。二十代前半の頃の写真だろうか。

「ちょ……カジさん、これって……」

浅羽が取り乱したように声を上げた。それも当然だ。真理子の横で穏やかな笑みを浮かべて写っているもう一人の人物。それは二度と見ることはないと思っていた、あの男の姿だった。

「美間坂……」

グレゴール・キラーこと美間坂創。彼もまた今よりずっと若々しく、そしてどことなく影を背負った微笑を浮かべ、真理子の横でカメラに笑顔を向けていた。そして、それぞれの手には、似たような革の装丁をした古書がある。

「楠真理子は、留学中のドイツの大学で、のちの連続猟奇殺人鬼グレゴール・キラーこと美間坂創と交流があった。そして、その当時、二人はそれぞれ古書を手に、この写真を撮影している。ただの記念撮影にしては、出来すぎていると思いませんか」

「そんな、真理子がどうして……。いったい、何の関係が……？」

さっきまでは落ち着き払っていた伶佳が、声を震わせた。痛々しいほどに動揺を浮かべるその姿に、織間は無念そうにかぶりを振る。

「このことについて詳しく調べるために、我々は楠真理子をマークしていたのです。だが我々が監視を始めた直後に彼女は姿を消してしまったため、仕方なく、親友であり繋がりのありそうな天野警部補の尾行をしていたというわけです」

「私をつけていたのは、そういう理由だったのですか……」

伶佳は驚いたように呟き、織間の顔を見つめる。織間はやや気まずそうに眉を寄せ、

「あなたにとってこのことはショックかもしれない。しかし、楠真理子はもはや、善良ない市民ではない。今回の事件によって、そのことが証明されてしまいました。彼女はあなたの――」

「私の知っている真理子は、楠真理子という人物の、ほんの一側面でしかなかった。そういうことですよね」

織間の言葉を遮るようにして、伶佳は強く言い切った。その表情には、ある種の諦観にも似た怒りの感情がありありと浮かんでいた。

その一方で、加地谷もまた少なくない衝撃を受け、激しい動揺に見舞われていた。終わったはずだった。奴は逮捕した。今頃は拘置所で罪を裁かれる時を待っているはずだ。それなのに、なぜまたここで、加地谷たちの前に現れるのか。切っても切れない影のように、執拗に追いかけてくるのか……。

「カジさん、大丈夫すか？」

「……ああ。当然だ」

大丈夫に決まっている。加地谷はそう内心で独り言ちた。

増え続ける古書。

伶佳の背中の焼き印と、父親の事件。

楠真理子。

美間坂創。

いくつもの要素が頭に浮かび、それぞれが反発し合うように激しい火花を散らした。

そのたびに加地谷は、激しい頭痛を覚える。

「なあ浅羽。ひょっとすると俺たちは、勘違いしてたのかもしれねえな」

「勘違い？」

問い返した浅羽は、神妙な顔でごくりと喉を鳴らす。

「俺たちは、少しずつ『ＢＡＢＥＬ』に近づいている。そう思ってたんだけどよぉ、本当は逆で、奴らの方が俺たちに迫ってるのかもしれねえってことさ」

「奴らが、俺たちに……？」

息をのむ相棒に、加地谷はゆっくりとうなずいて見せる。

「俺たちは、もうずっと前から、とんでもねえ連中に見られていたのかもしれねえなぁ」

加地谷はそう告げて、『ドリアン・グレイの肖像』を見下ろした。

土気色をした革の古書。見返しの部分に青々と刻まれた『ＢＡＢＥＬ』の印章が、物言わず加地谷を見上げていた。

参考文献

『ドリアン・グレイの肖像』オスカー・ワイルド／著　福田恆存／訳　新潮文庫　1962年
『サロメ』ワイルド／著　平野啓一郎／訳　光文社古典新訳文庫　2012年
『あなたを殺すサイコパス』松井住仁　幻冬舎　2022年
『犯罪捜査の心理学　凶悪犯の心理と行動に迫るプロファイリングの最先端』越智啓太　新曜社　2015年
『犯罪者プロファイリング入門　行動科学と情報分析からの多様なアプローチ』渡邉和美・高村茂・桐生正幸／編著　北大路書房　2006年
『札幌の地名がわかる本』関秀志／編　亜璃西社　2018年

本書は書き下ろしです。

この作品はフィクションです。実在の人物、団体、場所とは一切関係ありません。

バベルの古書　猟奇犯罪プロファイル　Book 3《肖像》

阿泉来堂

角川ホラー文庫　24251

令和6年7月25日　初版発行

発行者——山下直久
発　行——株式会社KADOKAWA
〒102-8177　東京都千代田区富士見2-13-3
電話 0570-002-301（ナビダイヤル）
印刷所——株式会社暁印刷
製本所——本間製本株式会社
装幀者——田島照久

●お問い合わせ
https://www.kadokawa.co.jp/（「お問い合わせ」へお進みください）
※内容によっては、お答えできない場合があります。
※サポートは日本国内のみとさせていただきます。
※Japanese text only

ISBN978-4-04-114927-0　C0193

角川文庫発刊に際して

角川源義

第二次世界大戦の敗北は、軍事力の敗北であった以上に、私たちの若い文化力の敗退であった。私たちの文化が戦争に対して如何に無力であり、単なるあだ花に過ぎなかったかを、私たちは身を以て体験し痛感した。西洋近代文化の摂取にとって、明治以後八十年の歳月は決して短かすぎたとは言えない。にもかかわらず、近代文化の伝統を確立し、自由な批判と柔軟な良識に富む文化層として自らを形成することに私たちは失敗して来た。そしてこれは、各層への文化の普及滲透を任務とする出版人の責任でもあった。

一九四五年以来、私たちは再び振出しに戻り、第一歩から踏み出すことを余儀なくされた。これは大きな不幸ではあるが、反面、これまでの混沌・未熟・歪曲の中にあった我が国の文化に秩序と確たる基礎を齎らすためには絶好の機会でもある。角川書店は、このような祖国の文化的危機にあたり、微力をも顧みず再建の礎石たるべき抱負と決意とをもって出発したが、ここに創立以来の念願を果すべく角川文庫を発刊する。これまで刊行されたあらゆる全集叢書文庫類の長所と短所とを検討し、古今東西の不朽の典籍を、良心的編集のもとに、廉価に、そして書架にふさわしい美本として、多くのひとびとに提供しようとする。しかし私たちは徒らに百科全書的な知識のジレッタントを作ることを目的とせず、あくまで祖国の文化に秩序と再建への道を示し、この文庫を角川書店の栄ある事業として、今後永久に継続発展せしめ、学芸と教養との殿堂として大成せんことを期したい。多くの読書子の愛情ある忠言と支持とによって、この希望と抱負とを完遂せしめられんことを願う。

一九四九年五月三日